Le Salon de massage

Du même auteur

Chez Julliard

Premier Roman, 1998
Zeyn ou la Reconquête, 2000
Ils m'ont dit qui j'étais, 2003
Bouche cousue, 2005
Le Cimetière des poupées, 2007
Mara, 2010
Pour mémoire, 2011
Bon Petit Soldat, 2012
La Part d'enfance (avec Jean-Michel Djian), 2013
Les Invasions quotidiennes, 2014
Théa, 2017
Magda, 2018
Se taire, 2019

Chez Plon

Entretien avec René Descartes, 2011

Chez Robert Laffont

La Dictature de la transparence, coll. « Nouvelles Mythologies », 2016

Chez Classiques Garnier

Les Enfants et les Fous – Descartes et ses lectures contemporaines, 2019

Chez Mialet-Barrault Éditeurs

Et la peur continue, 2021

Chez Michel Lafon

Madeleine et les mots qui fâchent (illustré par Amélie Laffaiteur), coll. « Une histoire et… Oli », 2021

Chez Flammarion Jeunesse

Drôles d'histoires pour apprentis philosophes (avec Nathalie Kuperman, illustré par Claire Morel Fatio), 2022

Mazarine Pingeot

Le Salon de massage

roman

Mialet-Barrault Éditeurs
3, place de l'Odéon
75006 Paris

www.mialetbarrault.fr

ISBN : 978-2-0804-1990-3

Pour Didier

« Chaque roman dit au lecteur : “Les choses sont plus compliquées que tu ne le penses.” C’est la vérité éternelle du roman mais qui se fait de moins en moins entendre dans le vacarme des réponses simples et rapides qui précèdent la question et l’excluent. »

Milan Kundera,
L’Art du roman

I.

Rémi

Après Nevers

Je venais d'avoir 28 ans et un poste à Paris dans une école du XIIe arrondissement – quartier tranquille dont l'ambiance me rappelait Nevers, là où j'ai commencé à enseigner. Je connaissais Paris pour y avoir fait mes études. Ce n'était pas nouveau pour moi, je n'y débarquais pas comme une provinciale apeurée ou au contraire curieuse de tout et qui va au-devant du danger. J'avais aimé la province bien plus que je ne l'avouais à mes amies ou à mon compagnon. Secrètement j'en nourrissais une nostalgie qui me donnait un air blasé, un air de Parisienne. Je n'étais pas mécontente pourtant de vivre dans cette ville de façon autonome : un ami, un salaire, un deux pièces. Sur le papier, je cochais toutes les cases. Et j'ai toujours trouvé étrange cette expression de comptable ou de QCM, comme si la vie pouvait être quadrillée en autant de biens à posséder ou de niveaux à atteindre. Un jeu vidéo. La réussite comme une somme de petites victoires déjà orchestrées par l'algorithme et qui distribue les gagnants et les perdants non pas en fonction de leurs talents, mais de leur adaptabilité aux consignes. J'ai joué des heures à des jeux dont la finalité revendiquée était d'augmenter mon QI. Je sais ce que c'est que de jouer contre une machine. Et d'obtenir des récompenses. Rémi en était une.

Vingt-huit ans, en couple avec Rémi, une titularisation dans la capitale = avoir des enfants dans l'année qui suit. Et ce n'est pas un bonus, mais une simple étape vers la victoire finale. Tout le monde me l'assurait. Cela semblait être une science partagée par les autres, et n'importe quel autre, du membre proche de la famille au collègue à peine rencontré, entre l'évidence ancestrale que le terme générique de « savoir de grand-mère » résume à peu près et la connaissance poussée des statistiques que maîtrise un sociologue spécialisé dans la démographie française. Un halo scientifique, donc, poussait les uns et les autres à me prédire un nouveau-né dans l'année. Et cela ne me réjouissait pas.

Des enfants, j'en instruisais toute la journée. En faire un par moi-même ne ressemblait pas à une épiphanie, au but de toute une vie ou encore à la norme attestée par les uns et les autres, tout au plus la matière première d'un métier que par ailleurs j'affectionnais. Je n'étais pas contre l'enfance, et supposais qu'un enfant à soi ne produisait pas les mêmes affects – souvent négatifs – qu'une vingtaine de bambins, assez peu au diapason sinon pour pleurer à l'heure de la sieste. Il y a d'autres choses dans la vie que la reproduction, l'enfance, l'éducation et la profession ; il y a d'autres choses que le couple, les amis, les futurs dessinés par des courbes et des sorcières qui lisent dans le marc de café. Il y a également soi-même.

Je ne verserai pas dans cette nouvelle religion qui tend à faire de soi la divinité à laquelle tout sacrifier – et en l'occurrence ce n'est plus du sacrifice, puisque se faire passer avant les autres ne requiert aucune forme d'abnégation. Je déteste également toutes ces expressions d'un moi malheureux et tout-puissant, si fier du trauma subi, revendiquant son mal-être comme si c'était un exploit sportif. J'ai accompagné toutes les marches des fiertés tant qu'elles étaient collectives, puis abandonné les combats quand ils se sont singularisés pour devenir des exercices de narcissisme. Je ne me détournais pas des autres par amour excessif d'un moi que j'aurais idolâtré et dont j'aurais exigé la reconnaissance immédiate. Je n'identifiais pas plus le moi à une image à promouvoir comme une marque de savon. Mais j'avais plutôt à cœur de m'offrir un espace à moi seule, un espace sans cri, sans demande, sans reproche, un espace où mon corps serait un objet de plaisir sans qu'il devienne par la même occasion l'enjeu d'un pacte ou d'un contrat, garant d'une réciprocité. Un espace vide, un espace non productif (mais payant), un espace où je m'oublierais, alors même que je mets ce *moi* au centre, mais pour mieux le dissoudre : un salon de massage.

J'entends déjà la critique. Capitalisme. Luxe, voire luxure. Argent jeté par les fenêtres. Égoïsme. Exploitation. Je l'entends si bien que je me la suis formulée dans toutes ses variantes. Aucune d'entre elles n'a pourtant su me faire renoncer. Je vais une fois par semaine me faire masser dans le salon thaï à deux rues de chez moi. Personne ne le sait. Personne ne le savait jusqu'au jour où le scandale a éclaté.

Arrivée à Paris, j'étais triste. Pourtant, partager enfin ma vie avec Rémi que je ne voyais que les weekends lorsque j'habitais encore à Nevers aurait dû me réjouir. Mais ces allées et venues entre la gare de Nevers et celle de Bercy me manquaient déjà. Cette vie entre deux villes m'avait permis d'expérimenter le couple à mi-temps et de regarder des films sur l'Afghanistan tard le soir tout en m'autorisant un tout petit verre de whisky dès que j'étais enfin seule. Nous pouvions profiter l'un de l'autre les fins de semaine et, de fait, c'était comme si nous n'avions partagé que des vacances ensemble : marché le samedi, promenade le long du canal Saint-Martin, expo parfois, cinéma, restaurant ou dîner à la maison après avoir préparé minutieusement et ensemble un poisson coûteux, faire l'amour. Tel était le programme : enviable. Je ne travaillais pas. Interdiction d'ouvrir mon ordinateur durant ces deux jours sacrés. J'aurais deux heures de train pour préparer mes journées à l'école Pierre-Bérégovoy.

À Nevers, il m'arrivait de me coucher tôt. J'aimais passionnément cela, ne rien devoir à personne, boire des verres avec les autres instituteurs que j'avais rencontrés, ou pas. Me coucher à 22 heures ou à 1 heure du matin, en fonction de mon envie. C'est peut-être grâce à cette double vie que j'ai appris à écouter ce désir et à lui accorder une certaine légitimité. Voire une force de décision, mais uniquement dans des moments précis de la journée. De même que je faisais respecter aux enfants les « temps calmes », je m'obligeais à respecter le « temps du désir ». Il n'était pas très gourmand, et ma tendance à contrôler les choses ne lui était pas toujours favorable. Aussi l'ai-je cantonné à ces heures du jour, sanctuarisant dans la semaine des créneaux pour ne rien faire. Ou faire quelque chose. En fonction de lui. Mon Désir.

Cet aménagement du temps n'était pas compatible avec Paris, avec Rémi. Il empiétait nécessairement sur ces heures que j'étais obligée de reconstituer en volant ici ou là un petit quart d'heure, cinq minutes, une errance sans logique entre l'école où j'enseignais et mon appartement. Je dessinais des courbes pour ne pas marcher droit. La ligne la plus courte provoquait chez moi des crises de panique. J'aimais chercher à me perdre, même si c'était pour de faux – mon sens de l'orientation me rattrape toujours, c'est pénible.

Nous nous étions donc installés dans ce 48 mètres carrés qui était le sien et que je connaissais déjà, mais comme une chambre d'hôtel. Rien d'absolument neuf dans cette nouvelle vie. Au début, nous avons continué à acheter du poisson au marché, à cuisiner et à sortir. Mais le travail a repris ses droits. Et comme je n'avais plus de trajets en train pour terminer mes préparations de la semaine, j'ai commencé à organiser mon emploi du temps le dimanche soir, puis le dimanche après-midi. Rémi en a profité pour aller courir, ou regarder un film d'action en mettant ses AirPods. Nous sommes devenus paresseux sous le paravent du devoir.

Ces petits glissements sont imperceptibles. Les signaux ne clignotent pas, on se contente d'une routine, on l'apprécie même, elle est reposante. Pourtant, je ne pouvais me le cacher : j'étais triste. Je riais moins, je ne buvais plus de petit whisky en regardant des documentaires sur l'Afghanistan, je me couchais à peu près à la même heure tous les soirs et, maintenant que nous avions plus de disponibilités, nous faisions moins l'amour. Mais surtout, je n'arrivais plus à me sentir ailleurs, sinon en réaction, par fuite. Je ne parvenais plus à retrouver cet état second où le désir prenait les commandes et où je lui cédais tout, même s'il n'exigeait pas grand-chose. Et comment l'expliquer à Rémi ? J'ai besoin de ne rien faire, de ne rien exiger de moi, de me laisser marcher dans la rue, toute seule, sans qu'on me parle, en écoutant de la musique ou pas, sans qu'on m'attende, sans qu'on me demande où je suis. J'ai besoin de disparaître par intermittence. Tel est mon équilibre. Rien ne se passe, je n'ai pas de crimes à avouer et, lorsque je rentre, je suis apaisée. Après tout, certains profitent de ces moments pour tromper leur conjoint ou changer de sexualité. Ce n'était pas mon cas. Et je n'aurais su définir la nature exacte de ce désir. Il n'avait même pas la saveur de l'interdit, il ne serait entré dans aucune case du QCM ou du comptable et il n'y avait rien à en dire – précisément parce qu'il devait s'en tenir à ce rien, cette atmosphère qu'une certaine mélodie aurait pu traduire. Une atmosphère atmosphérique. J'avais besoin de ce climat qui n'était pas un climat intérieur, puisque précisément mon intériorité s'ouvrait alors de telle façon qu'elle épousait ce qui l'entourait.

Pourquoi le massage plutôt que la psychanalyse ?

Un soir, Rémi et moi avions invité nos amis à dîner, et la conversation avait tourné autour de la difficulté de vivre à Paris : les couples présents se plaignaient de leur logement exigu, les célibataires de ne pas trouver de conjoint malgré les applications, toutes essayées jusqu'à l'usure. Pour moi qui venais de quitter la Nièvre, leurs lamentations sonnaient comme des caprices d'enfant gâté.

Nous avions déjà descendu quatre bouteilles (pour sept, ce qui reste correct), quand Marianne a trouvé l'explication à nos plaintes sans objet. La névrose. Ce n'était pas révolutionnaire de la part d'une psychologue, et ce n'était pas la première fois qu'elle nous analysait sauvagement.

Je lui demandai si la névrose parisienne avait quelque chose de spécifique par rapport à la névrose de province. « Elle est moins contenue. »

Cette réponse me plut. Pourtant, j'avais l'impression de l'exact inverse : c'est ma vie qui était contenue, pas ma névrose.

Puis elle se mit à parler du trauma, du fait que nous étions tous traumatisés même si nous ne le savions pas. Que la naissance était déjà en soi un traumatisme. Que le bonheur était une illusion. Elle commençait à avoir le vin mauvais. Agathe s'est alors insurgée, le bonheur était possible malgré nos traumas et nos névroses, sinon à quoi bon faire une psychanalyse ? « Mais la psychanalyse ne promet pas le bonheur, a répondu Marianne, tendue. Elle promet la vérité. » J'ouvris de grands yeux : la vérité, le bonheur ? Faut-il choisir ? Lequel des deux mérite qu'on y consacre du temps et de l'argent ? Et de fait, la question de l'argent vint sur le tapis.

— C'est un peu cher pour ne pas trouver le bonheur, non ?

— Ça dépend du prix que tu accordes aux choses.

Pour des gens saouls, c'était d'un bon niveau. Je demandai alors :

— Mais combien ça coûte ?

Rémi me regarda, pensif.

— Ça dépend, répondit Marianne, c'est variable.

— Variable en fonction du problème ?

Elle ne sourit même pas, elle ne m'écoutait pas.

— Ça peut même être remboursé. Mais tu ne t'en tires pas à moins de 50 euros la séance, ça c'est sûr.

Mentalement, je calculai tout ce que je pouvais acheter avec 50 euros – trois séances de cinéma l'après-midi (ou cinq en matinée), deux pulls chez H & M, un billet d'avion sur Ryanair quelle que soit la destination... Je me rendis compte du bilan carbone de mon inventaire. Et renonçai. Au fond, il n'y avait pas tant de choses que ça à acheter pour 50 euros, sinon bien sûr la nourriture, le gaz, l'électricité et toutes choses nécessaires pour survivre, et je me demandai si la vérité méritait qu'on lui sacrifie la survie ou si c'était le bonheur qui avait ce privilège. Je m'égarais. Moi aussi j'avais bu.

Ils en étaient à évoquer, pour ceux qui l'avaient pratiquée, leur analyse. Rémi racontait comment ces deux ans de thérapie l'avaient sorti de la dépression qui guettait, elle avait déjà gâché la vie de sa mère et de sa grand-mère. C'était à titre préventif, car il n'avait jamais « capitulé ». Et puis il m'avait rencontrée. Et il avait arrêté. Étais-je la vérité ou le bonheur, me suis-je demandé. Ali parlait quant à lui d'ethnopsychiatrie : il ne l'avait pas pratiquée lui-même, mais il connaissait une femme de ménage marocaine qui voyait des djinns quand elle passait le pas de sa porte et n'arrivait plus à rentrer chez elle. Elle avait été guérie par une assemblée de psychanalystes versés dans les différences culturelles qu'emprunte la magie, assis en face d'elle comme si elle passait un oral. J'avais l'impression d'avoir déjà entendu cette histoire et je doutais qu'il connaisse vraiment cette femme de ménage marocaine. Mais l'anecdote valait le coup. Et je renonçai à le questionner sur son lien de parenté ou d'amitié avec elle, d'autant que ça m'était égal.

Quand tout le monde fut parti, Rémi, tout en rangeant les assiettes dans le lave-vaisselle, me demanda, l'air de rien :

— Ça ne te dirait pas, toi, d'aller t'allonger ?

Je sursautai.

— M'allonger ?

— Oui, enfin, aller voir un psy...

— Mais pourquoi ?

— Je ne sais pas, tu as l'air un peu triste ces derniers temps, et je m'y connais en dépression.

— Oui, je sais, tu l'as rappelé tout à l'heure, une affaire de famille...

Mais il prit mal ma remarque, jeta les dernières assiettes dans l'évier et partit se coucher.

Comme tous les jours, je sortis de l'école à 17 heures mais fis un détour pour ne pas me retrouver directement nez à nez avec le Franprix qui m'aurait imposé de faire les courses. J'avais mal à la tête, la soirée de la veille avait vu finalement défiler huit bouteilles. Je les avais comptées au matin. Toute la journée je m'étais traînée dans la classe, essayant de répondre aux sollicitations. Amina, « mon » ATSEM[1], a vite vu que j'étais patraque et a pris une partie des choses en main. Je lui ai promis une bouteille, obnubilée par celles que j'avais dû descendre à la poubelle « verre » en deux voyages. Mais elle m'a répondu, gênée, qu'elle ne buvait pas. Ce que j'aurais pu deviner – elle remettait son foulard à peine le portail de l'école franchi. Je m'excusai, me sentant stupide. Et proposai des chocolats à la place. Mais elle me dit de ne pas m'en faire, ça arrive d'être fatiguée et c'était son métier de donner un coup de main. C'est vrai, ça arrive. Mais j'avais l'impression que je l'étais souvent, fatiguée, et qu'en plus, c'était ma faute. Je l'aimais bien, Amina. Elle ne se plaignait jamais alors qu'elle avait mille raisons de plus que moi d'être épuisée. J'étais persuadée qu'elle n'avait jamais fait d'analyse. C'était un préjugé, sans doute. Je m'en voulus d'être si pleine d'idées toutes faites. « Vous avez déjà fait une analyse, Amina ? » me suis-je lancée. Elle a souri, « Pas besoin ! » Je fus impressionnée par la spontanéité de sa réponse et passai le reste de la journée à me demander comment on pouvait « ne pas avoir besoin d'analyse ». Certes, un grand nombre de

1. Agent territorial spécialisé dans les écoles maternelles.

personnes n'allait pas voir de psy, pour autant, n'en avaient-ils pas besoin ?

Je songeais à l'éventualité d'aller « m'allonger » quand je tombai sur la devanture d'un salon de massage devant lequel j'étais déjà passée mille fois. Juste à côté du préjugé « une ATSEM tunisienne ne fait pas d'analyse » en traînait un autre, lamentable : salon de massage = prostitution.

Qu'avais-je à perdre ? Je sonnai. La porte était fermée à clé, ce qui n'augurait rien de bon. Pourtant, une femme asiatique (de quel pays, je n'aurais su le dire si ce n'est l'intitulé du « salon de massage thaï », mais qui pouvait tout aussi bien employer des Chinoises, des Vietnamiennes ou des Tibétaines) m'ouvrit et me demanda dans un français approximatif si j'avais rendez-vous. Je balbutiai un non désolé, frappée par la conscience de ma soudaine folie, mais elle me fit entrer : « Pas grave, pas grave, place. » Puis elle me présenta les différentes prestations imprimées sur un dépliant jaune et noir : massage à l'huile, massage thaï, réflexologie, massage du crâne. Ça sentait l'encens et la lessive. La salle d'attente était peinte en marron et des bouddhas dorés priaient, assis confortablement en lotus sur leurs grosses jambes. Hormis le carrelage au sol rose et vert, je trouvais le décor pas si mal. Propre en tout cas. Et ce dépliant très professionnel. Pas du tout « prostitution ». Je n'avais pas encore l'intention de passer une heure en ces lieux, du moins l'intention consciente, quand je tombai sur les tarifs : 50 euros le massage à l'huile. Je ne peux pas expliquer ce qu'il se passa alors, mais une décision fut prise. Malgré moi. Voilà à quoi j'allais employer les 50 euros de la thérapie recommandée par Rémi et plébiscitée par tous mes amis alcooliques : à m'enfermer dans une cabine moite pour qu'on s'occupe de moi, et pas même de moi, mais de mon corps, abandonné, offert à la palpation de la main experte d'une femme qui ne me parlerait même pas, à qui je n'aurais pas à parler.

Installée sur la table de massage, le visage coincé dans l'anfractuosité du coussin, je fermai les yeux et me laissai aller. Bien sûr, la première fois fut équivoque. Si j'éprouvais la douceur et la force de la pression de sa main sur mes épaules, mon dos, mon crâne en soupirant d'aise, j'observais en même temps chacun de ses gestes et le cérémonial d'un « massage à l'huile », encore sur le qui-vive – à l'affût du moment où, sous sa prise, je serais violée, torturée, tuée peut-être, ou bien oubliée là et montrée du doigt, objet de moqueries de tous les habitants de l'immeuble, – j'étais attentive aux possibilités que mon cerveau imaginait en même temps que mes muscles se détendaient. Ce qui donna lieu à une expérience paradoxale. J'avais dépensé 50 euros pour un demi-plaisir, et cela par ma faute. Je m'étais dédoublée au lieu de m'abandonner. Mon Désir avait failli tout en obtenant des miettes.

Je remerciai la femme comme si elle venait de me sauver de la noyade et sortis ma carte bleue. La dame me demanda alors si j'étais abonnée. Abonnée ? Il était donc possible de revenir, voire de devenir une « habituée ». Le spectre de la prostitution s'éloignait, toutes les peurs s'étaient dissoutes dans l'huile chaude, puis dans ce petit dialogue tout ce qu'il y a de plus normal entre une prestataire et une cliente.

Non seulement je ne m'étais pas fait avoir, mais en plus j'étais promue : je tenais à la main une carte d'abonnement qui, certes, me coûtait 500 euros payables en trois fois sans frais, mais qui m'offrait au bout du voyage un massage gratuit. Est-ce que les psy procédaient de la sorte ? Non non non non non.

Je sortis euphorique : trop d'émotions contradictoires. La crainte de l'inconnu bravée, la traversée de cette heure hors du temps et de la ville, la conscience d'un égoïsme insensé, l'angoisse d'avoir jeté de l'argent par la fenêtre, le plaisir coupable acheté à prix d'or, la culpabilité d'avoir fait travailler une immigrée peut-être sans papiers et le halo de secret qui entourait tout ça, comme si j'avais passé un pacte avec une sorcière – j'en éprouvais une joie intense. Je savais que j'avais trouvé là l'espace pour que s'apaise mon Désir. Un lieu où nul ne pouvait deviner ma présence, fermé aux regards, soustrait à la vie quotidienne, au couple, aux amis, un lieu à moi mais sans moi, où je pouvais mettre en veille mon esprit dès lors que celui-ci ne serait plus occupé à anticiper tous les pièges qu'un siècle de cinéma avait permis d'inventorier. À vrai dire, je ne détestais pas non plus me faire peur, surtout pour une issue aussi heureuse : je sortais saine et sauve du salon de massage thaï, délestée de 500 euros, mais avec une carte déjà tamponnée qui était pour moi comme un talisman.

Je n'eus même pas besoin de justifier l'heure de mon arrivée. Rémi m'avait pourtant appelée plusieurs fois. J'ai prétexté une réunion de dernière minute à l'école pour évoquer le cas du petit Tony, un enfant difficile et qui avait des raisons de l'être. Mais la misère sociale ne justifiait que dans une certaine mesure qu'il morde au sang ses camarades. En l'occurrence, cet incident s'était passé la veille et je n'avais pas eu le temps de le raconter à Rémi. Il y a un Dieu pour les massages.

Pendant la nuit

Lorsqu'il s'est endormi, j'ai repensé à cette séance. Ma peur au début d'entrer dans ce bouge – le salon thaï de mon quartier est loin du spa luxueux d'un hôtel cinq étoiles qui fait la promotion d'une marque de produits de beauté –, le sentiment de dépaysement que j'avais ressenti après avoir fermé la porte derrière moi, assurée qu'on pourrait s'occuper de moi alors que je n'avais rien prémédité, le frisson lorsque j'avais enlevé mes vêtements, ne sachant pas trop où les poser dans l'obscurité de la pièce, optant pour ce qui s'apparentait à un petit tabouret en bois, enlevant mes boucles d'oreilles et les coinçant dans la poche de mon jean, retirant mes bagues une à une, chacune racontant une histoire – mon premier amoureux, mon deuxième amoureux, un voyage au Mexique –, me retrouvant nue, exposée. Je m'étais observée alors, dans cette pièce qui sentait l'humidité, me demandant quel était le sens de ma vie.

Sur la table de massage était déposé un string jetable : je l'enfilai du mauvais côté et le déchirai par mégarde en le retirant. Je dus garder ma culotte, sans savoir comment expliquer ce mouvement de rébellion à la masseuse. Je m'étais alors couchée sur le ventre, épuisée, le visage enfoui pour échapper à toute justification. Moi qui voulais passer pour quelqu'un d'habitué, une professionnelle du massage en quelque sorte, presque une amie de la maison, j'en étais pour mes frais. Mais l'instant d'après, je retrouvai mes préventions et me félicitai de ne pas avoir obéi à l'injonction silencieuse du string.

Je revis chaque instant et les différentes scènes qui se présentaient à mes yeux. J'avais interprété chaque bruit, les chuchotements dans une pièce mitoyenne, le téléphone qui sonne en vain. J'étais apparemment la seule cliente ce jour-là. Fallait-il y voir un signe ?

L'évidence de la nature du salon : une maison close ou une entreprise fantôme pour blanchir de l'argent ?

Enfin j'avais entendu la porte s'ouvrir et se fermer aussitôt. Une présence furtive s'était activée autour de moi. Elle m'avait demandé si j'avais mal quelque part, du moins est-ce ce que j'avais compris. Je m'étais empressée de la satisfaire : partout ! J'avais mal partout, surtout au dos. Cela m'avait semblé être une justification nécessaire à ma présence. J'évitai les grandes phrases, anticipant le fait qu'elle ne me comprendrait pas, comme lorsqu'on parle à des enfants la même langue qu'eux, croyant faciliter l'échange. Puis je m'étais tue, confuse de ma manière de faire, de ma manière d'être et de mon imagination vulgaire. J'avais décidé de me laisser faire.

Tout mon corps réagissait à ses mains calleuses dont j'aimai immédiatement la texture. Lorsqu'elle remonta le long de mes jambes vers mes fesses, je ne savais plus si j'espérais qu'elle s'y aventure ou si je le redoutais. Mon corps s'ouvrait et se détendait, mon esprit commençait à son tour à lâcher prise. Elle s'en tint au bas des fesses, puis au bas du dos. Rien dans son attitude ne laissait penser que son métier eût un aspect sexuel. D'ailleurs, il était bien noté sur une feuille imprimée et scotchée au mur que toute demande explicite serait sanctionnée par la loi. J'ignorais de quelle loi il s'agissait mais commençais à considérer que cette activité était tout à fait normale : masser était un métier à part entière, tout à fait distinct de « pratiquer des actes sexuels payés ». Et au fond, qu'est-ce que ça pouvait bien me faire, n'était-ce cette vulnérabilité du corps nu allongé et offert…

Quand elle s'en prit à mes cheveux, le délice m'arracha quelques râles. Je découvrais le plaisir infini que me procurait cette main sur moi : un soin, une attention, une technique, et les extrémités de mon corps en alerte, avides. Peut-être était-ce le souvenir des doigts de ma mère m'épouillant pendant des heures. Comme j'aimais cela ! Qu'elle cherche, gratte, tire, scrute, quadrille, sillonne. Comme j'aimais cela ! Des heures durant dans l'herbe du pré où des chevaux broutaient, quand nous partions en vacances chez ma grand-mère dans le Berry.

Il y a longtemps.

Parfois celle-ci prenait les choses en main et m'asseyait d'office dans la cuisine, peigne à la main. C'était moins agréable, mais tout de même. Les heures passaient dans ma tête, sur mes cheveux, à la racine.

J'aurais souhaité que ça ne s'arrête jamais. Mais elle cessa. Son geste se suspendit. Elle se frappa les mains. Fini. Il fallait revenir au monde.

Dans mon rêve, cette nuit-là, des êtres dont j'ignorais l'identité et le sexe s'invitèrent pour me caresser, me pénétrer, me gratouiller, m'embrasser.

L'atmosphère était rouge et ouatée. Il faisait chaud, je transpirais.

Je me réveillai sereine, le corps apaisé. J'étais si contente de moi. Mais il faudrait attendre la semaine prochaine, peut-être même celle d'après. Et comment faire ? Appeler pour réserver sans savoir si ce jour-là j'en aurais envie ou non ? Passer à l'improviste, comme la première fois, et courir le risque de ne pas avoir de place ? Ce problème technique m'inquiéta toute la journée. Je le remis à plus tard. De toute façon, je ne pouvais pas dépasser 50 euros par semaine.

Rituel

La deuxième fois allait me faire découvrir un autre aspect du salon : le tenancier était un homme. Je me félicitai de ne pas l'avoir su avant d'acheter mon abonnement. Ainsi y avait-il un vieux mâle blanc qui exploitait des Thaïlandaises (ou des Chinoises ou des Vietnamiennes) en attendant le chaland et en bavardant avec lui tandis qu'elles suaient sang et eau enfermées dans leurs cabines minables à écouter une musique en boucle censée promettre l'évasion.

J'étais en colère et perplexe. Les doutes quant à la nature de la boutique revinrent. Il était assis là, sans rien faire. Il se leva bruyamment pour regarder dans son carnet s'il y avait de la place pour moi :

« Vous avez de la chance, une annulation de dernière minute », puis il appela un prénom impossible à prononcer : « Xiouaix, tu prends la dame », ni s'il te plaît ni merci. J'étais mortifiée d'être ainsi « imposée » à la pauvre fille qui ne pouvait pas refuser. Et qui disait qu'elle n'en était pas déjà à son vingtième massage après avoir fait trois heures de trajet depuis sa lointaine banlieue où elle devait cohabiter chez un marchand de sommeil avec ses collègues afin de diviser le loyer ? Je me vis dans le rôle de l'exploiteuse occidentale, seulement soucieuse de son bien-être, sans aucune attention à la misère se déployant sous ses yeux et dont elle tire profit.

Pourtant, une fois dans la cabine, mes scrupules s'estompèrent. Certes, j'employai une voix mièvre et gentille pour manifester ma solidarité et compenser par ma sollicitude la rudesse de sa vie, mais dès qu'elle toucha mes pieds, j'oubliai la peine et l'exploitation, le capitalisme mondialisé, la haute finance et les ateliers clandestins, la traite des femmes et l'esclavage des enfants. Tout se libéra en moi, mon corps s'offrait aux mains expertes tandis que mon esprit pouvait vaquer n'importe où, nulle police dans ce lieu inconnu de mes amis, de ma mère, dans ce lieu moche qui représentait pourtant une enclave extraterritoriale dans ma vie d'institutrice de 28 ans en couple et sans enfant.

En sortant, j'avais l'impression d'avoir voyagé. Il y avait bien toujours cette petite tristesse de la fin, de l'après, vite rationalisée par le calcul du temps qui me séparait du prochain massage.

C'est ainsi que le rituel du salon de massage s'installa dans ma vie : il permettait aux autres éléments de s'équilibrer, rythmait mes semaines, offrait une perspective joyeuse, compensait les mauvaises journées, assouvissait un besoin d'être touchée que je n'aurais de toute façon pas exigé de Rémi. Car la pression de la masseuse n'avait rien à voir avec une caresse, même érotique, sans en être tout à fait éloignée. Elle était d'un autre ordre. Le fait qu'elle soit payée y était pour quelque chose. Je pouvais faire abstraction d'elle – quand je ne m'abîmais pas dans la flagellation punitive de la mauvaise conscience politique – et abandonner littéralement mon corps sans que cet abandon exigeât réciprocité. Qu'il n'y ait nul échange, nulle dette, c'est ce qui permettait à ce moment d'être si intensément... autre, en dehors de tout lien social. Et même le lien économique, je pouvais l'oublier dans la salle obscure, il reviendrait plus tard me tarauder. L'obstacle de la langue était un avantage.

Allongée sur la table, il m'arrivait de m'endormir, parfois de dresser une liste de courses ou de choses à faire, j'organisais mon emploi du temps, puis songeais à la Thaïlande et imaginais la vie des masseuses dans des maisons tout droit sorties de films sur la guerre du Vietnam, des souvenirs d'enfance me revenaient, des bribes de conversation, un soleil dru et une terre sèche, la voix de mon père qui m'appelle, la piscine de Jo à Marseille, Sarcelles que je chassais, ma mère que je chassais, les rues de Nevers, les documentaires sur l'Afghanistan, le TER surchauffé aux allures d'ancien temps, le soleil à nouveau, violent, vertical, entre l'omoplate et le cou les dimensions du temps s'abolissaient, tout se plaçait côte à côte.

Je n'aimais pas en général avoir quelque chose à faire après. Je rentrais le plus lentement possible, retardant le moment de parler. Je n'évoquais jamais ces séances avec Rémi. Il ignorait où passaient cet argent et ces heures. Je n'avais pas envie de les partager. Tous les jeudis, je déjeunais avec Marianne qui travaillait ce jour-là à côté de l'école. Elle me racontait ses patients, moi mes élèves. Un jour qu'elle était épuisée et triste, je lui demandai :

— Pourquoi tu n'irais pas te faire masser ?

— Quoi ?

— Masser, oui ! Ça te détendrait !

— Mais Souris (oui, c'est comme ça que mes amies m'appellent), je n'ai pas du tout le temps ni l'argent !

— Justement, ce sera quelque chose d'interdit, quelque chose que normalement tu ne pourrais pas t'autoriser à faire.

Elle me regarda, surprise puis dubitative :

— Tu l'as fait, toi, déjà ?

Je n'hésitai qu'un instant.

— Oui. Quand j'en ai besoin, j'y vais.

Elle était manifestement impressionnée.

— Mais tu vas où ? Et ça coûte combien ?

— Oh, dans un petit salon à côté de la maison, et ça coûte 50 euros.

— C'est pas donné, quand même !

— Pas plus que le psy. (Je pouvais enfin tester ma théorie.)

— Le psy, c'est plus utile.

— Eh bien, pour moi, le massage est indispensable.

— Pourquoi, tu as des rhumatismes ?

Sa question m'exaspéra, il fallait donc être malade pour aller se faire masser ?

Marianne eut l'air de réfléchir, puis balança :

— Je crois que je ne considère pas assez mon corps pour lui offrir ce luxe.

Vexée, je lui répondis que moi non plus, je n'accordais pas une valeur démesurée à mon corps, pas plus qu'à mon âme, enfin que ce n'était pas une récompense que je lui offrais ! C'était tout à fait différent et tant pis si elle ne comprenait pas. Pour une fois que je me confiais, j'avais été mal inspirée. Marianne s'excusa, elle était vannée et réagissait mal à tout. Elle me promit de faire un effort et de s'offrir une séance de massage même si elle détestait qu'on la touche.

— Eh bien, si tu détestes, ne te donne pas cette peine. Moi, ce que j'aime, c'est justement me faire toucher par des inconnus sans que ça prête à conséquence.

Elle leva les yeux au ciel.

— Je pourrais t'analyser rien que pour cette phrase !

Retour à Rémi

Souvent je faisais ce rêve que j'étais enceinte de deux, trois mois, puis que cela cessait. Mais personne ne s'en rendait compte, le bébé s'était volatilisé. Je m'apercevais bien plus tard, en voyant le ventre proéminent d'Agathe, que j'aurais dû avoir le même – mais où était passé mon enfant ? J'avais oublié que j'étais enceinte, et cet oubli l'avait fait disparaître. Je me réveillais mal en point, songeant, entre veille et sommeil : c'est dommage tout de même, si j'avais fait attention...

Dans la cabine de massage, j'atteignais cet entre-deux qui caractérise le réveil ou l'endormissement. Mais des images plus agréables flottaient – je n'avais besoin ni de les retenir ni de les diriger ailleurs et, si elles tournaient mal, je les mettais à la poubelle illico, d'autres les remplaçaient sans dommage.

Seules mes nuits étaient habitées de mauvais rêves. Rémi m'apprenait au matin que j'avais crié mais n'avait pas pu comprendre ce que j'avais dit. Ça l'avait réveillé. Il n'avait pas réussi à se rendormir. Je m'excusais – soulagée cependant que mes paroles soient restées hermétiques. Ses journées étaient bien plus longues que les miennes, il faisait un vrai métier, lui, alors que je n'arrivais pas à payer la moitié du loyer (et pour cause, j'avais quasiment 200 euros qui partaient chaque mois en fumée !). Un vrai métier est un métier qui rapporte et qui permet de vivre à Paris en payant plus que la moitié du loyer d'un appartement pourtant partagé – et même plus que partagé puisque j'y passais plus de temps. Il n'en était pas à comptabiliser les heures tout de même, le calcul ne prenait pas en compte les temps de présence – il s'agissait d'une simple division franchement équitable. Il avait fait de brillantes études mais, comme beaucoup de gens de notre âge, avait préféré un métier « qui a du sens », moins rémunéré que ce à quoi il aurait pu prétendre. Ce qui restait correct. Les bons jours, il estimait mon propre travail – du sens, il en avait ! Les mauvais, il pensait très fort qu'il s'agissait d'un truc de bonne femme – les enfants, ça leur est naturel. Pourtant il n'était pas machiste, précisait-il, bien au contraire, la preuve, il était plus féminin que moi : tendre et attentionné. Je n'avais pour ma part jamais remarqué que ces qualités étaient proprement féminines mais sans doute avais-je dû connaître les mauvaises femmes.

J'ai toujours été injuste envers Rémi, qui bataillait pour nous offrir un toit et une vie agréable faite de bons dîners, d'amis, de cinéma et de voyages. Et puis j'aimais son corps. Sans doute plus qu'il ne l'aimait. J'y projetais tout un tas de fantasmes dont il n'était pas responsable, mais dont il tirait un bénéfice certain. Il compensait mes faiblesses, avait les pieds sur terre, l'esprit rationnel, il ne s'embarrassait pas d'hésitations, il aimait boire, baiser, lire. Je ne vois pas ce que j'aurais pu lui reprocher. Mais le fait est que je lui reprochais silencieusement des myriades de petites choses. Je le mettais sur le compte de mon mauvais esprit et de cette manie de thésauriser les petites critiques, les petits griefs, les petits mépris sans les rendre publics. J'avais donc un coffre à ressentiment que je n'ouvrais qu'à l'occasion des grandes disputes. Prêt à l'emploi. J'avais la langue acerbe, et j'aimais autant faire des phrases assassines que les penser. Rémi ayant moins de répondant que moi, il ne se lançait pas facilement dans la bagarre, ce que je regrettais. Mais je m'en remettais à sa sagesse car, à vrai dire, je me faisais une confiance relative, connaissant ma propension au carnage.

Il cuisinait bien. Moi aussi du reste. Mais ce que nous aimions par-dessus tout, c'était déguster des grands crus à petits prix. Rémi avait un excellent palais. Il avait suivi des cours d'œnologie et parvenait à dénicher les « bonnes affaires ». Nous étions tellement obsédés par l'argent que nous parlions comme des panneaux publicitaires. J'en avais honte, bien sûr. Et d'ailleurs, cette obsession n'était pas de mon fait, si l'argent me posait un problème, c'était par culpabilité.

Culpabilité

J'avais remarqué que je réfléchissais mieux allongée. Quelque chose se détendait et libérait un flux d'images, d'associations, mais également de pensées profondes. L'espace du salon de massage accueillait tout ce que je maintenais bien serré le reste du temps, dans un endroit de mon corps qui changeait de semaine en semaine, tantôt le ventre qui gonflait, tantôt le cou qui se tendait, tantôt les chevilles, les genoux, et même le front. À chacune de ces pointes la masseuse avait un remède. C'était mieux qu'une mère idéale – une mère qu'on aurait payée pour sa douceur et sa sollicitude uniquement, sans qu'elles s'accompagnent d'une demande silencieuse d'un remboursement affectif, d'un prix exorbitant ou d'une généalogie lourde.

Les masseuses étaient trois ou quatre, parfois l'une d'elles disparaissait un mois ou deux puis revenait. Je ne leur demandais rien de peur d'être intrusive. Mais j'imaginais un retour au pays natal où l'attendaient peut-être une famille, des enfants, à qui elle envoyait de l'argent chaque mois. Je l'avais vu dans un documentaire sur des gardes d'enfant philippines, c'était affreux. Je ne savais pas si me faire masser entretenait la misère de cette situation ou au contraire la soulageait. Je m'étais plusieurs fois promis de faire une enquête sur les salons de massage thaï et ses employées. Une fois que le patron se plaignait de la grève des transports, je lui demandai où vivaient les filles et combien de temps elles mettaient pour arriver. « En lointaine banlieue, près de Poissy, elles mettent deux heures pour venir », et donc pour rentrer, sachant que le salon fermait à 20 heures, elles ne pouvaient rejoindre leur foyer qu'à 22 heures. Si jamais elles avaient des enfants, c'est bien simple, elles ne les voyaient jamais.

Un jour, tandis que je prenais le thé offert à la fin de la séance, j'entendis le patron discuter avec une femme qui l'appelait Michel. Je l'avais déjà croisée au salon, c'était une habituée.

J'écoutai leur conversation en faisant semblant de lire mes messages sur mon téléphone. Michel, donc, habitait lui aussi en banlieue. Il ne mettait qu'une heure, c'était mieux, mais il se plaignait de la circulation à Paris, de l'impossibilité de se garer et de l'obligation d'aller toujours plus loin pour trouver un loyer raisonnable. Il fustigeait la politique de la Ville qui consistait à reléguer les banlieusards le plus loin possible, rendant presque infranchissables les murs de la capitale – files de voitures interminables, sens interdits aussi soudains qu'éphémères, rues piétonnisées. Les bistros du quartier fermaient les uns après les autres, faute pour les patrons et employés de pouvoir payer le loyer et d'arriver à l'heure sur le lieu du travail. Les gens qui travaillaient à Paris n'y habitaient plus.

Je ne l'avais jamais entendu parler autant. La politique de la Ville avait souvent cet effet.

Il n'était pas tout à fait sympathique, mais entendre le son de sa voix évoquer des choses somme toute assez banales et quotidiennes le transforma du méchant personnage qu'il jouait dans mon scénario en une personne. Je ne sus dire si j'en étais soulagée. La femme se leva et salua tout le monde, « Au revoir Véronique », dit Michel, elle me fit un signe de la main auquel je n'eus pas le temps de répondre, m'en voulant de m'être montrée si gauche devant elle qui semblait tellement à l'aise.

Le même jour, la masseuse dont je ne connaissais pas le prénom, et même s'il fut plusieurs fois prononcé, crié plutôt, je n'avais su (ni voulu) le retenir, me demanda si j'avais des enfants. Interloquée par cette transgression du protocole, je fus tentée de lui mentir. Mais j'avais les hanches étroites d'un adolescent et cette femme avait massé mon ventre. Je pouvais à la limite inventer un enfant (et encore, tout petit), mais pas deux, pas trois. Mon corps imposait une demi-vérité : je n'avais pas d'enfant. Mais il ne disait pas que je n'avais aucune envie d'en avoir. En tout cas pas maintenant. J'étais déjà bien assez encombrée de moi-même pour héberger qui que ce fût d'autre. Je me sentis obligée de lui demander en retour si elle en avait – elle dit alors à toute vitesse, comme si elle jetait ses mots afin qu'ils disparaissent au plus vite, qu'elle avait fait une fausse couche mais qu'elle allait réessayer, me demanda si 40 ans ce n'était pas trop tard. Malgré l'accent, la phrase était limpide. J'étais tétanisée. Me demandait-elle vraiment un avis ? Voulait-elle que je la rassure ? Moi ? Qui venait chercher auprès d'elle l'échappée et l'oubli ?

J'imaginai alors ce corps qui massait le mien perdant dans le sang et les fluides un fœtus désiré. Peut-être même dans cette pièce. Ses pleurs silencieux pour ne pas déranger. Le ménage efficace qui s'en serait suivi. La demande d'un après-midi de congé acceptée dans un soupir. Le retour dès le lendemain sur son lieu de souffrance. Ses muscles bandés pour tirer sur les jambes et les bras d'une grosse bonne femme ou d'un sale type – car il y avait des hommes aussi parmi les clients, et je ne pouvais m'empêcher de les suspecter de mauvaises intentions –, la sueur sur son front parce qu'il n'y avait pas d'air, le dégoût de cette musique lancinante, toujours la même, où le triangle était l'instrument dominant. Puis le métro, le RER, la marche à pied dans des rues sordides pour retrouver un appartement humide dont le propriétaire ne paierait jamais les travaux d'isolation pourtant exigés par l'État, et qu'elle devait partager avec son mari – déduction que je concédai à ce sinistre tableau. Au vu d'une telle situation, je me sentis obligée de lui assurer qu'à 40 ans, ça ne posait aucun problème, aujourd'hui tout le monde faisait des bébés tard, et d'ailleurs c'était mieux, on avait le temps de faire carrière, d'être indépendant, et plus ma phrase avançait plus je prenais conscience de son incongruité, mais l'arrêter n'était pas possible alors j'en accélérai le débit, espérant qu'ainsi elle n'en comprendrait pas le sens.

J'eus alors la claire conscience que chacun de ses gestes éloignait d'elle la perspective d'avoir un enfant. Pouvais-je me rendre complice d'une telle tragédie ? Je me raccrochai à Malthus et à la catastrophe démographique en cours. Et finis par enfouir mes scrupules pour jouir pleinement de mon moment de liberté. La liberté coûtait cher, et en l'occurrence ce n'était pas moi seule qui en payais le prix – le sien était plus élevé que mes pauvres 50 euros. J'étais une exploiteuse, nul doute à cela, mais que pouvais-je faire maintenant que j'étais « abonnée » ? Je n'allais pas jeter mes dernières séances ! Et, pour être honnête, je savais au fond de moi que j'allais reprendre une carte.

Il n'empêche, en sortant j'étais tiraillée par le doute. Jouais-je un rôle actif ou passif ? N'étais-je pas un rouage essentiel de cette industrie d'exploitation ? L'idée que masser était un beau métier chassa mes scrupules : des gens faisaient des études pour ça – les kinés, par exemple –, dans les pays d'Asie, c'était une pratique commune, parfois même gratuite ! Ici, au moins, les employées bénéficiaient de la Sécurité sociale et du droit du travail – du moins le supposais-je. J'aurais pu le demander directement à Michel, mais celui-ci discutait avec Véronique du prix de l'immobilier. Mon entreprise de déculpabilisation se passerait de lui. *Si je paye, ce n'est pas de l'esclavage ?* Mais à nouveau les Ouïghours défilèrent devant moi en file indienne et enchaînés, les yeux couverts de mouches. Bien sûr qu'en payant on pouvait exploiter – il suffisait de s'acheter un tee-shirt chez Zara ! Et j'en avais un stock dans mon armoire remplie à ras bord. Il était devenu impossible de rester innocent. Chaque chose que je faisais, que je mangeais, dont je me vêtais, me ramenait à une responsabilité dont j'étais la plupart du temps inconsciente mais qui me sauta aux yeux tandis que je repensais à cette femme qui avait fait une fausse couche à 40 ans et à dix mille kilomètres de chez elle. C'était ma faute. Et cette faute qui pesait combattait sournoisement une autre pensée que je tenais à l'écart : pourquoi m'avait-elle raconté ça alors que j'étais venue me faire masser ? N'avait-elle pas gâché la moitié d'une séance alors que de toute façon je ne pouvais rien pour elle ?

Pendant tout le dîner je demeurai troublée. Rémi me demanda plusieurs fois ce qui n'allait pas, je mis fin à ce débat intérieur stérile, il me proposa de partir ce week-end, j'acquiesçai bien sûr, quelle joie.

En m'endormant, je me vis au centre des quatre masseuses, leur tenant un discours complotiste et révolutionnaire. Je pourrais trouver des avocats pour les aider à sortir de la prison dans laquelle elles s'étaient mises pour rembourser les passeurs, je poursuivrais les marchands de sommeil à qui elles donnaient des sommes astronomiques pour avoir un toit troué, je les accompagnerais en Thaïlande pour rencontrer leur famille, leur servir le mensonge préparé ensemble sur leur vie parisienne ; j'assisterais au mariage de l'une d'elles et serais la marraine de l'enfant tant attendu, 40 ans, c'est sûr, c'est tard pour un premier, mais pas impossible, la preuve. Nous organiserions une grande fête où je serais l'invitée d'honneur, on me ferait découvrir toutes les coutumes, les plats et les danses. Les filles seraient heureuses et leur sourire serait la récompense de tous mes efforts. Je m'endormis sur ces images réparatrices.

La fois d'après, tandis que j'attendais qu'une cabine se libère, je les entendis rire et discuter. Je fronçai les sourcils, dubitative. Mais l'une des filles se présenta dans la salle d'attente, le visage rayonnant et le sourire communicatif. Michel était assis dans un coin, ils échangèrent quelques mots en riant. J'observai, presque vexée d'être exclue de la scène, puis la suivis et retrouvai mes gestes habituels, nos habitudes, l'histoire de la fausse couche était oubliée.

À l'école, je me sentais à l'aise. Je traversais de moins en moins ces moments d'absence qu'Amina comblait – désormais, elle pouvait s'en tenir à sa fonction. Nous discutions aux heures de pause, ou plutôt je lui posais des questions et elle me racontait sa vie. Je me rendais compte que si l'on inversait les rôles, je serais bien en peine de raconter quoi que ce soit. Rien qui me paraisse notable, digne d'un récit. Non qu'il lui arrivât des aventures extraordinaires, elle évoquait ses enfants, les caprices et les jeux, le retour au bled programmé pour les grandes vacances, la maison qu'ils faisaient construire là-bas avec des sols en marbre. Elle racontait une vie.

N'avais-je donc pas de vie ? J'étais bien obligée de m'avouer : pas tant que cela. Excepté ce qui se passait dans le salon de massage. Mais qu'en dire ? Les moments les plus harmonieux de mon existence ne pourraient jamais épouser la forme d'une histoire. Il ne s'y passait rien au sens concret du terme, et justement, tout y passait si vite, sous des formes en métamorphose constante, que je n'aurais rien su en retenir. Et l'eussé-je pu, je ne l'aurais pas souhaité. L'espace de mon Désir n'avait pas vocation à se transformer en mots : rien qui pût le fixer, lui donner des contours et des formes. Il devait rester libre de ces chaînes que le langage impose, lui toujours si avide de maîtrise. Bien sûr, il y avait toutes ces personnes qui le peuplaient : la fille de la fausse couche, les trois autres toujours souriantes, Michel et maintenant Véronique. Mais même cela appartenait à un monde que je ne souhaitais pas partager. La moindre communication à ce propos eût été sacrilège. Je protégeais mes frontières et ce lieu d'où se réactivaient mes envies, ce lieu sacré où nul ne devait pénétrer, mon petit temple intérieur qui donnait sens à tout ce qu'il n'était pas. Où nul n'était invité, pas plus Amina que Rémi – même Marianne, à qui j'avais parlé de mon goût des massages, n'aurait pu imaginer l'ampleur que ceux-ci avaient prise dans ma vie. Il m'arrivait de rêver de la masseuse à la fausse couche et même de Véronique, alors que je ne l'avais croisée qu'une ou deux fois dans la salle d'attente. Si les gens commençaient à pénétrer mes rêves, n'était-ce pas qu'ils faisaient partie de mon monde, de l'un d'entre mes mondes, le plus intime, celui de la nuit ?

Week-end à la campagne

Nous sommes partis en week-end. Rémi avait tout organisé comme à son habitude – et je n'empiétais qu'assez peu sur ces prérogatives, satisfaite de me laisser porter et de découvrir ce qu'il avait prévu pour nous. J'en connaissais la formule : petit hôtel près d'une forêt ou d'un village inscrit au patrimoine des plus beaux villages de France, bonne table, chambre avec vue et literie confortable pour nous inviter à faire l'amour, de préférence en fin de matinée ou en début d'après-midi. Promenades culturelles ou « nature », un bon compromis entre romantisme, loisirs et arts de la table. Il y avait quelque chose de rassurant dans ces surprises. Mes amies m'enviaient, Agathe me répétait souvent que j'avais de la chance – phrase qui me laissait perplexe, comme si Rémi et ses week-ends m'étaient tombés du ciel, et comme s'il n'y avait vraiment rien de mieux à imaginer que cet attelage de charme. Les dépliants publicitaires constituaient ma vie aux yeux de mes amies, particulièrement celles qui vivaient seules. Et j'y prenais un certain goût, comme j'avais plaisir à observer Rémi, son corps musclé et entretenu, son visage symétrique quasiment parfait, ses yeux verts mais pas trop, pas de façon provocante, sa bouche large et bien dessinée, ses dents bien rangées à part deux canines du bas qu'on voyait assez peu sauf lorsqu'il riait. Les gens se retournaient parfois sur lui, ça me rendait fière.

Fière, je l'ai été également lorsque c'est moi qu'il avait choisie alors que nous étions toutes un peu amoureuses de lui, à lui tourner autour comme un essaim de guêpes mutines et insouciantes. À l'époque, être en couple ou pas était indifférent. Nous tombions amoureuses par jeu. Être l'élue a joué beaucoup dans cette histoire. Lorsque vous avez un mandat, vous devez vous y tenir jusqu'au bout. Une certaine responsabilité vous incombe, après tout vous vous devez à ceux qui vous ont choisie – vous, ou ce qu'ils voient en vous, les promesses qui peut-être bien malgré vous flottent autour de votre visage, dans votre voix, et cet imaginaire que vous véhiculez comme un halo ou un parfum. Il faut respecter cela, me disais-je. Continuer d'être à la hauteur. Je ne comprenais toujours pas pourquoi Rémi était avec moi – étais-je la plus jolie ? Je ne le trouvais pas. La plus intelligente, la plus brillante ? Certainement pas, Marianne travaillait à l'hôpital et sauvait des gens (du moins de leur folie), Agathe écrivait des scénarios assez peu adaptés, il est vrai, au cinéma, Véra était professeure de physique-chimie en classe préparatoire et comprenait la théorie de la relativité générale, d'autres avaient fait des études poussées. Alors, qu'était-ce ? Je lui avais posé la question un soir, tandis que nous terminions un saint-émilion grand cru acheté à Aldi 9,99 euros – je m'en souviens parce qu'il n'avait pas réussi à décoller l'étiquette. Le vin nous avait détendus et nous avions atteint un degré d'intimité que nous approchions assez rarement dans nos discussions.

Rémi était pragmatique et courageux. Il venait d'une famille d'ambulanciers dans un village paumé près de Nantes et avait fait de brillantes études. Il était méritant, déterminé, impressionnant. Mais assez peu versé dans l'introspection. « J'aime ton esprit », m'avait-il répondu. Il avait réfléchi, puis lancé : « Et ton air mystérieux », j'avais un peu ri, au fond de moi vexée. Mon air mystérieux ? Faisait-il allusion à mes grandes plages d'absence, à ma difficulté à être pleinement là et entière ? Était-ce cela qu'il appelait un mystère ? Le pauvre, pensai-je sans savoir à quoi cela s'appliquait.

Mais je fus convaincue que Rémi n'avait aucune idée de qui j'étais. Non que j'en aie eu une moi-même. Au moins étions-nous deux à nager dans ce « mystère ». Il y voyait un plein quand j'y voyais un vide. C'était la seule différence.

Il me trouvait triste. La première fois qu'il me le dit, au bout de six mois d'histoire commune, je lui avais répondu : « C'est normal pour quelqu'un qui a perdu toute sa famille dans un crash aérien le jour de son anniversaire. » Il devint livide, ses lèvres se mirent à trembler. Il se recula, puis approcha la main de mon bras. Je n'aurais jamais pensé qu'il pût me croire, j'avais dit ça comme ça. Je le rassurai aussitôt. « Ce n'est vraiment pas drôle », m'assura-t-il. Il croyait tout ce que je disais. Il n'était pas idiot pourtant, loin de là. Et même au contraire, il avait une intelligence précise et matérielle. L'inverse de moi. Qui préférais ne pas porter de lunettes pour continuer à voir flou.

Je faisais des efforts pour avoir l'air enjoué. J'aimais l'entendre m'expliquer les flux mondiaux du cacao et les enjeux du label qualité sur lequel il travaillait. Il me semblait si fort, indestructible, dès qu'il abordait des questions d'ordre écologique et géopolitique. Les gens avaient confiance en lui, c'était un bon chef d'équipe, il était entraînant et pédagogue. Même quand il faisait l'amour, il était méticuleux, précis, professionnel. Je n'avais pas à me plaindre, il savait localiser les zones de jouissance, parfois même m'en expliquait le mécanisme. Sous ses mains, j'avais l'impression d'être une machine bien huilée qu'il remettait en marche au quart de tour dès qu'il s'en donnait la peine. Je ne peux pas dire que je le désirais. Et cela me convenait d'une certaine manière. Ça maintenait la distance adéquate dont j'avais besoin pour respirer et qui protégeait mon vague à l'âme dont j'aurais eu du mal, je l'avoue, à me séparer.

Je parle d'une époque et de son climat. Un climat dont je n'aurais su dire s'il venait de moi ou m'entourait, comme l'air que l'on respire et qui pourtant nous contient. Le dedans et le dehors n'avaient pas grand sens pour moi, excepté la cabine du salon de massage – ma vraie intériorité, d'où je pouvais voyager à ma guise.

Comme nous avions bu, Rémi était joyeux et solennel. Avant d'aller nous coucher, nous sommes allés nous promener le long de la rivière qui bordait l'hôtel de charme. Il me prit la main, je me laissai faire en abandonnant mes doigts à la force d'inertie. Je nous voyais marchant, couple romantique dans ce paysage idyllique, un tableau de maître du XIXe siècle, une scène ravissante qui n'était pas loin de m'émouvoir, je voyais également mes doigts raides qui cherchaient à se faire oublier, comme si rien n'était moins naturel que se donner la main. Je sentais mes gestes, mes pieds marchant l'un devant l'autre, mes bras qui ne suivaient pas le rythme, ma main rigide à laquelle il était obligé de s'accrocher puisqu'elle glissait toute seule de sa prise. Mais sans doute étais-je seule à voir tout cela, il était même possible que je me l'imagine puisque Rémi s'arrêta sur le petit pont, prit mon visage entre les mains, m'embrassa les lèvres, puis me regarda dans les yeux. J'étais terrorisée à l'idée de mal faire, cogner ses lèvres avec mes dents, refermer trop tôt la bouche et lui mordre la langue, ne pas arriver à fixer ses pupilles, me gratter, j'avais conscience qu'il s'agissait d'un moment important, la lenteur de ses gestes me le confirmait. Il me dit alors, d'une voix inspirée et profonde : « J'ai envie d'un enfant de toi. » L'angoisse me saisit. Je ne savais plus si c'était de ne pas arriver à rester dans le ton, à jouer la même scène que lui et briser le charme qu'il s'évertuait à créer et dans lequel il était sans doute lui-même plongé ; je ne savais plus si j'avais peur de le décevoir ou peur d'autre chose. Je ne savais tellement plus que je restai tétanisée. Ce qui était sans doute la bonne réaction puisqu'il enchaîna : « Tu as le temps d'y réfléchir, je sais que c'est une lourde décision à prendre, et j'attendrai. » Que voyait-il dans mon regard ? La panique ? Le désir de fuite ? L'envie de rentrer me coucher ? Je cherchai désespérément quelque chose à répondre, mais je n'arrivais plus à donner le change, j'étais fatiguée, j'étais… triste, il avait raison. Pourtant, je ne pouvais pas le laisser seul dans sa scène, c'eût été trop cruel. « C'est en effet très… je ne suis pas encore prête, mais bientôt, oui bien sûr, bientôt. »

Ça ne mangeait pas de pain.

Le soir dans le lit, il fut si tendre qu'à peine s'endormit-il que je pleurai silencieusement sous mon oreiller.

Pourtant, nous étions heureux ensemble. Je l'aimais beaucoup, le respectais, l'admirais. Le problème venait de moi, j'en étais convaincue.

Au petit déjeuner, nous avons fait comme si de rien n'était. Pourtant il y avait cette proposition entre nous qui allait devenir comme un troisième personnage. Un personnage silencieux et sournois qui dînerait avec nous, nous accompagnerait en promenade et s'assoirait sur le siège enfant à l'arrière de la voiture. Nous avons pris le café dans le jardin de l'hôtel qui donnait sur la rivière. On entendait l'écoulement de l'eau ainsi qu'un petit bruit plaintif. Je m'approchai de l'endroit et découvris deux chatons affamés. J'appelai Rémi : « Regarde ! Ils sont tellement mignons ! » J'allai demander à l'hôtel de quoi les nourrir, on me suggéra qu'il valait mieux les abandonner là, qu'ils étaient pleins de puces et avaient peut-être la gale. J'emportai en douce la fin d'un croissant qui gisait sur l'une des tables non débarrassées et l'émiettai dans ma main que je tendis aux deux bébés chats. Ils se nourrirent dans ma paume, je sentais leur petit nez humide et leur langue un peu rugueuse. Je levai la tête vers Rémi et lui demandai, suppliante : « On pourrait commencer par un chat ? » Il se balança sur ses jambes, indécis :

un chat, ça sent mauvais, il faut changer la litière, et le vétérinaire ça coûte un bras, et comment on fait quand on part ? J'avais réponse à tout. Vaincu, il finit par soupirer. Je n'osai pas demander les deux. Il fallait donc choisir lequel serait sauvé d'une vie d'errance. Ce qui ne garantissait pas une vie meilleure chez nous, mais au moins était-il assuré de l'amour que je lui porterais. À cet instant je n'avais aucun doute. L'un était plus joli, gris perlé et à moitié angora, mais l'autre moins timide, il se frottait contre ma jambe de façon insistante, il était même possible que ce soit lui qui m'ait choisie. Je demandai quand même son avis à Rémi qui me désigna le gris, ce qui ne me surprit pas. « Ça te dérange si on prend l'autre ? » Rémi haussa les épaules. « Pourquoi tu me demandes, alors ? »

Nous sommes rentrés un peu plus tôt que prévu pour organiser la vie du chat. C'était un dimanche et presque tout était fermé, mais je trouvai de la litière dans une épicerie tenue par des Pakistanais, et même de la nourriture. J'étais si excitée que j'embrassai Rémi avec fougue, amoureuse comme jamais, et sur le point de le lui concéder, cet enfant, mais juste sur le point. « En tout cas, ça me rassure, tu es très maternelle », me dit-il tandis que nous allions nous coucher. Ce fut comme s'il m'avait frappé le tibia avec le manche d'une bêche. La colère monta en moi, toute-puissante, si j'avais été Athéna j'aurais déjà déclenché une guerre civile. Je pris le chaton et le posai contre ma joue, nous allions dormir ensemble bien serrés l'un contre l'autre, il suffisait de fermer les yeux et de passer un pacte silencieux.

Le chat rendit plus faciles les retours à la maison. Je n'aimais pas 17 h 30, ni 18 heures, ni aucune heure jusqu'à 19 h 30 où je pouvais passer à une autre séquence inaugurée par un verre de vin. Je choisissais généralement cette tranche horaire pour faire les courses – et pour mon massage, bien sûr. Faire les courses avait toujours été pour moi, plus qu'une nécessité, une façon très précise de passer du temps sans me demander si cette occupation était justifiée ou non, question que je me posais à l'endroit d'un certain nombre d'activités. Je traînais dans les rayons et observais les gens. J'imaginais en regardant les caddies quelle pouvait être leur vie. Le caddie est un bon indicateur. Je ne pouvais pas vérifier, bien sûr, mais j'étais certaine de tenir là une sociologie assez exacte des gens du quartier. Si quelqu'un s'était amusé à faire le même exercice avec moi, il aurait été déboussolé. Il n'y avait aucune cohérence dans mes courses – les produits n'allaient pas ensemble, certains étaient chers, d'autres discount, on pouvait trouver du fromage râpé mais pas de pâtes, une dizaine de paquets d'amandes grillées, une salade verte, de la moutarde et désormais de la pâtée pour chat, des os en caoutchouc au goût jambon fumé ainsi que des Fisherman's Friend qu'on trouvait en devanture de chaque caisse. Mais ça pouvait être tout autre chose, des nouilles chinoises et des cornichons, un poulet fermier et des piques à brochette qui étaient en promotion. Je pouvais imaginer des barbecues parfaits sachant quel type de brochettes chaque ami serait en train de déguster sur notre petit balcon – je voyais la scène et, pour lui donner au moins une chance d'être réelle, j'achetais ces piques, sachant au fond de moi qu'elles ne serviraient jamais à moins de leur trouver un autre usage. J'aurais pu mettre au défi quiconque regardant mon caddie de deviner quelle était ma vie. Il y avait désormais une seule valeur constante : le chat.

Le chat Lapin

Agathe s'amusa de me voir si folle de mon animal : « Pour une Souris, c'est quand même cocasse. » On m'appelait Souris ou Sousou depuis mes années de lycée. C'est Marianne, je crois, qui m'avait baptisée ainsi. Mon père m'avait donné le prénom de sa grand-mère, Souheila. C'était la seule trace que je gardais du Maroc. Et de lui. Je tenais de mon histoire marocaine un prénom qui suscitait chaque fois curiosité et questionnement : « Tu viens d'où ? » « Ta famille est originaire d'où ? » « Qu'est-ce que ça signifie ? » Autant de questions qui appelaient la déception. Je venais de Paris et du Berry, mon père était mort quand j'avais 5 ans et j'avais une vague ancêtre marocaine, pas de quoi broder un roman familial.

Pour le reste je n'avais d'une souris que le nom, je ne ressemblais en rien au rongeur que mon chat, baptisé Lapin, chassait consciencieusement. Ni petit minois ni mignonnerie, j'avais été toute mon adolescence l'androgyne efflanquée qui souffre de sa petite poitrine.

Au début, je sautai même quelques séances de massage pour rentrer plus tôt. J'invitais Agathe dont les horaires de travail étaient aléatoires puisqu'elle écrivait ses scénarios essentiellement chez elle, et nous élaborions des expériences pour connaître tous les différents traits de caractère du chaton. Allongées sur le parquet, nous lui lancions des billes puis des boulettes de pain en lui demandant de les rapporter. Ça ne marchait pas, mais nous avons ainsi découvert sous le canapé un certain nombre d'objets au demeurant inutiles dont je me demandais comment ils avaient pu atterrir là. Je découvrais des recoins inexplorés de mon deux pièces, la forme des plinthes, le trou dans le parquet : un nouveau monde s'ouvrait à moi, celui de l'infiniment petit tout aussi fascinant, sinon plus, que les pièces rectangulaires dont le seul intérêt était le balcon sur lequel je rêvais des barbecues. Balcon qui pouvait accueillir tout au plus deux personnes.

Jouant avec Lapin, nous étions amenées à des confidences d'un certain ordre que nous n'aurions sans doute pas partagées en position assise ni même debout lors d'une promenade. Agathe me raconta ses difficultés avec Ali pour tomber enceinte, se demandant si c'était là une façon dont son corps lui signifiait quelque chose : et si ce n'était pas la bonne personne ? Nous évoquions les différents petits amis que nous avions eus, comparant les corps, la dextérité pendant l'amour, l'esprit. Une fois de plus elle me dit : « Avec Rémi, tu as de la chance », et une fois de plus je murmurai : « Oui, oui », mais que pouvait bien vouloir dire « avoir de la chance » et était-ce normal que je ne l'éprouve pas ? Il était d'ailleurs étonnant qu'elle ne remette jamais en cause mon couple ni ne m'interroge dessus. Nous étions pourtant assez intimes. Je n'en parlais pas moi-même. Ce sujet était aussi évanescent que le troisième personnage assis sur le siège enfant de la voiture, mais n'en existait pas moins.

Agathe venait voir Lapin toutes les semaines. C'était un prétexte à nos petites réunions et elle restait travailler à la maison, lasse de tourner en rond dans son appartement. J'aimais sa compagnie, même silencieuse – ça me donnait envie de travailler à mon tour. Alors je me mis à écrire des contes. De toutes petites choses. Avec des animaux, et mon chat au centre, doté d'un grand nombre de pouvoirs dont celui d'allonger ses oreilles et de se transformer véritablement en lapin.

Je me rendis compte que mes séances de massage débridaient mon imagination. À peine commençais-je à me détendre que Lapin prenait des dimensions extraordinaires et courait les prairies, amoureux d'une lapine qui, elle, était bien un lapin et voyait bien que Lapin était un chat. Et plus la pression de la main se faisait forte sur mon dos, sur ma nuque, plus les régions qu'explorait Lapin étaient mystérieuses et enchanteresses, moi-même je m'y perdais, y retrouvant parfois une chaussure, un cahier d'écriture ou une boîte de craies. Je descendais profondément dans le puits, entendant de loin la musique « évasion » aux harmoniques asiatiques. Et je tombais si loin qu'il me fallait un moment, quand la Thaïlandaise chuchotait : « Fini, madame », pour remonter à la surface, m'asseoir sur le lit et, pis que tout, remettre les pieds sur terre.

Ma vie avait trouvé un équilibre. Il y avait l'école et Amina, les déjeuners du jeudi avec Marianne, les fins d'après-midi avec Agathe, le soir et les week-ends avec Rémi et enfin la cabine obscure du salon thaï. Bien sûr, il m'arrivait de réunir tous les amis lorsque nous les invitions à dîner. Mais les sujets de conversation n'étaient pas les mêmes que ceux qui relevaient exclusivement de leur cadre – et, comme par une règle tacite, Agathe et Marianne respectaient les frontières de ces compartiments.

Il m'était arrivé de croiser des clientes du salon au Franprix ou dans la rue. Nous nous étions souri, mais j'éprouvais au fond de moi un certain malaise, comme si mon secret pouvait s'éventer ou se banaliser. Il était hors de question de partager cette expérience avec qui que ce soit – et si ces femmes appartenaient à ce monde clos où je libérais mon Désir, elles faisaient partie du décor. Les voir s'animer dans un autre monde n'était pas souhaitable, comme si, par leur intermédiaire, des fissures doucement ébranlaient les murs et laissaient filtrer l'air et l'encens qui donnaient au salon son identité.

J'avais une carte intérieure élaborée et complexe, mais dans laquelle je me retrouvais parfaitement – pire, elle me tenait lieu de structure. Un enfant dans tout cela aurait abattu les barrières, c'était la première chose que je m'étais dite après ma réaction épidermique et dès que je m'autorisais à y réfléchir calmement – ce qui n'était pas tout à fait exact. Je refusais d'en envisager l'hypothèse, la vision d'une poussette que j'aurais poussée dans les rues, de l'école jusqu'au salon de massage avant de passer au Franprix et de rentrer chez moi, m'était insupportable. Je ne voulais pas de lien – rien qui relie mon archipel, j'étais heureuse ainsi, et ma joie bien souvent se logeait dans les interstices.

Le scandale

Un jour d'hiver, je sortis de l'école après avoir rangé avec l'aide d'Amina les chaises, les livres, les crayons de couleur et disposé les tables selon un nouvel ordre pour tenter une expérience pédagogique. Je hâtai le pas pour retrouver les mains chaudes et rugueuses de l'une des masseuses, peut-être celle à la fausse couche, peut-être la plus jeune, peut-être celle aux lunettes. Je m'amusais avant chaque séance à deviner laquelle serait libre pour moi, ayant mes petites préférences. Mes anticipations étaient souvent déçues, et il arrivait que la masseuse dont j'aimais moins les gestes se surpasse contre toute attente, tandis que celle que j'affectionnais particulièrement ne soit pas en forme. Ces aléas mettaient du piment dans la régularité de mes rendez-vous.

J'arrivai devant la porte et la poussai, prête à recevoir les bouffées d'encens mêlées au parfum de lessive. Elle était close, verrouillée, la lumière éteinte dans la salle d'attente. Personne. Je sonnai, frappai au carreau, essayai d'apercevoir quelque chose par la vitrine. En vain. Je composai le numéro de téléphone du salon sur mon portable et tendis l'oreille à l'affût du moindre bruit derrière la porte – il sonna dans le vide et n'attira à lui aucune présence. Je dus me rendre à l'évidence : il n'y aurait pas moyen aujourd'hui de se faire masser. Une forme de panique commença à monter en moi, pour quelle raison mystérieuse le salon de massage pouvait-il être fermé ? Une épidémie parmi les masseuses ? Mais le tenancier n'aurait-il pas scotché un écriteau promettant une réouverture rapide ? Ou n'aurait-il pas laissé un message sur le répondeur pour prévenir sa clientèle ? Était-il mort ? Y avait-il eu un dégât des eaux empêchant d'utiliser les cabines inondées ? Sur tout le chemin du retour, mon imagination s'emballait puis revenait à son point de départ : la porte close. C'était incompréhensible.

Une sourde angoisse m'accompagna les jours qui suivirent. En sortant de l'école, je passais quotidiennement devant le salon pour voir s'il y avait du nouveau. Mais rien. Toujours le même silence. Je fus contrainte de vivre dans l'incertitude – ma deuxième carte d'abonnement était loin d'être terminée, j'aurais dû être informée d'un changement, voire remboursée, même si cela n'était pas ma priorité. Il était hors de question de chercher un autre salon de massage sans savoir ce qui était arrivé. C'est celui-là que j'aimais, j'y avais mes habitudes et toutes mes rêveries en avaient fait leur écrin. Et puis il y avait ce mystère. Il fallait le résoudre. On ne peut vivre sans savoir.

Je passai ainsi quelques semaines, mal à l'aise, tendue, et racontai mes préoccupations à Lapin. Rémi me demanda si tout se passait bien à l'école. Je restai évasive, tout en inventant des explications et même des élèves pour qu'on n'ait pas à aborder le sujet.

Puis un jour, un numéro inconnu m'appela sur mon portable sans laisser de message. J'étais à l'école et ne pouvais répondre. Ni rappeler. À l'heure du déjeuner, je marchai en faisant des boucles pour forcer mon téléphone à sonner. Et ça fonctionna.

À nouveau un numéro inconnu, je décrochai, les doigts tremblants.

C'était la police. Il me fallut m'asseoir sur un banc. Fermer les yeux pour bien comprendre ce qu'on me disait. On avait retrouvé mon numéro sur le fichier des abonnés et on voulait m'entendre dans le cadre d'une enquête concernant le salon de massage. Le mieux était que je passe au commissariat dans l'après-midi. Je demandai comme une coupable si je pouvais venir après mes cours, j'étais institutrice, je ne pouvais pas abandonner les enfants comme ça. La voix se fit conciliante, ils m'attendraient à 18 heures.

18 heures. Mais pour combien de temps ? Devais-je prévenir Rémi que je rentrerais tard ? Lui dire quoi ? Et qu'allait-on me demander ? Devrais-je avouer quelque chose ? C'était un secret, allais-je devoir l'ébruiter ? Rendre compte de chacun de mes gestes, non seulement aux policiers mais à mon entourage ?

Cette perspective me glaça.

Sur le chemin du commissariat, j'étais partagée entre l'excitation de la curiosité et l'inquiétude que cette convocation suscitait. Quand j'exposai le motif de ma venue à l'accueil, on appela le poste 235 et l'on me fit tout de suite monter alors que des hordes de pauvres gens attendaient dans le hall pour déposer une plainte – l'un d'eux avait le visage en sang mais cela n'avait pas l'air d'émouvoir les policiers, les autres attendaient sagement, dociles, acceptant qu'en entrant dans ces lieux, ils devinssent autant coupables que suspects et que leur petite misère, un sac à main arraché ou une porte fracturée, serait relativisée au regard des drames qui peuplaient cet espace inhospitalier. Ils se soumettraient également à l'attente abyssale que seules les urgences des hôpitaux parisiens pouvaient concurrencer. J'observais cette faune de façon détachée. Je devenais le personnage d'une scène de film dont je tenais la caméra. J'espérais secrètement qu'il ne s'agissait pas seulement d'un détournement de fonds ou d'une affaire financière à laquelle je n'aurais rien compris et pour laquelle mon témoignage ne serait d'aucune utilité. Je n'allais pas jusqu'à souhaiter un crime car si l'idée me séduisait, je savais également qu'il pourrait hanter mes nuits pendant longtemps et s'immiscer très profondément en moi pour ne plus jamais me laisser tranquille. Une histoire de prostitution ? Trop banal, et je n'aurais aucun indice à fournir là-dessus, malgré mes craintes au tout début qui n'étaient que l'expression d'une idée toute faite. Je leur assurerais au contraire que ce salon était bon enfant, que les gens du quartier s'y croisaient régulièrement et que les filles n'y étaient sans doute pas trop mal traitées puisque je les entendais rire et bavarder dès qu'elles avaient fini.

Mais aucun de ces scénarios n'était le bon.

Le policier, un homme de mon âge vêtu d'un jean et d'une chemise – je ne lui demandai pas pourquoi il ne portait pas l'uniforme comme les autres, sans doute y avait-il une raison à cela, ou bien bénéficiait-il d'un traitement de faveur ? –, me proposa un café. Je ne savais pas quelle contenance adopter, observant tous les détails pour les interpréter à la vitesse des événements, mais j'étais larguée – ceux-ci me devançaient clairement.

— Depuis quand allez-vous dans ce salon de massage ?

Je me sentis coupable, non pas nécessairement d'un crime, mais de passer des heures à jeter de l'argent par les fenêtres – tout ça pour mon « bien-être », et j'avais horreur de cette expression de « bien-être » qui devenait l'apanage du bonheur sous la plume des publicitaires et des médecins naturopathes. Mes pas naturellement me menaient au salon de massage comme par manque d'air, mus par une urgence mystérieuse. J'aurais voulu expliquer tout ça au policier qui attendait une réponse. Mais comment dire quelque chose que j'ignorais moi-même ?

« Souvent. Presque toutes les semaines. » Pas un mot de trop. Je restais sur la défensive. Être précise. Et sobre. Ne pas rentrer dans des considérations sur mon « Désir » et tout ça. Sur mon besoin d'être cachée quelque part où personne ne pourrait soupçonner que je sois. Et d'ailleurs, c'était fichu. Si la police savait, alors tout le monde pourrait savoir, mon intimité était en passe d'être éventrée.

— Vous avez mal au dos ?

Je lui sus gré de sa sollicitude. Ou était-il stupide ? Est-ce qu'on va se faire masser dans un salon thaï uniquement parce qu'on a mal au dos ? À quoi servent les kinés, alors ? Remboursés par la Sécurité sociale. Est-ce qu'on paye 50 euros parce qu'on a un torticolis chaque semaine ? Mais je répondis « Oui ».

— Et au ventre aussi. Et parfois à la tête.

Il me regarda un long moment. Je baissai les yeux.

— Vous m'avez dit que vous étiez institutrice ?

— Oui, dans le XIIe arrondissement, pas loin de là où j'habite. J'ai des CE1.

Je parlais trop vite, je m'en rendis compte. Il prit une longue inspiration pour me demander si j'avais la moindre idée de la raison pour laquelle j'étais là. Pour être franche, je n'en avais aucune, ce qui accroissait mon sentiment d'insécurité.

— Vous aimez bien le patron ?

— Michel ?

— Vous le connaissez personnellement ?

Quelle idiote j'étais, c'était sorti tout seul.

— Non, pas du tout. Je sais juste qu'il s'appelle Michel. Je l'ai entendu.

J'étais rouge pivoine.

— Par qui ? Qui l'appelait ainsi ? Vous vous en souvenez ?

— Une cliente, je crois…

Ma voix se faisait de plus en plus fluette, j'attendais le moment où elle s'éteindrait totalement.

— Est-ce qu'il y a un problème avec… Michel ?

Le policier soupira. Je ne comprenais pas ce qu'il attendait de moi. Il avait l'air d'hésiter. Peut-être n'avait-il pas le droit de me donner un indice, peut-être étais-je en train d'être interrogée, suspectée de quelque chose ? Que se passait-il exactement ? Ordinairement, lorsqu'on parle à une personne, on sait à peu près à quoi s'en tenir : si c'est à la banque, on négocie un découvert, si c'est avec un parent d'élève, on lui explique délicatement que son enfant a un problème de violence, si c'est avec son mari, on évite de parler d'enfant – et si c'est avec son chat, on chuchote des aventures extraordinaires. Le massage avait ça de bon qu'il était silencieux, nul échange n'était requis, nul jeu social. Mais ici, je ne connaissais pas les codes. Que fallait-il dire ? Sur quel ton ? Qu'attendait-on de moi ? Et plus le temps passait, plus j'avais envie d'aller aux toilettes. J'avais pourtant pris mes précautions, imaginant le moment de honte où, au milieu de l'interrogatoire, je me verrais dans l'obligation de l'écourter pour demander où se trouvaient les W.-C. Ce moment était pourtant arrivé. Je me dandinais sur ma chaise, focalisée sur ma vessie. Je n'osais pas demander. Ce serait nécessairement interprété. Est-ce qu'un suspect avait le droit d'aller et venir dans le commissariat à sa guise ? Je me rappelais des scènes de film où le prisonnier est accompagné aux toilettes menotté, son poignet attaché à celui du policier – qui par décence finissait par le détacher. Évidemment, le prisonnier s'échappait.

— Nous avons démantelé tout un réseau… Ça faisait un moment que le salon était sur écoutes. Lui et quelques autres.

— Un réseau de prostitution ? demandai-je du tac au tac pour abréger mon martyre.

— En quelque sorte.

Il faisait exprès d'attendre longtemps entre chaque phrase, je me pliai un peu plus sur moi-même et, n'y tenant plus, lui demandai s'il m'autorisait à me rendre aux cabinets. J'avais utilisé ce mot, soudain consciente de sa charge désuète et enfantine, tout à fait incompatible avec ce lieu. Il dut le surprendre lui aussi parce que je vis un sourire éclairer son visage.

— Première porte à droite.

Visiblement, il me faisait confiance. Nulle policière pour m'accompagner menottes aux poignets. C'en était presque un peu vexant. Une fois arrivée aux toilettes, je n'avais plus envie. Me forçai pour ne pas avoir à revivre la même scène dix minutes plus tard. Je sentis alors que j'avais transpiré – nouveau motif de honte. Jetant un œil à droite et à gauche, je soulevai ma chemise et me lavai sous les bras avec le savon moussant accroché au mur. La porte s'ouvrit et j'interrompis *in extremis* mes ablutions. Mais je n'avais pas eu le temps de me rincer et je sentais couler le savon le long de mon torse.

Il me fallait absolument l'essuyer ; j'attendis que la femme ferme la porte à clé derrière elle pour utiliser les serviettes en papier et sécher ce qui pouvait encore l'être, ma chemise ayant absorbé *et* le savon *et* l'eau. Je devais pourtant y retourner. Lorsque j'entrai à nouveau dans le bureau, le policier observa les traces blanches et humides du haut de ma poitrine jusqu'à mon nombril. Je fermai les yeux, cherchant une image douce et apaisante, mais seule la cabine du salon de massage me vint à l'esprit, je les rouvris brusquement.

— Ça va ?

— Mmm.

— Vous voulez un verre d'eau ? Un Doliprane ?

Je fis non de la tête. Je n'avais pas besoin de sa pitié alors que je ne savais même pas encore pourquoi j'étais là, même si la piste commençait à se préciser.

— Alors, reprenons. Nous avons démantelé un réseau qui concerne trois salons thaïs parisiens. Nous ne savons pas encore dans quelle mesure les gérants sont impliqués et, *a priori*, les masseuses elles-mêmes ne seraient pas au courant.

Cette dernière phrase m'intrigua : comment les masseuses pouvaient-elles ne pas être au courant de pratiquer des actes sexuels non consentis et néanmoins rémunérés ?

— Nous avons mis la main sur les commanditaires et les enregistrements.

— Les enregistrements ?

Le policier semblait attaquer la face nord de l'Everest. C'était le moment le plus délicat d'après les rides de son front et le rictus à la commissure de ses lèvres. Il avait même une paupière qui sautait – c'était imperceptible mais depuis que je l'avais remarquée, je ne pouvais en détourner le regard. Si bien qu'il dut croire que je le regardais dans les yeux. Situation gênante.

— Oui. C'est un peu délicat à expliquer, et je dois vous apprendre que... vous... comme d'autres... ont peut-être été victimes...

Je ne comprenais rien.

— Un système de vidéo a été placé dans les cabines de massage, et tous les massages étaient filmés. Apparemment, il existe un réseau d'amateurs de dos et de jambes nus. Nous n'avons pas trouvé de scènes à caractère sexuel. Du moins pas dans ces trois salons, car le réseau avait d'autres activités. Mais il y a des centaines d'heures de femmes se faisant masser. Ne me demandez pas pourquoi, je n'ai pas la réponse. Il y a des pervers de toutes sortes. Et des clients pour ces images. Je suis désolé.

Je ne comprenais toujours rien.

— Nous avons vérifié, la plupart des visages sont cachés... Nous ne pouvons pas identifier avec certitudes les femmes prises au piège.

— ...

— Bien sûr, avec le registre des rendez-vous, nous pouvons faire des recoupements. Néanmoins, nous aurions besoin que vous visionniez certains films pour nous confirmer qu'il s'agit bien de vous.

— Quoi ? Vous voulez que je regarde des films de massage ?

— Oui, c'est bien ça.

— Mais... tout de suite ?

— Si vous avez le temps, sinon nous pouvons reprendre rendez-vous.

Je pesai le pour et le contre : je n'avais qu'une envie, sortir. Mais aurais-je la force de revenir ? Je lui demandai si je pouvais faire un tour, prévenir mes proches et revenir dans une demi-heure. La permission me fut accordée.

Tandis que je marchais, le cœur battant, j'essayai de me remémorer les détails de mes séances : l'entrée dans le salon, l'attente dans un fauteuil devant lequel je déposais mes chaussures, l'arrivée dans la cabine plongée dans l'obscurité. Où aurait pu être la caméra ? Était-elle toujours activée ? Faisait-elle du bruit ? Sans doute que non, sinon nous l'aurions repérée... Était-ce ce que j'avais pris pour l'alarme incendie ? Et que pouvait-on voir dans la semi-pénombre ? Des mains descendant le long d'un corps luisant d'huile chaude ? Étais-je prête à me voir ? Et à violer l'intimité de mon Désir, ce lieu où je pouvais m'oublier ? Serais-je obligée de lui donner une forme, des murs, et mon corps qui ronronnait sous la caresse, devrais-je l'observer de loin comme s'il n'était pas le mien, en tâchant de me mettre à la place tantôt des amateurs de femmes nues en train de se faire masser, tantôt des policiers qui cherchaient à identifier les victimes ? Je n'appelai personne et revins au commissariat où j'empruntai le même escalier pour me retrouver dans le même bureau.

— Prête ?

J'acquiesçai.

Il me proposa alors de m'asseoir à ses côtés, éteignit la lumière et mit en marche l'enregistrement. Il était déjà avancé à « ma séquence », qui commençait à la 145e minute. Je vis alors tout ce que je venais de me rappeler : la porte s'ouvre, je me déshabille, m'arrête un instant, m'assois, retire mes chaussettes, les respire, les repose. Puis je suis nue. J'enfile le string jetable et m'allonge sur la table. Quelques instants d'attente, que je revis exactement, impatiente, écoutant les bruits alentour, sur le qui-vive, puis l'entrée de la masseuse, les gestes que je ne voyais pas tandis que j'étais allongée, les serviettes qu'elle pose sur moi, puis enlève, l'huile qu'elle étale sur ses mains et mon corps. Elle est à califourchon sur mon dos, puis à nouveau à terre, ses mains descendent sur mes fesses, j'éprouve une forme d'excitation et comprends que ces scènes puissent plaire – elles sont étrangement esthétiques, bizarrement érotiques.

Pouvais-je vraiment être excitée par moi-même ? Ou mon empathie naturelle me portait-elle à me mettre à la place des « amateurs » de corps nus et huilés ? Il n'y avait pas de doute, c'était bien moi. Il était si étrange et exceptionnel de voir ce que je n'aurais jamais pu voir : moi de dos, moi comme une autre personne, moi endormie ou partie loin, abandonnant mon corps au regard des autres tandis que j'arpentais d'autres contrées, elles inaccessibles. En visionnant ces scènes, j'étais dans les deux lieux à la fois – les trois, avec le bureau du policier. Loin dans mon Désir, présente et réceptive à la pression de la main de la masseuse et derrière l'écran à observer quelle forme pouvait prendre tout cela. Cette forme était la mienne et pas la mienne. Elle ne m'appartenait pas. La preuve, des hommes l'avaient eux aussi contemplée. Le policier la regardait, assis à mes côtés. Je n'osais pas tourner la tête, un peu gênée qu'il pût observer mon corps tandis que je me tenais contre lui, épaule contre épaule. Lui aussi peut-être, contraint qu'il était pendant son enquête de se faire voyeur à son tour. Pourtant, je laissais durer ce moment. J'aurais pu l'interrompre à tout instant, dès la première seconde où je m'étais reconnue. Mais les minutes passaient, et je ne disais rien, fascinée par la scène et la scène dans la scène.

C'est lui qui mit enfin sur « Pause », me demandant délicatement si je m'étais reconnue.

— Évidemment, répondis-je, comme au sortir d'un rêve.

— Si vous avez besoin d'aide, n'hésitez pas, nous avons une personne dédiée.

La séance était-elle finie ? Était-ce une manière de me congédier ? Je ne voyais pas de quoi il parlait :

pourquoi aurais-je eu besoin d'aide ? Mais il me fit comprendre que la sidération était un effet du choc, qu'il fallait que j'en parle. Pour sa part, il en avait fini et aurait sans doute besoin de moi pour une déposition et d'autres questions. Mais plus tard. Il fallait que j'assimile tout ça. Bien sûr, si je voulais déposer plainte tout de suite, il n'y avait aucun problème, il m'enverrait dans le bureau 236 où sa collègue me recevrait immédiatement. Je pouvais également prendre mon temps. C'était à moi de décider.

Je préférai partir. Il me serra la main et je rentrai chez moi dans les rues engourdies par le froid. Il faisait nuit depuis longtemps déjà, elle tombait si tôt qu'à 20 heures, on avait déjà traversé trois heures d'obscurité, les trois heures que je détestais le plus dans une journée et que, pour une fois, je n'avais pas vues passer.

Je retardais le moment de tout raconter à Rémi. Ça se bousculait dans ma tête et je devais y mettre de l'ordre : s'il y avait une enquête, c'est qu'il y avait crime, d'une manière ou d'une autre, et regarder des femmes nues se faire masser à leur insu relevait visiblement de cette catégorie dont je m'apercevais qu'elle était large.

Mes séances de massage allaient-elles être rendues publiques ? Et sous quelle forme ? Ce que j'avais voulu garder hors de vue allait-il être exposé aux yeux de tous et me donner un nouveau statut ? Je ne savais pas encore lequel – celui de victime peut-être, il avait employé le mot. Toutefois, à part y voir un terme technique, je ne comprenais pas bien à quoi il pouvait correspondre – je n'éprouvais rien de tel, pas encore peut-être, me disais-je, il faudrait du temps pour assimiler les informations, m'avait prévenue le policier, la « sidération » bloquait toute émotion. J'avais enregistré ces explications au cas où j'en aurais eu besoin. Mais je ne me sentais nullement sidérée. Interloquée, oui, peut-être, car il s'agissait d'un sacré événement dans ma vie, un événement dont j'ignorais encore la nature, qui allait sans aucun doute déplacer un certain nombre de choses. Et cette irruption de l'imprévu me plaisait. Quelque chose se jouait autour du salon de massage depuis le début, je l'avais senti, deviné, j'avais un lien anormalement fort à ce lieu. Certes, il ne m'était pas agréable de m'être fait blouser. Mais cet instant de trouble que j'avais éprouvé assise à côté du policier, épaule contre épaule, à regarder ensemble mon corps de dos, mes fesses et mes bras abandonnés continuait de m'habiter et de me mettre dans un état second.

Bien sûr, si je regardais les choses objectivement, c'était une catastrophe : j'aurais l'obligation de passer du temps au commissariat, lieu sordide dont le carrelage était du plus mauvais goût.

Je devrais raconter ma vie, expliquer mes séances, mes relations avec les masseuses et avec Michel, le gérant, mettre des mots sur des impressions, rendre compte de mon Désir, le donner en pâture à une justice aveugle, répondre de moi. Je me voyais devant un tribunal à tenter de justifier la raison de mes rendez-vous réguliers dans ce lieu interlope et chercher le mot juste pour qu'il ne puisse pas être remis en cause, et le juge, insatisfait de mes réponses, se demandant comment une petite institutrice pouvait se payer le luxe d'un massage par semaine, certes pas dans un palace cinq étoiles, mais tout de même, et pourquoi ce besoin de plaisir, n'étais-je pas satisfaite dans ma vie ? Quel égoïsme pervers me poussait à faire une chose pareille, qui plus est en secret ? Tout le monde assisterait à la séance d'humiliation, je perdrais mes amis, mon compagnon, seul mon chat me tiendrait compagnie.

À l'idée que Rémi apprenne tout ça, j'en avais des frissons. Est-ce que la rumeur irait jusqu'à l'école ? Est-ce que les parents d'élèves réclameraient mon renvoi pour avoir vu mes fesses huilées dans une vidéo virale sur Internet – fuites dont le policier me jurerait qu'il n'y était pour rien ?

Ces questions se bousculaient sans hiérarchie et me frappaient comme une averse subite contre laquelle je n'aurais qu'un sac en plastique pour me protéger.

Le comité s'organise

Mais le temps fila et rien ne se passait. C'était vexant.

J'attendais, sur le qui-vive, que le téléphone sonne ou que les enquêteurs frappent à ma porte, qu'on me convoque d'une manière ou d'une autre, qu'on s'occupe un peu de moi ! N'avais-je pas été l'une des victimes de cette machination ? Était-il normal qu'on m'abandonne et me renvoie à l'anonymat dont je n'étais sortie que par miracle – un miracle qui n'avait peut-être existé que dans mon esprit ? Le policier avait parlé d'un soutien psychologique, disponible au poste. Ne serais-je pas avisée de m'y rendre ? Après tout, j'étais peut-être traumatisée sans le savoir... Et les autres femmes, où étaient-elles passées ?

C'est justement l'une d'elles qui me sortit de cet état de latence où j'étais, tout à la fois en alerte et cotonneuse. Un samedi après-midi, tandis que je rentrais à la maison, je tombai sur Rémi au téléphone, l'air bouleversé.

Je m'assis sur le canapé et me préparai à la riposte. L'heure avait sonné, il fallait passer aux aveux. Le coup de fil était interminable et je commençai à m'impatienter. La tension allait s'émousser. J'étais sur le point d'abandonner la partie et de me retirer dans la chambre quand il raccrocha. Un temps long resta suspendu entre nous. J'attendais qu'il dégaine. Visiblement il ne savait pas par où commencer.

Il soupira puis finit par dire quelque chose.

— C'était Véronique Friedman, une femme du quartier.

Je préférai me taire plutôt que de répondre laconiquement « Connais pas », même si j'avais une petite idée.

— Elle était… chamboulée… pire… complètement bouleversée…

— …

— Elle veut monter une association. Enfin, un groupe de victimes… pour porter plainte collectivement.

Il me regarda, en attente d'une réaction.

Soudain je fus submergée par la honte. Rémi ne méritait pas ça.

Je cherchais encore un moyen de minimiser cette histoire mais elle avait pris trop d'ampleur, et désormais il savait tout.

— Souheila, tu veux te porter partie civile ?

J'étais étonnée tout à coup du vocabulaire juridique emprunté.

— Partie civile pour quoi ?

— Une plainte contre une VSS[1], aujourd'hui c'est beaucoup plus facile de gagner – l'air du temps vous est plutôt favorable.

C'était pour moi du chinois, pourquoi des termes si techniques pour une histoire trouble, une histoire floue, que moi-même je n'arrivais pas encore à me raconter ?

— Mais je ne la connais même pas ! me révoltai-je.

— Peu importe, toutes ces femmes ont été victimes d'une manipulation. Et visiblement… tu en fais partie.

1. Violence sexiste et sexuelle.

Rémi tournait autour de la pièce pour libérer une colère grandissante, sa tête bougeait toute seule comme pour dire non, j'aurais voulu disparaître, être dix ans plus tard, quand tout serait fini et que quelqu'un d'autre lui aurait expliqué ce qu'il aurait fini par assimiler et oublier. Mais il n'y avait qu'au salon de massage que je pouvais voyager dans le temps. À cet instant, Rémi était bloqué, il ne me laisserait pas disparaître dans le puits, il me retiendrait par les cheveux s'il le fallait.

Maintenant il criait : « Ce que je ne comprends pas, c'est pourquoi tu ne m'as jamais parlé de ces séances de massage ! Tu y faisais quoi, exactement ? Tu cherchais à te faire baiser ? » Lui, jamais vulgaire… « Pourquoi tu me le cachais ? Je te lèche pas assez bien, c'est ça ? Je te pénètre trop fort, ça te fait mal, y a un problème ? » J'étais déconcertée non par son ton, mais par le choix des mots. Cela ne lui ressemblait tellement pas. Si la situation n'avait pas exigé de moi un peu de décence, j'aurais ri. Il y avait trop d'éléments incompatibles mis ensemble, pour créer une scène crédible. Pourtant, elle l'était. Rémi était blessé et, au lieu de verser du sang, il charriait des phrases vulgaires. Il n'y avait rien de risible dans tout ça. Et c'était ma faute. Une faute étrange, puisque aucune raison ne m'avait poussée à taire ces fins d'après-midi.

J'attendis qu'il soit à court de vocabulaire. D'une certaine façon, sa tirade m'avait remise d'aplomb.

Je ne savais pas ce que j'allais dire. Ça prenait forme tout seul, à l'intérieur, s'enroulait dans mon estomac et remontait après avoir suivi le labyrinthe d'un certain nombre d'organes. « Excuse-moi, Rémi, si je t'ai fait du mal. Mais je ne vois pas en quoi se faire masser constitue un problème. » J'articulais de façon à être le plus claire possible, comme lorsque je dictais des mots aux enfants – je choisissais mes expressions avec précision. Par exemple, si nous étions en train de partager un verre tout en épluchant les légumes et non au cœur d'une dispute, je n'aurais jamais dit : « constitue un problème », mais plutôt : « Je ne vois pas où est le problème », et ma phrase aurait sonné autrement. Mais j'étais déjà sur le banc des accusés, la machine judiciaire avait commencé, ça n'en était qu'un des jalons ; je devais me préparer à rendre des comptes à tout le monde. Et c'est ainsi que votre intimité est mise à nu et donnée en pâture aux autres qui en font ce qu'ils veulent, la piétinent ou seulement la critiquent, comme si désormais elle leur appartenait et qu'ils avaient un droit sur elle.

Rémi fondit en larmes. Bien sûr, le problème n'était pas là, pas dans le fait de se faire masser – du moins pas tout entier. Je ne lui faisais pas confiance, se plaignit-il. Je lui cachais des choses. À ce compte-là, qui lui disait que je n'avais pas un amant, une double vie, peut-être même une double personnalité ? Cette dernière hypothèse me plut. Oui, pourquoi pas, en effet ? Mais n'était-ce pas le cas de tout le monde ? Est-ce que je savais, moi, comment se passaient ses journées au bureau ? Je le lui demandai doucement, gentiment. Mais il me rembarra :

— Bien sûr que tu sais, je te raconte tout. Et ce que je ne te raconte pas, c'est ce qui n'a aucune importance.

— Et qui te dit que les massages ont de l'importance ?

— Sinon tu me l'aurais dit.

Il avait raison, bien sûr, mais je ne pus m'empêcher de lui faire remarquer que ses propos étaient contradictoires : tantôt il affirmait qu'on ne racontait pas ce qui n'importait pas, tantôt il prétendait le contraire. « Arrête ! » hurla Rémi, et j'arrêtai.

Je repris alors calmement :

— J'ai acheté cette carte d'abonnement un peu par hasard, un jour que j'avais mal au dos. D'autres femmes du quartier y vont, enfin y allaient, la preuve, cette Véronique qui t'a appelé. Ce n'était donc pas un endroit inquiétant. Les masseuses étaient de vraies professionnelles, et depuis je n'ai plus mal au dos.

— Je te le redemande : pourquoi ne m'en as-tu pas parlé ?

— Je ne sais pas. Je te promets, je ne sais pas.

— Mais c'est ça qui est inquiétant !

— Je pense que c'était quelque chose… d'intime ?

— Et moi, je ne fais pas partie de ton intimité ?

— Si, bien sûr.

Je cherchai à toute vitesse des excuses valables.

— Peut-être que j'avais peur que tu ne m'en empêches ? Que tu juges que c'était de l'argent jeté par les fenêtres ?

— Et tu aurais eu raison, c'est quoi de balancer 500 balles comme ça ! Tu crois qu'on roule sur l'or ?!

— Tu vois !

J'étais soulagée qu'il l'avoue. Lui-même me donnait raison, du moins sur mon argument, pas sur ma folie des dépenses.

Rémi s'assit. Notre conversation changea de rythme et d'atmosphère. Un espace s'ouvrait à elle pour qu'elle se déplie sans tous ces nœuds qui la retenaient. J'aurais pu en profiter pour y ramener la question de l'enfant et la régler définitivement, mais quelque chose me retint. La peur de l'irrémédiable, sans doute, qui planait au-dessus de nous depuis le début. Visiblement, quelque chose en moi avait choisi d'en différer l'arrivée.

— Je vais avoir du mal à l'avaler, mais ça va passer. Je n'oublie pas que tu es une victime, comme toutes ces pauvres femmes, et ça me rend fou.

J'attendis qu'il poursuive, mal à l'aise à l'idée de faire partie de ces « pauvres femmes ».

— Il faut que tu rappelles cette Véronique.

Son esprit pratique reprenait le dessus.

— Vous pouvez vous voir à la maison, si tu veux, et on va trouver une manière d'être efficaces.

Je le préférais en colère.

Ce « on » n'augurait rien de bon. À croire qu'il était à son tour l'une des victimes – une victime « collatérale » comme on le dit de la population civile lors d'un conflit armé. Et cela donnait à mon propre statut une certaine responsabilité : il était contagieux. La contamination avait commencé au moment où le téléphone avait sonné. Véronique avait introduit le bacille de la peste entre nos quatre murs. Ça devait arriver à un moment ou à un autre, n'importe quel porteur aurait fait l'affaire. Et ce porteur était une femme que j'avais un jour entendue appeler le patron « Michel » en devisant d'immobilier, mais à laquelle rien ne me reliait, sinon l'aire géographique qui avait favorisé le choix de cet institut de massage.

Je devais pourtant me montrer coopérante. Je rappelai donc Véronique sous les yeux de Rémi, attentif à chacun de mes mots, et lui proposai de passer boire un verre à la maison pour que nous puissions discuter. Tout en parlant, je regardais Rémi, cherchant son assentiment.

À peine une heure plus tard, Véronique sonna. Elle s'était déjà invitée dans mes rêves, mais cette fois, elle apparut en vrai, dans un décor réaliste : mon salon. La cinquantaine, plutôt grande et sportive, le corps ample, la peau bronzée et les cheveux auburn (donc colorés). Elle avait dans le visage quelque chose que je n'aimais pas, mais impossible de savoir quoi. Peut-être était-ce parce qu'elle m'avait prise dans ses bras dès qu'elle était entrée et que j'étais restée raide sous son étreinte, sans pour autant me dégager – Rémi nous observait, le masque de la compassion accroché au visage. Il lui offrit à boire – pour l'occasion déboucha un sancerre blanc frais tandis qu'elle soupirait, assise sur le canapé, cherchant elle aussi par quoi commencer – j'aurais pu faire un collier de tous ces débuts avortés. J'aurais pu aussi l'aider, mais l'idée ne me traversa pas l'esprit. Finalement elle se lança :

— Je crois que je te reconnais.

J'acquiesçai.

— Vous discutiez avec « Michel ».

— Ne me parle pas de lui !

— D'immobilier, osai-je.

— C'est normal, c'est mon métier... Comment tu as appris la nouvelle, toi ? Je peux te tutoyer ?

Elle venait de le faire à plusieurs reprises, et j'imaginais que d'être regardées nues par les mêmes yeux inconnus créait des liens.

— Un policier m'a appelée.

— Tu as dû faire l'identification toi aussi ?

J'acquiesçai. Elle se prit la tête dans les mains.

— Oh mon Dieu, j'ai tellement honte !

Puis elle la releva.

— Mais ça ne t'a pas... foutue en l'air ?

Je pensais qu'elle parlait de la fermeture du salon de massage, puis je compris le sens de sa question, mais elle ne me laissa pas le temps de répondre.

— Je n'arrête pas d'y penser, de me demander quand ç'a commencé, à qui c'était destiné. Ils ont dit qu'il y avait un petit groupe d'amateurs pour ça… Ils les ont chopés, mais nous on ne sait même pas qui c'est ! Moi, je veux les regarder en face ! Je veux leur dire ce que j'en pense !

— Ils ne te reconnaîtront pas…

C'était sorti comme ça : puisque les visages n'apparaissaient pas, ou voilés par la pénombre, comment les amateurs de corps nus auraient pu reconnaître l'une des femmes à moins qu'elle ne se déshabille ?

Elle fit semblant de ne pas m'entendre.

— Ils n'ont pas voulu tout me dire, et j'ai peur d'apprendre des choses encore plus atroces ! En tout cas Michel était au courant, le salaud ! Ce n'est pas lui qui a mis en place le système, je ne sais pas s'il a eu le choix ou non, si c'était un genre de mafia, mais en attendant il prenait son petit pourcentage au passage. Il faut qu'on porte plainte.

— Toutes les deux ?

— Non, on est en train d'organiser un collectif de victimes. On a prévu de se voir mercredi prochain à 18 heures Chez Roland, tu viendras ?

Chez Roland était le café du quartier où toutes les mères et quelques pères se retrouvaient après avoir déposé leurs enfants à l'école.

— L'une d'entre nous est avocate, elle pourra nous aider. On partagera les frais, ça fera moins cher. Je ne sais pas si on peut gagner de l'argent ou au moins être remboursées de nos abonnements, mais c'est surtout pour laver notre honneur.

Rémi était revenu dans la pièce et servait les verres de blanc.

— Est-ce que tu as vu ? C'est passé aux infos.

— C'était dans le journal la semaine dernière, et c'est pas fini, ils vont suivre l'affaire : un tas de salons sont concernés, pas seulement les petits comme le nôtre…

— Mais pourquoi dans le journal ?

— Mais à l'heure de #MeToo, c'est scandaleux !

J'essayais de démêler ses propos. Elle parlait vite et fort, anxieuse sans doute. Le premier verre la radoucit. J'avais envie de lui demander en quoi cette affaire était scandaleuse « à l'heure de #MeToo ». Comme si c'était un affront personnel fait à « #MeToo » que de continuer à réaliser des fantasmes masculins en utilisant des femmes non consentantes. #MeToo était devenue une divinité sacrée qui redistribuait les valeurs selon une échelle nouvelle. Je me demandai alors ce qu'elle aurait fait avant #MeToo dans une situation semblable. Et peut-être, c'est vrai, se serait-elle murée dans son silence qui aurait fini par détruire sa famille, sa vie professionnelle et les muscles de son ventre. #MeToo avait donné sinon le courage, du moins l'idée à ces femmes de s'assembler en association et de porter plainte. Il était donc indéniable que ç'avait changé la donne. Pour autant, filmer des femmes nues à leur insu aurait été prohibé même dans l'ancienne échelle de valeurs. Personne n'aurait pu prétendre qu'il s'agissait là d'une distraction anodine. Même les criminels le savaient puisqu'ils avaient œuvré dans le plus grand secret.

Rémi s'immisça alors dans la conversation avec un temps de retard :

— Oui, c'est parfaitement scandaleux ! J'espère qu'on sera sans pitié !

Qu'un crime fût scandaleux, n'était-ce pas ce que le Bescherelle appelait « un pléonasme » ? J'aurais pu le proposer comme exemple à mes petits élèves. L'indignation morale était-elle la seule réaction possible ? Comme je ne la partageais pas, je l'observais de mon poste, froide et critique. Ils m'énervaient tous les deux. Et je n'en étais pas fière, car je savais qu'ils avaient raison au fond, même s'ils enfonçaient des portes ouvertes, ils exprimaient une souffrance. Ou une humiliation. Personne n'aime se faire avoir. De là à traiter ces types de « sans pitié », je trouvais sa soif de vengeance excessive, lui qui d'ordinaire cherchait la position exacte, le juste équilibre, et avait milité dans sa jeunesse pour une association qui promouvait le mieux-vivre carcéral. Tous ces types derrière les barreaux, qu'il allait parfois visiter et dont il s'était soucié à une époque au moins, étaient pourtant de la même engeance : des violeurs de femmes, des voleurs de vieilles, des proxénètes. Bien sûr, cette fois il était touché de près. Puisque j'avais amené la pomme de discorde à l'intérieur de la maison. Cette pomme de discorde était mon corps regardé par d'autres. Et je ne pouvais m'empêcher de penser que ce qui le révoltait le plus était qu'on pût me posséder non pas à mon insu, mais à *son* insu.

Je ne voyais pas en quoi porter plainte allait ajouter à l'évidente condamnation de ces hommes dont la culpabilité ne faisait aucun doute. Mais pour Véronique, c'était une façon de « faire entendre notre voix ». Notre voix ? Le « notre » me semblait sinon suspect du moins excessif. Et cette exposition consentie malsaine. Rémi avait embrassé la grande cause immémoriale des victimes et renchérissait à chaque phrase de Véronique (au cas où je n'aurais pas compris) :

— Elle veut qu'on vous entende, qu'on sache ce qu'on vous a fait subir, et que justice soit rendue !

La grandiloquence ne le dérangeait pas. Les clichés non plus. Il était agacé par mes questions.

Mais Véronique se fit compréhensive :

— Je sais que la médiatisation n'est pas facile à assumer, qu'on va peut-être nous regarder dans la rue, mais c'est le prix à payer.

Visiblement, ils prenaient tous deux la chose très au sérieux, et ce sérieux avait l'air de les remplir de joie.

Je souriais à contretemps. Nous avions été observées malgré nous, et nous allions nous remettre au centre du jeu. Doublement exposées. Mais au fond, cette deuxième exhibition était peut-être la façon d'annuler la première. Je prenais garde à mes propres pensées, je les savais inadéquates, en décalage par rapport aux autres. J'essayais de me raccrocher à eux pour rester dans la norme, ne pas me faire remarquer. Si je ne supportais pas de me donner en spectacle, n'était-ce pas justement un comportement de victime, un atavisme féminin qui consiste à raser les murs et à faire profil bas ? Je laissai l'hypothèse faire son chemin. Une autre plus complexe me tracassait : il me semblait – mais je n'étais plus sûre de rien – que m'exposer avec ce collectif de femmes m'était plus pénible que d'être observée nue sans que je le sache. C'était mon corps à moi qui avait été contemplé, pas un collectif. Devais-je éprouver la honte des autres, être solidaire ou chercher à décrypter mes sentiments confus ? C'est la question que j'allais me poser tout au long de la procédure.

Après que nous nous fûmes indignées comme il se devait, j'interrogeai Véronique sur sa vie, son métier, je lui demandai si elle avait des enfants. Elle officiait comme agent immobilier, plus par opportunité que par choix. Après la naissance des enfants (donc, oui, elle en avait), elle s'était associée à son frère qui possédait déjà une agence – celle-là même devant laquelle elle m'avait vue m'arrêter, *Est-ce que vous cherchez à déménager ? / Oh non, simple curiosité.* Son fils venait d'atteindre sa majorité et sa petite dernière devenait une ado « très engagée ». Son mari et elle, mariés depuis plus de vingt ans, prouvaient que l'amour pouvait tenir bon. Elle avait une petite idée sur la formule de longévité, espérait pouvoir l'exporter. Écrire le bonheur, quoi de plus simple ? Elle s'y était attelée, en vain. Pas si facile. Elle regrettait d'avoir flanché, elle détestait échouer. Sinon, à n'en pas douter, elle aurait fait un tabac dans les librairies qui mettaient en avant les best-sellers comportementalistes.

Elle n'avait pas le temps de s'ennuyer, et c'est la raison pour laquelle elle s'obligeait à se rendre au salon de massage : pour se reposer de la « charge mentale » dont elle ne sentait plus le poids tant elle l'avait intégrée. Elle ne savait pas comment elle allait faire dorénavant, mais ce combat lui donnait de l'énergie, m'assura-t-elle. « Et puis c'est sympa de rencontrer de nouvelles personnes du quartier. » Rémi souriait, prêt à reconnaître qu'on ne se parlait pas assez entre voisins, que la vie urbaine était violente et individualiste, lui qui partait à 7 heures du matin et rentrait à 19 heures – et encore parce qu'il l'avait choisi, sinon il arriverait tous les soirs à 22 heures ! –, qui ne sortait que rarement, faisait peu d'efforts pour rencontrer des gens, ses anciens amis lui suffisant amplement. Je ne le lui reprochais pas. Habiter un même quartier n'était pas un motif suffisant d'amitié. La perspective de boire des verres avec ces nouvelles amies me glaçait. Je me voyais, comme les mères à la sortie de l'école, attablée avec des femmes, uniquement, et sirotant un thé pour les plus austères, une bière pour les plus émancipées, autour de sujets communs comme les enfants, les hommes et les salons de massage. Mais peut-être me trompais-je du tout au tout, et seules les discussions politiques les animaient-elles ? Ou les controverses sur l'art ? Le cours de la Bourse ? La crise des énergies fossiles ? Le débat sur les sources coraniques ? Les solutions pour sortir du capitalisme mondial ?

Les groupes me faisaient peur depuis que j'étais toute petite. Et je dressais des obstacles imaginaires pour m'en tenir à l'écart. Entendre les autres parler de *mon* salon de massage me faisait par avance horreur. Mais je le devais à Rémi.

Tandis qu'elle partait, elle s'arrêta et, plongeant son regard dans le mien, me demanda : « Comment tu t'appelles ? »

Tout au long de notre conversation je m'étais demandé si elle allait enfin me poser une question personnelle. Ne serait-ce que celle-ci.

— Souheila.

— Oh, mais c'est adorable ! Ça vient d'où ?

J'allais dérouler mon petit laïus habituel mais décidai de m'en tenir au minimum.

— Du Maroc.

— Ah, mais tu es marocaine alors ? J'adore ce pays ! Je suis allée plusieurs années de suite en vacances à Essaouira, tu connais ?

— Non.

Rémi attendait que je poursuive, mais je souriais béatement sans ajouter un mot. Il prit alors la relève.

— Ça vient de son père, sa mère est française, mais elle ne connaît pas le pays.

J'entendais de loin ces explications misérables, déjà ailleurs, cherchant fébrilement où je pourrais trouver un nouvel espace pour mon Désir.

Déjeuner avec Marianne

Le jeudi qui suivit, je déjeunai avec Marianne à qui je racontai toute l'histoire. Elle serait de toute façon mise au courant par Rémi ou par d'autres. J'essayai de m'en tenir au plus près des faits sans entrer dans une justification quelconque. Elle m'écoutait à la manière d'une psychologue – qu'elle était. Je la voyais concentrée sur ce que je racontais, je me voyais tout aussi concentrée sur la façon d'assembler ces bribes éparses pour en faire un récit. Il était étrange et manquait de cohérence, mais il m'apparut tenir la route, et je me dis qu'il serait l'ébauche de ma « version officielle », car je n'avais pas l'intention de répéter vingt fois ce qui était arrivé en recréant chaque fois des jointures suspectes. J'allais dérouler des faits en pouvant m'abstraire et regarder ailleurs. Marianne aurait la seule version authentique, celle qui avait requis mon attention et mon engagement. J'en réserverais une autre variante à Agathe qui la méritait bien, mais ce serait tout. Je redoutais les questions de Marianne, précises et justes – cliniques.

— Qu'est-ce que ça te fait d'avoir été filmée à ton insu ?

— Au début ça m'a mise en colère – oh très peu, juste un petit mouvement. D'avoir été utilisée. Et puis j'ai eu l'impression d'être en colère parce que je *devais* me mettre en colère... Crois-moi, je préférerais être simplement furieuse.

Nous sommes restées silencieuses à méditer cette phrase, puis Marianne fit une hypothèse :

— Peut-être que si tu voyais les coupables pour de vrai, tu arriverais à les haïr...

— Peut-être. Mais ils n'ont rien de marqué sur le visage, je suppose. Si ça se trouve, je les ai même déjà croisés. Ils m'ont regardée, c'est tout.

— Nue et sans ton consentement !

— Ce n'est pas vraiment moi qu'ils ont vue.

— Tu te souviens quand tu m'en avais parlé, il y a quelques mois ? J'avais été idiote. Au fond, tu te faisais ta petite analyse tranquille, sans psy. Mais pourquoi tu n'en as pas parlé à Rémi ?

C'était typiquement le genre de question qui pouvait ouvrir à une remise en cause généralisée de tout, ou à une esquive. Marianne attendait de moi la vérité, mais la connaissais-je moi-même ?

Je n'étais pas encline à fouiller là-dedans. Il y a un temps où on a envie d'aller voir, un temps où on n'a pas envie. J'étais plutôt dans celui-là. Est-ce que je préférais vivre avec Rémi en lui cachant des choses ou ne pas vivre avec lui et n'avoir plus personne à qui dissimuler quoi que ce soit ? Rémi était une pièce indispensable à mon puzzle. Et s'il était une pièce, il ne pouvait pas être le tout. À quoi ressemblait le tout ? Ce que je voyais, c'était surtout le trou par lequel passait la lumière, le trou qui empêchait le tout de se refermer, et le trou, jusqu'à présent, avait été la cabine de massage. Je devais répondre à Marianne qui ne me laisserait pas m'échapper comme ça.

— J'ai besoin qu'il ne sache pas tout.

— Pourquoi ne pas prendre un amant dans ce cas ?

— C'est peut-être ce que je ferai maintenant que le salon est fermé.

Elle m'observa pour voir si j'étais sérieuse, mais ne put rien conclure. Moi non plus, je ne concluais rien, après tout pourquoi pas ? J'ajoutai néanmoins :

— Mais c'est beaucoup plus contraignant qu'une carte d'abonnement dans un salon de massage.

J'avais envie que cesse cette conversation. Je comprenais soudain pourquoi j'avais préféré le salon de massage au cabinet de psy.

Les autres femmes

J'arrivai au Café Roland avec dix minutes de retard sur l'horaire fixé pour éviter les préambules. Il fut facile d'identifier les femmes. Elles étaient six, assises autour d'une table, et semblaient fébriles, je reconnus trois d'entre elles pour les avoir croisées au salon de massage. Véronique me vit et m'interpella : « Souleyma ! » Je m'approchai et rectifiai : « Souheila. » « Oh, c'est joli ! réagit l'une des femmes, ça vient d'où ? » Véronique répondit à ma place : « Du Maroc. » Je m'assis sur la chaise restante tandis que la femme qui m'avait parlé se présentait :

— Marlène Lesieur, j'habite le quartier, je suis prof d'EPS et coach pour particuliers…

Mais Véronique l'interrompit :

— Le mieux, je pense, c'est d'être méthodique. Tout le monde se présente une deuxième fois, pardon pour celles qui ont déjà entendu, mais maintenant on est au complet. Puis, dans un deuxième temps, on raconte d'où on vient, ce qu'on fait, et ce qu'on a ressenti lorsqu'on a appris la nouvelle. Vous en êtes d'accord ?

Nous n'avions pas vraiment le choix ; Véronique s'était naturellement imposée en leader, et cela semblait convenir aux autres, du moins pour le moment.

Sophie se présenta donc, hésitant à enchaîner, tournant les yeux vers Véronique pour avoir l'autorisation. La méthodologie visiblement n'avait pas été assez clairement énoncée. Elle avait une voix douce et semblait plus jeune que les autres. D'emblée elle me fut sympathique.

Puis il y avait Elena (sans h, précisa-t-elle, mais on pouvait aussi l'appeler Léna, c'était son surnom depuis qu'elle était toute petite), Léa (sans h, précisa-t-elle à son tour en souriant, ce qui occasionna la réflexion de Véronique : « Mais il n'y a pas de h dans Léa ! » Celle-ci fut contrainte de lui apprendre que le prénom biblique en contenait bien un.). Je me souvenais de son visage. Puis ce fut au tour d'Irène et de Fiona, Véronique concluant que : « Là, y a pas de doute ! »

J'attendis alors le deuxième tour de table pour mettre des légendes sous les prénoms que je ne manquerais pas d'oublier, excepté ceux qui s'écrivaient sans h alors qu'ils auraient pu en posséder un.

Sophie préféra passer son tour pour parler en dernier – *si c'était possible.* Elena prit alors la parole : elle n'habitait pas le quartier mais avait rejoint le collectif grâce à Véronique qui avait réussi à collecter les noms de différentes victimes. Toutes n'avaient pas accepté, précisa aussitôt Véronique, mais celles qui étaient là étaient bien décidées à mener une action collective !

J'étais mortifiée. À quel moment avais-je manifesté mon engagement sans faille et ma décision inébranlable ?

Elena avait 45 ans, chef d'entreprise – elle créait des bijoux et employait six personnes –, mère d'un grand fils, elle avait plutôt l'habitude de se faire masser dans une célèbre enseigne où les huiles sont essentielles et bios. Mais ce jour-là, il n'y avait plus de place, elle n'avait pas eu le temps de réserver, et avait trouvé sur Internet le salon le plus proche de son bureau qui fût libre. Et voilà comment elle s'était retrouvée dans cet imbroglio, elle n'avait pas l'intention de se laisser faire, son corps lui appartenait, elle en disposait comme elle le souhaitait, certainement pas pour que de vieux dégueulasses se branlent sur elle !

Elle avait parlé un peu fort et les clients les plus proches s'étaient retournés. Sophie baissait les yeux où perlaient quelques larmes, ses joues s'étaient enflammées, et ses doigts trituraient nerveusement la tasse de thé. Je l'observais depuis le début, me demandant comment cette jeune fille avait pu se retrouver là, au milieu de femmes plus âgées, plus sûres d'elles, et gagnant vraisemblablement suffisamment leur vie pour s'offrir des séances de massage en plein après-midi.

Après Elena, ce fut Marlène qui prit la parole.

— Donc moi, c'est Marlène, comme je le disais, je suis professeure agrégée d'éducation sportive et coach privée…

Déjà, mon attention se volatilisait. Elle avait à cœur de tout expliquer. Pourquoi elle allait se faire masser, à quelle distance était situé le salon de massage, comment elle l'avait découvert, pourquoi elle avait fini par le préférer au « kiné du sport » après son tour de reins, et sans doute d'autres détails qui m'échappèrent. Véronique prenait quelques notes et demandait des précisions, comme si elle n'en donnait pas déjà assez. Je commençais à réfléchir à ce que j'allais manger ce soir quand Marlène conclut :

— Donc voilà, moi j'ai rien à reprocher aux filles, et même Michel, il était plutôt sympa. Je ne sais pas ce qui lui a pris d'accepter un deal pareil.

Celle qui s'appelait Fiona émit un rire sardonique dont je ne compris pas le sens : tenait-elle Michel pour un évident escroc et se moquait-elle de la naïveté de la professeure « agrégée » ?

— Mais tu veux bien porter plainte avec nous ? s'inquiéta Véronique.

— Oui oui, parce qu'il n'y a pas de raison. Je me suis battue toute ma vie pour les droits des femmes, et dans le sport, laissez-moi vous dire que c'était pas gagné – ça l'est toujours pas d'ailleurs, je ne vais pas baisser les bras sur la dernière ligne droite !

Je remarquai qu'elle privilégiait les métaphores sportives et me demandai si le métier influençait la manière de parler.

— Et quel âge tu as ? demanda Véronique qui semblait le savoir, mais voulait que tout fût dit devant tout le monde, faisant le vœu d'une transparence totale pour souder notre groupe. Je ne voyais pas en quoi la transparence pouvait avoir effet de lien, bien au contraire, mais je ne commentai pas.

— J'ai 55 ans, donc bientôt à la retraite, annonça Marlène.

Tout le monde rit.

Véronique se sentit obligée d'ajouter :

— La retraite, c'est peut-être pas tout de suite… Mais si on commence à cacher notre âge, on fait le jeu du patriarcat !

Elena acquiesça et même renchérit :

— Pour moi, me faire masser est une façon de revendiquer les droits de mon corps. C'est un engagement, vous voyez ?

— Mais pour moi aussi ! ajouta Véronique. C'est exactement ça ! Je fais ce que je veux avec mon corps, et il a le droit inaliénable de se sentir bien !

Il était temps que Léa intervienne :

— N'exagérez pas, quand même. Se faire masser n'est pas un droit. Je suis avocate en droit de la famille – et je peux vous assurer qu'on aura du mal à faire passer cet argument.

— Ce n'est pas un argument juridique, peut-être, se défendit Véronique, mais c'est un argument politique, et je pense qu'en l'état actuel des choses, il est plus que valable, et il aura peut-être autant sinon plus de poids !

Fiona l'applaudit en prenant soin de rythmer ses mains selon un tempo particulièrement lent. Chacun de ses gestes était aussi visible que sonore.

— Non, répondit fermement Léa. Il aura du poids auprès des médias, peut-être, mais pas devant un tribunal.

— Donc toi, l'interrompit Véronique, on l'a compris, tu es avocate et ça tombe bien !

Avait-elle été animatrice d'un groupe de parole ou quelque chose comme ça ? J'avais envie de la bâillonner.

— Oui, continua docilement Léa, j'ai 45 ans, divorcée, deux enfants. Il se trouve que j'habite à côté du salon. Le choix a été purement géographique… Voilà…

Léa m'avait déjà paru sympathique lorsque je la croisais dans la salle d'attente. Elle serait idéale en cas de conflit familial, même si je n'avais pas de famille, que je n'étais pas mariée et ne possédais rien en commun avec Rémi. Mais tout pouvait bouger. C'était au tour d'Irène. Grande, blonde, le teint pâle, des taches de rousseur sur le visage – il me semblait l'avoir déjà croisée, mais pas au salon de massage ; elle me dévisageait depuis que j'étais entrée dans le café.

— Moi, c'est Irène. Je suis photographe, j'ai 35 ans et une fille…

Je commençais à recoller les morceaux…

— Vous l'avez eue en CP il y a deux ans ! me lança-t-elle sans que je puisse déceler si elle m'adressait un reproche ou au contraire un signe de reconnaissance.

Je sentis mes joues brûler et la chaleur me monter au front.

Je l'avais croisée chaque matin tandis qu'elle me déposait sa fille – Mina ? Lila ? Je n'arrivais plus à m'en souvenir –, nous avions échangé, voire sympathisé. Comment se faisait-il que je ne l'aie pas reconnue ? Bien sûr, tout ce qui concernait le salon de massage était si éloigné dans mon esprit de l'école qu'Irène était deux personnes différentes : une mère – et désormais une… je ne savais comment qualifier ce statut, une co-plaignante ? Cette irruption de l'école dans le Café Roland me désorganisa, je n'arrivais plus à suivre le fil ni à savoir ce que je faisais là. Et si tout le monde était déjà au courant ? Si les autres maîtres, les autres maîtresses, se racontaient la méchante mésaventure dont l'une des mères et leur collègue étaient victimes, ne pouvant s'empêcher d'imaginer leur corps nu et huilé malaxé et filmé par des mains expertes ?

Véronique crut bon de faire de l'esprit :

— Pas facile pour une photographe de se retrouver devant l'objectif sans le savoir, non ? Les photographes n'aiment pas être photographiés, pas vrai ?

Sans doute n'avait-elle pas tort, mais cette manie de tout dire, de tout exprimer, de ne rien laisser en suspens était agaçante. Irène ne rebondit pas mais poursuivit. Elle avait accepté d'être ici pour mener une action commune. Toute seule elle ne l'aurait pas fait, et ça l'aurait ennuyée. Pas tant pour elle que pour le principe, et pour prévenir d'autres arnaques de ce type.

— Je préfère que tu dises « VSS », renchérit Véronique, si ça ne te dérange pas ; ou si ça te paraît trop technique, « crime », ça sera plus juste, tu ne crois pas ? Et comme dit Camus, mal nommer ajoute au malheur du monde.

— « Mal nommer un objet, c'est ajouter au malheur de ce monde », la reprit Fiona, c'est extrait de *Sur une philosophie de l'expression* paru dans la revue *Poésie 44* et tout le monde dit « mal nommer les choses, c'est ajouter au malheur du monde », mais ce n'est pas tout à fait pareil, n'est-ce pas ?

Nous nous sommes regardées, incrédules, fallait-il répondre ou était-ce une question rhétorique, mais elle continua sans nous laisser le temps d'en décider :

— Du coup, mal citer, c'est un peu ajouter au malheur du monde…

Le visage de Véronique s'était refermé.

— Déformation professionnelle, se justifia Fiona, je suis prof de littérature à la fac, 53 ans, je n'ai pas d'enfant, pas de mari, et pas l'intention d'en avoir.

Elle parlait comme si elle répondait à une interview à la télévision, dans le but d'asseoir une position que d'autres lui contesteraient. Mais personne ne contesta quoi que ce soit ni ne sembla voir dans ces quatre informations un problème.

— Je vais me faire masser parce que j'ai mal au dos. Et parce que j'aime ça.

Voilà qui était dit.

L'agressivité de son ton donnait assez peu envie d'en savoir plus ou de converser avec elle, si ce n'est de citations littéraires. J'avais envie d'entendre Sophie – celle qui m'intriguait le plus.

Elle hésita, toussa, n'osant pas nous regarder, baissant les yeux, puis les fixant sur un point aveugle.

— Je m'appelle Sophie… J'ai 24 ans… Je suis étudiante… J'étudie les sciences de l'éducation… J'aime beaucoup les petits… et… En fait je n'aurais pas dû me trouver là. Je ne vais jamais me faire masser.

Elle s'arrêta, nous étions toutes suspendues à son récit, plus par compassion pour la difficulté qu'elle avait de poursuivre que pour son intérêt véritable. Même Véronique eut la patience d'attendre un peu – à peine, puisqu'elle finit par l'encourager.

— Allez, ici, personne ne te juge, tu le sais bien. Il n'y a pas de honte à avoir !

— Mais c'est que… Enfin je n'ai pas honte… Pardon… Juste… Désolée, il n'y a rien, c'est juste que mon petit ami m'avait offert deux séances parce qu'un mois avant, j'avais fait une chute de vélo, et j'étais guérie, mais j'avais encore mal partout, et comme c'est lui qui m'avait convaincue de faire du vélo, il se sentait coupable, je crois, et il a cassé sa tirelire, et résultat, il sait qu'il m'a livrée à ces hommes, et il ne s'en remet pas, et moi non plus.

Elle avait fini par parler d'une traite. Je sentais la douleur, l'émotion, l'incrédulité dans sa voix. Au contraire de Véronique ou de Fiona, elle était là pour réparer quelque chose et pas seulement une infraction faite à un principe sacré – la propriété de son corps. Je n'osai pas lui poser de question devant tout le monde, mais j'aurais tellement voulu savoir. Pour comprendre ce qu'elle éprouvait et que je ne ressentais pas. Sa sensibilité et son incapacité à la masquer me touchaient. La pureté de son émotion, si loin de tout calcul politique. Lors de ce premier rendez-vous, c'est elle et elle seule qui me fit comprendre l'importance que pourrait revêtir le fait de porter plainte.

C'était à mon tour, je voulus aller au plus vite tout en étant précise, pour ne pas gâcher l'écho que continuaient de susciter en moi les paroles de Sophie. Je déroulai un résumé, mais Véronique dut le juger trop succinct :

— Pourquoi allais-tu te faire masser ? me demanda-t-elle, comme une sociologue enquêtrice.

— Pour la même raison que tout le monde.

Que pouvait-elle attendre d'autre ?

— Non, je demandais juste, excuse-moi. Mais comme ton mari avait l'air de tomber des nues.

Je restai sidérée, incapable de renchérir.

Véronique à nouveau prit les choses en main pour lancer « la boîte à idées ». Il fallait « brainstormer » pour savoir ce que nous allions faire exactement, et peut-être que Léa pourrait commencer, « vu qu'elle est avocate ».

J'avais l'impression d'une réunion Tupperware, ce que je me gardai bien de dire dans la mesure où la vocation de cette assemblée était d'ordre clairement féministe. Mais comment faire pour qu'on ne prenne pas toute cette histoire pour un truc de bonnes femmes ! Des femmes qui vont se faire masser parce que leur corps est essentiel – non parce qu'elles auraient besoin d'avorter, de choisir le compagnon avec lequel elles partageraient leurs nuits, ou de ne pas se faire violer par leur supérieur hiérarchique, mais pour un plaisir égoïste qui ne ferait pas avancer le droit des femmes d'un iota. Cependant il avait été lésé. Léa était assez réaliste et tenait une ligne médiane que je rejoignis aussitôt.

Je savais intérieurement que le massage était pour moi plus qu'un divertissement, une porte secrète vers des contrées à la fois intimes et informes. Le seul plaisir de mon corps n'aurait pas justifié de lui consacrer du temps et des mensonges. Je gardai ça pour moi.

Fiona prit alors la parole :

— L'humiliation est abjecte, c'est sur un plan moral que je compte attaquer. Moral, et politique !

Elle avait parlé comme un tribun qui annonce les décisions qu'il a prises pour la France. Elle semblait traversée par une flamme, une joie magnifique. Et elle glosa.

Les fantasmes et les préjugés allaient s'abattre sur nous, c'est certain. Mais n'est-ce pas toujours le cas des victimes (de ce que Véronique, Rémi et maintenant Fiona appelaient VSS ?) De se sentir salies, de se sentir coupables, de se sentir responsables ?

On l'entendait partout, on le lisait dans les journaux, pas un post sur Facebook ou Instagram qui ne l'évoque, pas une enquête de Mediapart qui n'en fasse la clé d'intelligibilité de tous les rapports sociaux. Même dans leur entourage, les femmes retrouvaient au fond de leur mémoire des gestes déplacés et se rendaient au commissariat le plus proche, les hommes avaient peur.

— Nous allons faire payer ces millénaires de domination.

Je regardai les autres, un peu gênée par le ton de passionaria que Fiona adoptait, mais toutes buvaient ses paroles. « Qu'un homme ait pu poser les yeux sur moi, c'est un viol », *quand même pas*, répliquai-je intérieurement. Véronique et Marlène hochaient la tête. Elena tapotait sur son portable. Léa prenait des notes. Je finis par intervenir d'une toute petite voix : « Ça dépend des hommes, non ? » Fiona me fusilla du regard puis me dévisagea comme si elle venait de remarquer ma présence. Elle articula alors un « Non » définitif.

— Si c'est son ressenti, il faut le respecter, dit l'une d'entre nous.

Les gens étaient peut-être plus sensibles que moi, après tout. Celle qui avait parlé avait raison, il fallait respecter chaque sensibilité.

J'étais désemparée. Mes émotions étaient contradictoires et confuses, elles ne m'indiquaient aucun chemin. J'écoutais les unes et les autres pour m'appuyer sur quelqu'un qui aurait les idées plus claires, des idées que je pourrais faire miennes. Aucune n'était ajustée à mes ambivalences. J'alternais entre un sentiment de honte quant à mon décalage et une gêne de participer à tout ça. J'étais embrigadée et, même si la cause était juste, je n'aimais pas cette impression.

Irène et Léa devaient partir, les enfants les attendaient, il fallait préparer un repas, ou seulement terminer un dossier. La séance fut levée, non sans qu'une autre fût programmée pour la semaine d'après. Je n'étais alors pas du tout sûre de revenir. Lorsque je pris congé à mon tour, Sophie me demanda par où j'allais et si ça ne me dérangeait pas qu'elle m'accompagne.

— Ça ne vous ennuie pas ?

— Non. On peut se tutoyer. (J'eus soudain l'impression d'être Véronique. C'est fou comme les rôles s'inversent facilement.)

Nous avons remonté la rue de Charenton et tourné dans l'avenue Daumesnil, longeant les arcades de la coulée verte.

— C'est juste que… J'hésite à poursuivre la fac, je voulais devenir institutrice, c'est mon rêve depuis longtemps… Mais depuis que les policiers m'ont appelée, j'ai l'impression que tout le monde me montre du doigt et se moque, que je suis la risée de tous… J'ai peur d'être obligée de me méfier de tout le monde maintenant.

Je lui proposai alors de boire un verre avant de rentrer, Sami l'attendait, « Il attendra quelques minutes de plus… C'est ma tournée », ai-je annoncé – après tout elle n'avait peut-être pas un sou sur elle.

Nous sommes restées silencieuses un moment. Et j'ai commencé mon enquête.

— J'ai vu que tu étais… bouleversée. Est-ce que tu as l'impression que les autres le sont ?

— Oh ! Je ne sais pas. Tout le monde ne manifeste pas ses émotions de la même manière.

— C'est vrai. Et peut-être que tout le monde ne vit pas les choses de la même manière non plus… Moi, par exemple, je me demande encore si je dois porter plainte ou pas. La seule chose qui me fasse hésiter, c'est ta réaction.

— Ma réaction ? Mais pourquoi ?

— Parce qu'il y a des gens qui ont pu faire du mal à quelqu'un comme toi uniquement pour leur plaisir personnel. Et ça, c'est une violence. Une violence… qui doit être dénoncée…

— Et alors, pourquoi tu hésites ?

— Parce qu'à moi, ça ne fait pas de mal. Est-ce qu'on peut porter plainte pour réparer une injustice qu'on ne ressent pas ? Est-ce qu'on a le droit de ne pas ressentir une injustice dont tout le monde s'accorde à dire que c'est une injustice ? Dont on ne voit pas en quoi elle constitue une injustice ? J'ai l'impression que Véronique, par exemple, porte plainte pour le principe. Mais c'est aussi peut-être parce qu'elle est vexée. Lequel des deux motifs est le plus légitime ?

— Je ne sais pas. S'il y a un crime, il doit être puni, non ?

— Oui… sans doute. Mais si je triche, si j'envoie en prison des gens qui ne m'ont pas lésée, est-ce que je ne commets pas à mon tour un crime ? Tout petit, peut-être. Est-ce que je n'aurai pas menti ? Est-ce que je pourrai dormir tranquille si j'ai participé à ça, alors qu'au fond de moi, je suis en désaccord ? Je ne suis pas la Loi ou la Justice, je ne représente rien, je parle juste en mon nom !

— Mais alors, ne porte pas plainte !

— Oui, mais il y a toi.

— Moi ? Je ne veux pas t'influencer !

— Ça ne m'influence pas, ça change ma perspective.

Le vin blanc est arrivé et nous avons bu en silence.

Rien n'était évident pour moi. Jamais. Alors que pour d'autres, l'évidence semblait aller de soi. J'évoquai alors Fiona et sa façon de parler. Est-ce qu'elle manifestait le moindre doute ? Est-ce qu'elle n'était pas en guerre contre la possibilité même de douter ? Quand elle disait : « J'aime ça », est-ce qu'elle n'était pas en train de nous dire : « N'en doutez pas, sinon je tue ? » C'est qu'elle avait dû un jour *décider* de ne pas douter, de ne douter de rien. Même les citations, elle les connaissait à la virgule ! Et soudain cette histoire de types qui se masturbaient devant des corps de femmes huilés et massés, ça ne rentrait pas dans son schéma de vie ! Alors, pour évacuer la gêne et le désordre, elle avait dû se dire qu'il fallait porter plainte et se battre. Et si elle gagnait – car elle gagnerait – elle renverserait l'imprévu en pièce supplémentaire de son système, et elle finirait par jouir de cet accident de parcours. Elle écrirait peut-être un livre dessus. Elle l'aurait rentabilisé au maximum.

— C'est peut-être sa manière à elle de supporter ?

— En réalité, cette histoire ne fait que confirmer sa vision des choses : la guerre des sexes, l'ignominie constitutive de l'homme. Tout ça lui donne raison, elle en jouit, c'est son combat, ça ne pouvait pas mieux tomber. Elle va se présenter aux prochaines élections.

Sophie m'écoutait silencieusement, sans savoir si je blaguais ou si je décrivais un état de fait – les deux ne pouvant apparemment pas se confondre.

— Et Véronique, on a l'impression qu'elle a une revanche à prendre – ce scandale tombe aussi à point nommé pour lui offrir le rôle de sa vie. Elle a déjà endossé celui de porte-parole. Elena, elle, ne restera pas, elle a tapoté sur son téléphone toute la soirée, elle n'était pas avec nous. À la recherche de son *h*.

Sophie à nouveau ne réagit pas et j'eus honte de faire de l'esprit alors qu'elle attendait de moi une conversation sérieuse. J'ai alors repris sur un ton plus grave.

— Quand je t'ai entendue, j'ai été à la fois soulagée et triste. Je me suis dit qu'on n'était pas pareilles, mais que j'arrivais à te comprendre alors que les autres me laissent froide.

— Merci. Moi, je ne me pose pas toutes ces questions.

— Oui, parce que toi, tu vis pleinement ta peine.

— Et ça te fait envie ? demanda-t-elle en souriant.
— Presque.

Je m'en voulais d'avoir tant parlé avec elle lors de ce premier verre. Après tout nous ne nous connaissions pas, nous n'avions pas tout à fait le même âge et, si elle m'avait touchée, cela ne signifiait pas que nous pouvions devenir complices. Lui avais-je fait peur avec mes questions et mes commentaires ? Allait-elle me prendre pour une folle ? Allait-elle me juger ? Ou tout balancer aux autres ?

Depuis que plus personne ne me massait, je déraillais, et plus une ligne sur le « chat Lapin », mon personnage mort-né, tapi dans un terrier humide en attendant de revoir la lumière du jour.

Errance

Je n'avais pas envie de rentrer. Pas envie d'être obligée de raconter. De commenter. De partager. Mes pas me menèrent vers la Seine et je déambulais, mes AirPods dans les oreilles. Je retrouvais un sentiment de liberté que je n'avais pas éprouvé depuis Nevers, quand je découvrais la ville en décidant de me perdre – sans attaches, sans connaissances, seule. Le plaisir de savoir que si je disparaissais, personne n'aurait l'idée de venir me chercher à cet endroit précis. Mes pas m'y menaient par un pur hasard, rejetant les assauts de la volonté, du devoir, de la raison.

Quel était le sens de tout cela ? Depuis que j'étais petite, j'avais l'habitude de chercher à me perdre dès que la situation m'échappait. Plusieurs fois j'ai disparu : sur une plage bondée ; dans une rue d'un pays étranger, mais lequel ? Au Maroc, je suis sortie de la maison de ma grand-mère et j'ai marché jusqu'à ce que quelqu'un me ramène.

A posteriori, je me dis qu'il n'est pas si facile de se perdre : chaque fois, quelqu'un m'avait trouvée et ramenée. Par quels croisements, par quels recoupements d'informations ?

Je me demandai comment savoir que quelqu'un cherche quelqu'un d'autre dans l'immensité des foules, excepté Charlie, bien sûr, mais Charlie, c'était le jeu de le retrouver, il était toujours habillé de la même manière, en blanc et rouge, et portait un bonnet ; on y passait des heures mais soudain, on le pointait du doigt, il était là devant vous, c'était Charlie.

Moi, rien ne m'identifiait. J'avais même l'impression d'être liquide, glissant à travers les doigts et les certitudes, les quelques repères qui dans une vie vous renvoient l'image de quelqu'un de concret, quelqu'un à qui accorder sa confiance. Qui irait porter plainte sans scrupule parce qu'il aurait été objectivement lésé. Qui ne se confierait pas de façon embarrassante à une jeune femme traumatisée de 24 ans.

Puis je me demandai si tout le monde ne se posait pas cette question paradoxale : pourquoi ne suis-je pas comme les autres ?

Les autres savaient quoi penser. Peut-être suffisait-il que je pense comme eux ? Car je sentais bien qu'on attendait de moi que je prenne position. Que je fasse partie d'un camp, et de préférence le bon, celui que le destin m'avait par miracle assigné. Alors pourquoi ne pouvais-je pas faire cet effort ?

Je préférais errer dans les rues, disparaître, mon téléphone vibrait dans ma poche et je ne le sortais pas. J'ignorais si j'étais malheureuse. J'aurais voulu pouvoir me battre pour quelque chose, une idée, une vie. Ma force était négative, je ne savais que m'échapper. Et cette demande d'enfant qui avait pris de nouvelles proportions dans le salon et la cuisine américaine depuis que Rémi savait. Toujours aussi silencieuse, mais plus présente que jamais. Dans sa bouche à lui, qui n'articulait pourtant jamais les mots, dans mon oreille à moi qui les entendais distinctement. Le scandale du salon de massage venait grossir les pages entières de ces phrases non dites – les effluves d'huile chaude se mélangeaient au siège bébé et à la vie à trois, dans un concert de notes asiatiques qui promettaient l'évasion. Toutes ces existences avortées, que j'amoncelais en tas devant notre chambre à coucher, et qu'il fallait enjamber chaque fois qu'on voulait y entrer. Bientôt, elle deviendrait inaccessible.

Où était passé mon Désir ? On me l'avait confisqué pour des raisons absurdes. Comme toujours. Je n'avais pas le droit de vivre différemment, mais je n'avais pas non plus le droit de me plaindre – je ne manquais de rien. Est-ce que seulement je désirais ?

Je me regardais marchant et réfléchissant – m'éloignant très loin de cette femme qui se plaignait sans raison, la plainte était interdite à la maison. Du moins la mienne. Cet espace était réservé à ma mère, qui, elle, pouvait se prévaloir de doléances bien solides, bien objectives, elles avaient été taillées et retaillées et le temps en avait fait des meubles de valeur contre lesquels je butais chaque soir avant d'aller me coucher.

Qu'étaient devenues les filles thaïes, me demandai-je alors. Je m'imaginais discutant avec elles des nuits entières de ce qui s'était passé, de leur avenir, des répercussions sur leur vie. Mais je savais bien que ces nuits n'auraient jamais lieu, que je ne ferais pas l'effort de les retrouver – ne serait-ce que parce que je n'avais jamais retenu leur nom – et qu'elles appartenaient à une forme de réalité très légère qu'il ne m'était pas possible de ramener au sol. Il me restait mon chat, et j'aurais pu courir après les histoires fantastiques qui lui arrivaient, mais elles s'étaient taries d'un seul coup. Il me faudrait beaucoup marcher pour en retrouver le fil. Mon imagination avait été exilée de son lieu, et elle gisait, humiliée, incapable de se redresser et d'aller son chemin, rabougrie comme une vieille pomme oubliée. Il aurait dû y avoir les souvenirs. Mais une lumière blafarde les homogénéisait. Quelques vagues formes parfois apparaissaient pour disparaître à nouveau sans que j'aie eu le temps de les identifier. Pourtant, je savais que c'était mon père. Il cherchait à me faire signe. Il voulait apparaître et je le repoussais. Je ne lui pardonnais pas de nous avoir laissées. Car les plaintes autorisées, celles dont ma mère gardait jalousement l'exclusivité, il en était responsable. Lui, sa mort, son oubli. Il avait été solidifié dans l'interminable récrimination qui avait bercé mon enfance. Et quand le soleil de Djibouti m'éblouissait pour me rappeler qu'un homme un jour avait choisi mon prénom, tout en moi se rebiffait. La lumière était trop violente.

Je préférais la nuit, Paris, sur les bords de la Seine, un téléphone dans la poche qui vibrait et me permettait d'écouter Billie Eilish sur Spotify, un vague sentiment de culpabilité à l'idée que quelqu'un m'attendait dans un deux pièces rectangulaire auquel seul le balcon donnait un certain cachet, mais également un léger ennui à rentrer dans les gestes du quotidien de la ville et du couple, le mécanisme dévastateur, l'ennemi du Désir. Un cri sauvage attendait quelque part, bien au fond, peut-être au milieu de la pomme pourrie où se lovaient les restes de l'imagination, un cri rouillé avant même que d'être sorti, et qui poussait au loin – j'y prêtai l'oreille, puis me bouchai les tympans. À quoi sert de crier ; à quoi sert de libérer la sauvagerie ?

Je voudrais vivre avec quelqu'un qui ne parle pas la même langue, étais-je en train de songer quand un camion de pompiers passa toutes sirènes hurlantes, et me sortit de cet état second. Je me rendis compte de l'heure qu'il était. Rémi avait dû s'inquiéter, et je ne doutais pas qu'il avait appelé Véronique pour savoir si nous étions toujours en « réunion ». Il fallait que je rentre, j'avais envie de pleurer – de pleurer sur le fait d'avoir envie de pleurer à l'idée de rentrer. Pourquoi ne partirais-je pas ? Mais cela changerait-il quelque chose ? N'étais-je pas le problème, que je transporterais partout avec moi ? Rémi était bon, attentif, pragmatique. Je n'avais rien à lui reprocher, si ce n'est cette réticence face au salon de massage – et encore, l'apprendre de la sorte n'avait rien d'agréable, je pouvais le lui concéder.

Lorsque j'arrivai, je le trouvai assis à table, le visage entre les mains, la lumière éteinte. Une façon de figurer le tragique assez classique, la peine, l'abandon, la solitude. J'étais tentée de rentrer dans son jeu, lui passer une main sur le dos, m'asseoir à côté de lui, soupirer, m'excuser une fois de plus, trouver une justification quelconque – et de quoi ? D'être sortie un peu tard ? Rémi ne me l'interdisait pas ! Toujours cette manie de ne le prévenir de rien, de le mettre en position de m'attendre, de s'inquiéter. Un SMS aurait été tellement simple, un coup de fil, juste un signe pour dire « Je sors », pas plus de précisions, ce n'était même pas nécessaire, mais manifester d'une manière ou d'une autre que je prenais en considération son existence. Seulement je n'y arrivais pas. Passer ce coup de fil, envoyer ce SMS. C'était au-dessus de mes forces. Non que je voulusse le torturer. Il ne pouvait pas comprendre que lorsque je migrais dans ce qu'il appelait « mes absences », je n'avais plus aucun lien avec l'autre monde, celui qu'il habitait. J'essayai de lui expliquer : ce n'est pas contre toi. Il me répondit : « C'est pire. »

Plus tard, dans le lit, tandis que les lumières étaient éteintes, il me demanda : « Pourquoi tu ne m'aimes pas ? » Mais que peut-on répondre à une telle question ? Est-ce que je pouvais me forcer ? Était-ce ma faute ? Devais-je demander pardon d'avoir un cœur aussi sec ? Et d'ailleurs, comment pouvait-il en être sûr ? Je ne répondis rien, gardant les yeux ouverts sur le plafond et éprouvant mon impuissance jusqu'à la haine. Je ne savais rien faire. Pas même aimer.

Mon chat Lapin vint alors se frotter contre ma joue en ronronnant, je le caressai et fermai les yeux.

Retour au combat

Au matin, j'étais épuisée. Une nuit agitée après une soirée d'errance après une réunion féminine après un scandale qui avait amené à la fermeture de mon salon de massage – c'était trop pour affronter trente-cinq élèves par une journée brûlante qui annonçait la fin du monde. J'essayai d'adopter des gestes d'automate tandis que tout mon mécanisme prenait l'eau. Il fallait traverser la tempête et se montrer plus gentille à l'égard de Rémi.

À la pause déjeuner, je reçus dix notifications sur un nouveau groupe WhatsApp créé par Véronique intitulé « Se battre ». Je fermai les yeux devant ce titre incommodant. On n'était pourtant pas en guerre. La bataille exigerait sans doute du sang-froid, de l'argent et de la patience. Mais l'affaire était réglée. J'avais l'impression qu'un Dieu farceur se moquait de moi. Ma vie me semblait si vaine, et il la redessinait au rabais. Victime d'une pauvre arnaque qui aurait dû faire la dernière page d'une feuille de chou mais qui avait déclenché une croisade ; engagée à moitié – oscillant entre scepticisme et solidarité, partageant ma vie avec un homme beau, courageux, sympathique, mais ne l'aimant plus sans pouvoir néanmoins le quitter parce que aucune raison valable ne se présentait, éduquant des enfants mais n'en désirant pas, à l'affût de la moindre échappée mais piégée dans un deux pièces, une vie de routine, sans avoir non plus à m'en plaindre. L'entre-deux était mon élément, et le scandale du salon de massage n'avait fait que le préciser.

Il fallait tomber d'un côté à défaut de choisir.

La prochaine réunion aurait lieu chez Véronique, nous apporterions à boire, elle s'occuperait des pistaches et des chips.

J'ai longuement hésité à m'y rendre. Mes pensées oscillaient entre : y aller, ne pas y aller, apporter de la bière, du cidre, du bon vin pour être sûre d'en boire, du mauvais vin puisque nous n'aurions pas le temps de déguster. Du whisky, de la vodka, mais ça pouvait être mal interprété, rester chez moi et regarder Netflix.

Ce qui me décida fut la curiosité de découvrir son appartement. J'aurais pu, comme Véronique, me lancer dans l'immobilier uniquement pour voir comment les gens organisent un espace – combien cet espace est chargé de ce qui les précède, ou au contraire si neuf que les murs résonnent. Je n'avais quasiment rien fait chez Rémi – ni peinture ni même accroché un tableau. J'y avais déposé ma valise, la photo de mes parents, c'est tout.

Quand je me rendis chez elle à 20 h 30 – horrible horaire à mi-chemin entre un apéro et un vrai dîner, soirée gâchée à laquelle j'avais songé dès le réveil, tendue vers ce but à éliminer au plus vite, parce que je savais au fond de moi que sans avoir décidé, j'irais – tout était fermé et je me rabattis sur une bouteille de vin nature sans sulfite à 22 euros chez le nouveau caviste bio ouvert jusqu'à minuit et dont la barbe, le piercing et le sweat avaient l'avantage de pouvoir figurer dans *Vogue* et d'attirer les fashionistas qui n'aimaient pas boire excepté le jus de raisin nature dont l'alcool n'était qu'une composante cosmétique qui n'attaquait même plus le foie. La promesse de santé coûtait cher, et je m'étais retrouvée à faire très exactement le contraire de ce que j'avais programmé : acheter à prix d'or un vin que je n'aimais pas, mais qui éventuellement pourrait plaire à cette assemblée. Le vérifier devenait l'objectif qui conduisit mes pas jusque chez Véronique. Les préjugés se hérissaient sur moi comme des piques, je mettais de mon côté les barricades nécessaires tout en sonnant à la porte, moi qui n'avais aucune envie d'être là, mais à force, il fallait se demander où j'avais envie d'être puisque cette envie ne coïncidait jamais avec ma présence, nulle part.

Un homme m'ouvrit, grand, 50 ans peut-être, un sourire en guise d'excuse : « Je ne reste pas ! »

Je m'en désolai aussitôt, mais ne sus que lui dire, sinon que j'étais Souheila. Il me tendit la main, « Paul », et me fit entrer dans le salon où cinq des autres femmes étaient déjà assises devant un verre de vin. Je saluai tout le monde maladroitement et posai ma bouteille sur la table basse. Véronique me remercia : « Du vin naturel, quelle bonne idée ! » Ici, ils n'avaient que du vin traditionnel, c'était leur côté vieux jeu. L'homme prit la bouteille et s'en alla dans la cuisine pour rapporter un verre plein qu'il me tendit. Je ne m'attendais pas à un accueil aussi chaleureux, séduite par les manières de Paul et le ton moins revendicateur de Véronique. Sophie n'était pas encore arrivée. J'observai les autres : Léa et Irène demandèrent un verre de ma bouteille, avouant qu'elles s'étaient converties récemment au vin naturel et par la même occasion ne mangeaient presque plus de viande. Véronique s'excusa, sur la table basse trônait une assiette de charcuterie. Mais Irène et Léa, en Parisiennes bien élevées, s'esclaffèrent, il n'y a aucun problème ! C'est à nous de nous adapter ! Fiona ne disait rien, elle buvait un verre de bière en boulottant des chips. Quant à Marlène, elle avait l'air intimidée dans ce décor bourgeois et de bon goût, où chaque applique avait dû être choisie avec soin, où chaque meuble devait coûter un bras, excepté la table basse et le buffet chinés dans quelque brocante du quartier (ce qui n'excluait pas un prix exorbitant). Elena sirotait son vin rouge, très à l'aise, minaudant, et la présence de Paul y était sans doute pour quelque chose. De la porte du fond sortit alors un jeune homme – le fils de Véronique, prêt à partir avec son père au cinéma. J'appris que la fille restait enfermée dans sa chambre pour réviser un contrôle de maths mais qu'elle nous rejoindrait dès qu'elle le pourrait, engagée « plus encore que sa mère » dans la lutte féministe. Julien, le garçon, avait 18 ans. Je demandai quel film ils allaient voir, retardant le plus possible le moment où les deux hommes sortiraient de la pièce. C'était un Marvel, compromis qu'ils avaient fini par trouver – au détriment de qui ? J'interrogeai, soudain confuse de mon culot – j'avais si peu parlé Chez Roland, et soudain je plaisantais avec le père et le fils rencontrés une minute plus tôt. Je n'arrivais plus à me suivre moi-même. Paul m'observait de ses yeux pétillants, je détournai la tête et tombai sur ceux de Fiona, noirs et hostiles. Déjà des lignes de tension tissaient une toile invisible dans la pièce. Je m'en voulus d'avoir si mal jugé Véronique qui m'apparaissait ce soir naturelle et aimable. Un tel homme peut-il vous épouser si vous êtes une harpie ? J'avais envie de leur poser des questions personnelles, connaître leur histoire, le jour de leur rencontre, le lieu et les circonstances, le métier de Paul, le moment où ils avaient décidé de faire des enfants, les disputes, les secrets. Ne m'avait-elle pas parlé d'une formule de longévité connue d'elle seule ?

Toutes ces vies qui se déployaient soudain devant mes yeux à la faveur d'un scandale – tous ces corps filmés nus et huilés, qui dès qu'ils s'animaient recelaient une vie singulière. Au fond cette histoire était peut-être une opportunité.

La sonnette retentit et Paul à nouveau alla ouvrir. Je l'observai de dos, les épaules larges, le pas assuré. Il devait sans doute exercer un métier à responsabilités, peut-être médecin, à moins qu'il ne travaille avec Véronique à l'agence immobilière. J'entendis la voix de Sophie et, derrière, celle d'un autre homme. Ils s'avancèrent tous les trois dans la pièce et Sophie nous présenta Sami, son petit ami, celui qui lui avait offert le massage – expliqua-t-elle d'une traite.

— Ça ne vous dérange pas s'il participe à la réunion ?

— Je n'avais pas compris qu'il s'agissait d'un raout mondain, pour ma part j'ai des mémoires à corriger et, si j'avais du temps pour sortir, j'en profiterais pour voir mes ami·es.

Tout le monde se tourna vers Fiona (et tout le monde entendit le « ·e », ce qui n'est pourtant pas facile à articuler).

— Mais Fiona, intervint Véronique, il ne s'agit en rien d'une réunion mondaine ! Nous n'avons pas encore commencé à parler de ce qui nous occupe, mais nous allons nous y mettre tout de suite !

— Je m'éclipse, assura Paul en faisant un signe à Julien.

— Écoutez, je suis désolée d'être désagréable, mais on n'est pas là pour passer du bon temps et on n'est pas obligées de s'apprécier les unes les autres. On a un objectif. Il est avant tout politique. Je ne laisserai pas passer une telle atteinte à ma dignité sans le faire savoir et sans faire profiter celles qui n'auraient pas le capital symbolique, social ou financier de s'exprimer. J'envisage mon rôle de cette façon et c'est la raison pour laquelle je ne souhaite pas que votre ami soit présent.

Elle s'adressait à Sophie qui se cramponna à la main de son compagnon. C'est lui qui la sortit de l'embarras :

— Je suis venu pour soutenir Sophie.

— Sophie est une grande fille, elle n'a besoin de personne pour s'exprimer.

— J'en suis sûr, mais elle m'a demandé de l'accompagner. Maintenant, ça ne me dérange pas de sortir. Sophie, je t'attendrai à la maison.

Fiona soupirait bruyamment, bouillant de colère – j'entendais à travers ses oreilles ce « Je t'attendrai à la maison » maladroit en cette circonstance. Mais j'étais également soufflée par l'agressivité de Fiona contre laquelle aucune d'entre nous ne trouva à redire. Paul tenta d'arranger la situation :

— Venez avec nous au cinéma !

— Non merci, j'ai du travail, mais c'est gentil, répondit Sami, froissé.

Sophie sembla hésiter, mais Véronique lui prit la main et la fit asseoir.

Les trois hommes sortirent de l'appartement, penauds, tandis que nous nous regardions, incertaines de la tournure qu'allait prendre la réunion. Sophie ramena ses pieds sous ses jambes, tête baissée, Véronique lui proposa un verre qu'elle refusa, et Fiona décida d'ouvrir la séance. Nous n'avions pas moufté, elle avait réussi à imposer les règles du jeu que nous acceptions tacitement. Je me haïs pour cela, sentant à mon côté le corps rigide de Sophie, sa peur et sa soumission. Mais je l'étais tout autant, soumise, puisque je n'avais rien dit. Pourquoi avais-je été si lâche ? Et devant Paul ?

Fiona évacua toute raison de s'apitoyer sur notre sort et toute possibilité de complicité féminine, ce n'est pas ce qu'elle entendait par « sororité » expliqua-t-elle – ce terme recouvrait une acception politique.

L'important était l'objectif de la lutte, des relations personnelles pouvaient éventuellement en découler, mais elles n'étaient pas prioritaires – c'est ce qu'on appelait un « bénéfice secondaire ». Aussi fallait-il respecter l'ordre des choses, sans quoi ces petites réunions ne mèneraient à rien. Elle s'excusa auprès de Sophie d'avoir été un peu brutale, mais il valait mieux donner le ton dès le départ, personne n'avait de temps à perdre. Léa s'autorisa néanmoins une remarque :

— Je ne vois pas en quoi la présence de l'ami de Sophie dérangeait.

— C'est une question de principe. Sophie a peut-être besoin de son ami pour se sentir forte, mais moi, voyez-vous, ça m'affaiblit de parler devant un homme que je ne connais pas du traumatisme que mon corps a subi.

L'argument avait son poids, je ne pouvais pas le contester. On ne parlerait sans doute pas de la même manière devant Sami, et encore moins devant Paul s'il était resté, mais était-on obligées de raconter nos états d'âme ? Si le combat était politique, avions-nous besoin d'entrer dans l'intimité de chacune ? Certaines auraient de la peine, d'autres de la colère… Des affects… Est-ce de cela que nous allions parler ? De nos émotions ? Pour ma part il n'en était pas question. J'admettais que la sororité fût une notion purement politique, mais en ce cas, je ne livrerais pas une parcelle de mon expérience. J'admirais Léa pour avoir osé braver l'assurance de Fiona, j'aurais voulu parler en premier, mais c'était trop tard. Sophie intervint pour calmer le jeu :

— Je suis désolée, je n'aurais pas dû.

Cette capitulation me mit hors de moi.

— Ne t'excuse pas, lui chuchotai-je.

Véronique finit par intervenir :

— Écoutez, on aurait dû se donner ces règles la dernière fois pour ne pas se retrouver dans cette situation. Maintenant c'est fait, Sami est parti, mais ce n'était pas très… sympa.

— Sympa ! s'esclaffa Fiona.

Véronique manifestait un certain sens du compromis, je la découvrais sous un autre jour, peut-être parce qu'elle était chez elle et que ce lieu apaisait ses autres inquiétudes. Elle n'avait pas besoin de tout diriger et, de toute façon, Fiona avait pris la place.

Je sentais se déplacer les lignes de force. Léa jouait son rôle d'avocate de la défense, Irène, Marlène et moi celui de spectatrices. Elena regardait son téléphone depuis que Paul était parti. Un collectif s'organisait, et je me demandais s'il était possible qu'il tienne sans que les unes et les autres s'apprécient. Y avait-il une place pour des sentiments ? Ceux-ci allaient peut-être découler de l'expérience commune de la lutte à mener. Mais ne viendraient-ils pas perturber les places, justement ? Je ne les écoutais plus, perdue dans mes réflexions sur l'organisation d'un groupe. Ce sont des choses que j'avais étudiées et observées dans mon travail avec les enfants, et chaque fois j'étais fascinée par l'alchimie extraordinaire obéissant à des règles souterraines qui elles-mêmes évoluaient mais gardaient toujours une certaine cohérence. En général, je me tenais en dehors. Cette fois, j'étais partie prenante, et cet enrôlement m'inquiétait. Mon Désir se tenait tapi, bien loin des enjeux qui occupaient ces femmes réunies par le hasard. Je ne savais plus par où fuir et je restai silencieuse en buvant mon troisième verre.

Finalement, Léa demanda à ce qu'on « séquence » la réunion : dépôt de plainte, calendrier, finances et, le cas échéant, action médiatique. « Le cas échéant » semblait central pour Fiona, et Véronique lui emboîta le pas. C'est alors qu'une adolescente sortit de sa chambre pour entrer sans préambule dans la conversation. Il allait de soi qu'il fallait médiatiser le scandale, elle en avait déjà parlé à toutes ses copines qui étaient d'accord pour rejoindre le mouvement. Un sourire s'afficha sur les lèvres de Fiona.

— Ah, que j'aime cette génération ! ponctua-t-elle, mes étudiantes sont formidables ! Comme toi ! Tu t'appelles comment ?

— Lou, répondit la jeune fille qui s'assit par terre et prit une pleine poignée de noix de cajou dans sa main.

— Que proposez-vous ? demanda Irène.

— On n'avait pas dit qu'on se tutoyait ? rappela Véronique.

— Il faut faire feu de tout bois, reprit Fiona, qui a des contacts avec les médias ?

Léa leva la main, Irène à moitié.

— Qui peut s'occuper du Web ?

— Moi, répondit Lou.

Sophie timidement proposa son aide. Marlène renchérissait chaque fois pour manifester sa présence et sa pleine solidarité :

— Je peux aider chaque groupe, assura-t-elle, il ne faut pas que ce soient toujours les mêmes qui travaillent.

— Je pense, commença Fiona, qu'il faut relier ce scandale à d'autres expériences que nous avons forcément toutes vécues... Des expériences de domination, d'exploitation du corps féminin, un emploi ou un poste qu'on n'a pas eu en raison d'une compétition masculine, une main aux fesses et, pourquoi pas, pour celles malheureusement qui en auraient été victimes, un viol.

— Quel rapport ? demandai-je.

Elle s'arrêta un instant, comme si elle découvrait mon existence, et avec un ton à la fois pédagogique et méprisant, elle m'expliqua :

— Le problème est systémique, ma chère Soulia.

— Souheila.

— Souheila, pardon. La domination patriarcale a régenté la société depuis la nuit des temps mais a rencontré le système capitaliste, structurellement impérialiste, pour asseoir son règne. La lutte que nous menons depuis quelques années, ça ne t'aura pas échappé, consiste à renverser cet ordre. Nous n'avons pas beaucoup de moyens. Mais il y a ce qui s'appelle Internet, qui nous a permis de commencer une révolution d'un nouvel ordre. Pour ma part, je me sentirais coupable de passer à côté.

— Et que vas-tu faire ? Un listing de viols et de mains aux fesses que tu publies sur ton compte Instagram ?

— Ça te pose un problème ?

— Non. Mais je ne comprends pas le but.

— Dénoncer le système.

— Et ?

— Tu préfères rester les bras croisés à continuer à te faire exploiter ?

— Je ne me fais pas exploiter.

— Ah, vraiment ? Ta vie te convient ? Tu te sens libre, tu dessines ta vie comme tu le veux ?

— Euh… Non, pas vraiment.

Je n'osai pas poursuivre, Fiona était professeur à l'université, elle savait manier la rhétorique, et je ne pouvais nier que ma vie n'était pas l'incarnation de la liberté ou de la créativité, que je me contentais de peu à condition que mon Désir soit sanctuarisé – or j'avais perdu l'espace pour ma fuite et, sous ce jour, Fiona avait raison. Je menais « la vie d'une femme de classe moyenne, en couple sans enfant, vivant dans un deux pièces à Paris et au rythme réglé par ses horaires de classe ». Une catégorie en soi. J'épousais parfaitement le descriptif. Était-ce cela, être aliénée ? Je n'étais pas malheureuse, mais je n'étais pas heureuse non plus. Je n'avais pourtant subi aucun attouchement sexuel ni « VSS », je n'aurais rien eu à ajouter au listing de Fiona posté sur Instagram, je n'avais rien à raconter sur Internet qui pût devenir viral et inspirer la révolte d'autres femmes. La seule chose qui me soit arrivée était d'être victime du scandale des salons de massage. Mais je n'avais pas envie de partager ce petit événement, je voulais le chérir, l'observer, comme un objet nouveau sur une étagère qui transforme tout le rayonnement de la pièce. Je n'en avais pas fait le tour et je sentais qu'il pouvait encore diffuser des radiations importantes – mais la direction qu'elles prenaient me dépassait ; car au fond, elles le faisaient entrer dans la catégorie « crime misogyne » dont les contours étaient trop clairs, le trait trop affirmé, l'espace trop visible. J'étais claustrophobe, la moindre identité me mettait en panique, je ne pouvais appartenir à rien, ce groupe était pire qu'une famille, j'en concevais de la tristesse.

J'étais insuffisante.

Mais n'était-il pas temps justement de réintégrer un mouvement en pleine ascendance et d'acquérir une légitimité sociale sans coût excessif ?

Mon métier était de ceux qu'on estime quand on a des enfants, qu'on ignore quand on n'en a pas, et qu'on méprise globalement parce qu'il offre un faible pouvoir d'achat, est associé à la petite enfance, celle dont les souvenirs s'effacent. J'aimais transmettre à des tout-petits, j'étais attachée à certains élèves, mais ce qui m'avait surtout plu était l'aléatoire de mon affectation, le fait de m'en remettre à une décision administrative ou à un simple algorithme qui jouait ma vie comme aux dés. Certes, j'avais formulé des choix d'académie, mais même ces choix, je les avais tirés au sort. Il fallait que quelque chose décide à ma place, je voulais m'en remettre à une force supérieure, mieux, au hasard, pour en explorer les contours et me laisser sculpter. Peut-être était-ce dû à mon enfance trimballée de base en base pour atterrir à Sarcelles d'où l'on ne part plus. Peut-être ces déménagements successifs décidés par d'autres avaient-ils modelé mon rythme intérieur ?

Le plan de Fiona était trop ordonné et systématique – elle ne semblait rien vouloir céder à autre chose qu'à sa volonté. J'ignorais s'il s'agissait là d'un trait de caractère ou d'un simple esprit méthodique mis au service d'un but plus grand ; il était difficile de savoir si le plaisir se nourrissait du contrôle ou si le contrôle se soumettait au désir. Pour ma part, contrôle et désir n'avaient jamais fait bon ménage. Comme mon chat Lapin, le désir devait courir n'importe où, sans savoir où il allait, sans que je sache où il m'emmenait. Mais là, la route était tracée, c'est même à son édification qu'on œuvrait, comme des contremaîtres des voiries. Fiona aimait la construction : c'était un ingénieur de la lutte. J'avais furieusement envie de récupérer mon portable dans la poche de mon jean pour faire une partie de Tetris, mon jeu favori, qui consistait à empiler des briques. Je me mis à ranger mentalement les objets de la pièce en les empilant jusqu'à ce qu'ils créent un mur, télé collée à la lampe dont l'incurvation convient à l'assiette – j'arrivais aux visages et observais leurs lignes, certaines anguleuses, d'autres douces. Je les assortissais aux objets, faisais des paires, les rangeais dans les placards et étagères adéquats. N'était-ce pas le signe que j'avais à mon tour besoin d'une place ?

Léa était en train d'expliquer les grandes lignes de la stratégie juridique ainsi que les différentes étapes – cela prendrait un peu de temps mais pas tant que ça puisque le réseau avait été démantelé après une longue enquête et qu'il pouvait être jugé en comparution immédiate. Fiona émit alors l'hypothèse que la police avait les preuves du délit bien avant l'arrestation des hommes, et qu'elle aurait pu éviter à certaines d'entre nous – les dernières victimes – de subir le préjudice. N'était-il pas avisé de porter plainte contre la police également ? Lou s'esclaffa devant cette idée qu'elle jugea brillante, mais Léa soupira, non, ce n'était pas judicieux, on était alors sûres de perdre et de brouiller le message. Au contraire, contre-attaqua Fiona, perdre juridiquement pouvait devenir une victoire médiatique. Attaquer la police dont tout le monde s'accorde à dire qu'elle réagit peu, voire mal, aux violences sexistes pourrait éventuellement servir la cause.

— Écoute Fiona, répliqua Léa, j'entends bien que tu défendes une cause et, sans doute, on la partage toutes ici, mais moi je te parle de justice, et si nous portons plainte, c'est dans le cadre de la justice. Sinon, ce sera sans moi.

— La justice ? se mit à rire Fiona. Mais de quelle justice me parles-tu ? La justice d'État ? Les politiciens protégés ? Les racisés dans les prisons ? Les violences policières ? Le racisme d'État ? La justice qui ne condamne ni les hommes ni les puissants qui continuent de sévir sur nos antennes, dans nos institutions et dans les ministères ? Ou la justice qui laisse tuer les femmes parce qu'on ne les croit pas lorsqu'elles viennent déposer plainte pour violence conjugale ? De quelle justice me parles-tu exactement, Léa ?

— De la justice pour laquelle je travaille et à laquelle je crois. Tu as déjà voyagé, Fiona ? La Libye, la Somalie, tu y as fait un tour ? Ça pourrait t'intéresser de voir comment fonctionnent des régimes arbitraires…

— C'est bien une remarque néocolonialiste, ça ! s'autorisa Lou, l'adolescente de 15 ans.

Véronique intervint, sentant que les choses tournaient au pugilat politique intergénérationnel.

— Elle lit Mona Chollet toute la journée, n'a jamais entendu parler de Simone de Beauvoir et pense qu'Alice Coffin est un écrivain, désolée ! dit-elle pour essayer de dérider l'assemblée, mais ce ne fut pas au goût de Fiona ni de Lou.

— Ce n'est peut-être pas la plus grande styliste, mais je ne vois pas ce qui vous permet de juger, et on dit « une écrivaine ».

— Oh, c'était pour détendre l'atmosphère ! Pas de problème, Fiona, chacun ses goûts ! Et d'ailleurs, je ne fais que répéter ce que dit Paul, c'est un peu une *joke* entre nous.

— Paul ! Vous vous laissez dicter vos jugements par votre mari ?

— Est-ce qu'on ne se tutoyait pas ?

Paul. Où était Paul ? Combien de temps durait le dernier Marvel ? N'allait-il pas finir par rentrer avec son fils et peut-être boire un dernier verre avec nous ?

Marlène chercha à son tour à apaiser les tensions :

— Inutile d'être agressive, Fiona, nous sommes à peu près toutes d'accord, n'est-ce pas ?

— Je n'ai pas l'impression, non, n'ai-je pu m'empêcher de commenter.

Tous les regards se sont tournés vers moi, je regrettai d'avoir parlé.

— Ah oui, et quel but poursuis-tu, toi ? demanda Fiona, des lames dans les yeux.

J'avais envie de lui répondre comme elle l'attendait : « Je prône un maintien du patriarcat féminicidaire, comme tous ceux avec lesquels tu es en désaccord. » Mais je m'en tins à un pathétique :

— À vrai dire, je ne sais pas… Rétablir l'équilibre ?

— L'équilibre ? Tu parles d'équilibre ? Tu as observé la société autour de toi ?

Elle allait reprendre son catéchisme non dénué de fondement, mais assené sur un ton si professoral qu'il en perdait sa substance et duquel, très rapidement, on écoutait le vibrato plus que le sens – comme ces hypnotiseurs qui vous branchent sur une fréquence et peu importe qu'ils parlent d'horizons, de petits oiseaux, de paradis et de plage blanche, de palmiers, de cocotiers et de couchers de soleil s'ils vous permettent d'arrêter de fumer. Je ne pouvais m'empêcher d'imaginer l'ennui profond qui s'abattait sur des dizaines d'étudiants chaque fois qu'elle ouvrait la bouche quand une clé se fit entendre dans la serrure. Mon cœur se mit à battre plus rapidement, la porte s'ouvrit sur Paul et son garçon dont j'avais oublié le prénom.

— Je crois que la réunion est terminée, tonna Fiona.

Toutes, nous observions les hommes entrer sur la pointe des pieds, incertains de l'attitude à adopter.

— Ne vous dérangez pas pour nous ! On ne fait que passer !

— Nous avons terminé.

Véronique avait l'air soulagée.

Il était 23 h 30 et tout le monde travaillait le lendemain. Nous avions beaucoup bu, beaucoup parlé sans arriver à un accord, bien que les propos de Léa aient éclairé l'aspect pratique des choses.

Puis Véronique demanda à sa fille d'aller se coucher tandis que les unes et les autres se levaient. J'avais terriblement envie qu'il se passe quelque chose, que Paul intervienne, qu'il ouvre une autre bouteille ou que Fiona parte. Mais rien de tout cela. Je demandai où étaient les toilettes et passai devant Paul, identifiant un parfum un peu musqué. Mon regard croisa le sien et s'y attarda. Puis je longeai un couloir où des livres étaient rangés : des études psychanalytiques, Freud, Lacan, Ferenczi, Adler... En sortant des toilettes et après m'être aspergé le visage, je repassai devant Paul et lui demandai : « Vous êtes psychanalyste ? » Il hocha la tête, un sourire ambigu aux lèvres et acquiesça : « Ça change quelque chose ? »

Mais à quoi cela aurait-il changé quoi que ce soit ? Quelle situation pouvait-elle être changée par le fait qu'il était psychanalyste ? Je n'eus pas le temps de comprendre ni de répondre, Véronique était déjà entre nous et saluait celles qui partaient, promettant une prochaine rencontre « dans une salle de réunion à la fac, ça serait mieux », ponctua Fiona. Je vis que Véronique était agacée mais prenait sur elle.

Je sortis dans le froid de la nuit – Sophie me proposa de faire un bout de chemin avec elle mais je n'en avais pas envie. J'acceptai cependant, par politesse, et l'humiliation qu'elle avait subie en début de soirée m'était encore une blessure.

— Tu trouves que ça avance ? me demanda-t-elle.

Et je m'étonnai qu'elle continue à penser que je puisse être une interlocutrice valable à propos de toute cette histoire.

— Je ne sais pas. Pour avancer il faudrait une direction, il existe beaucoup de mouvements qui reculent.

— Fiona est un peu agressive, mais au moins elle sait où elle va.

— Où elle va, mais ce n'est pas forcément là où les autres ont envie d'aller.

— Moi ça me tente quand même, après tout il faut bien s'engager.

— Oui, tu as sans doute raison, il faut s'engager.

Mais je savais bien que j'étais fondamentalement désengagée de tout, y compris de ma propre vie. Je l'accompagnai jusqu'au métro et lui dis que je préférais marcher.

— Tu veux que je t'accompagne ?

— Non, va retrouver Sami et console-le.

— Oh, il comprendra ! Il est plus féministe que moi !

— Alors très bien, vous êtes un couple contemporain.

J'ignorais ce que j'avais voulu dire, en attendant je me demandai s'il était très « féministe » d'offrir un massage à sa fiancée qui n'aimait pas particulièrement ça…

Je m'autorisai une longue marche dans les rues de Paris pour projeter les différentes images que j'arrachais à la soirée, les faisant défiler devant moi, comme un kaléidoscope, m'arrêtant sur certaines, créant un suspens jusqu'à ce dernier moment où nous nous étions regardés. Peut-être avais-je fantasmé la scène, mais j'étais quasiment sûre que cet échange avait duré une seconde de trop. Et cette seconde de trop traînait en moi, se diffusait comme l'effet d'un Xanax, l'excitation en plus. C'était absurde, j'en étais consciente. J'étais là pour mener un combat solidaire, et je me retrouvais comme une lycéenne, la radicalité militante en moins. Que faisaient Paul et Véronique ensemble ? Je ne voyais aucune logique à ce couple, excepté le fait qu'elle avait dû être très belle. Argument sexiste, me dis-je intérieurement, et cela me fit rire. Sans doute était-elle une bonne mère, une femme pragmatique et efficace (comme Rémi). Mais aucune histoire ne pouvait s'accrocher à son personnage, il était trop… réel. Alors que Paul vous plongeait immédiatement dans un autre espace, plus ambigu, plus incertain – ce genre d'espace où aurait pu s'épanouir mon Désir.

II

Paul

Le guet

Avait-il vraiment prononcé ces mots : « Ça change quelque chose ? » Ou étais-je trop grisée pour saisir ce qu'il voulait me dire ? Ça n'avait aucun sens. Qu'est-ce qui pouvait changer puisque nous ne nous connaissions pas ? Il était psychanalyste, cela aurait-il une incidence sur le combat que sa femme engageait ? Et voulais-je vraiment tout comprendre ? Ne pouvais-je laisser flotter encore quelques heures ces impressions nébuleuses – comme lorsqu'on s'éveille d'un rêve érotique, le corps chaud et humide, sans même qu'on se souvienne des images.

Moi qui étais dénuée de tout esprit pratique, je réfléchissais néanmoins aux raisons pour lesquelles je pourrais prendre un verre avec cet homme qui avait l'âge d'être mon père. Bien sûr, le solliciter pour des raisons professionnelles (« Dois-je porter plainte ? ») paraissait raisonnable. « Pourquoi cela me met-il dans l'embarras ? / Suis-je traumatisée ? / Certains me l'affirment, mais je ne ressens rien. / Mes séances de massage étaient pour moi l'équivalent d'une analyse, maintenant que je ne les ai plus, ne dois-je pas consulter ? » Je me jouais différentes saynètes, qui à minuit dans ces rues désertes me paraissaient hautement plausibles. En arrivant en bas de chez moi, je priai pour que Rémi dorme. Je ne voulais pas qu'un autre visage interfère entre Paul et ma nuit, la culpabilité viendrait plus tard. Heureusement, il dormait. Lorsque je me couchai il me demanda sans changer de position si ça s'était bien passé, « Oui, oui », chuchotai-je et je me tournai de l'autre côté.

Toute la semaine, je fus portée par la sensation chaude d'un regard qui n'avait peut-être jamais existé. Le groupe WhatsApp créé par Véronique continuait d'échanger des messages. Je les lisais avidement, non pour leur contenu mais pour l'effet qu'ils me faisaient, émanant de ces gens rassemblés l'autre soir dans l'appartement haussmannien qui continuait de diffuser ses ondes à travers leurs mots. Le soir, je discutais avec Rémi des nouvelles du monde, nous échangions beaucoup sans jamais dialoguer – c'était un art auquel nous excellions. Rémi semblait s'en satisfaire, moi aussi pour des raisons différentes. J'aimais chez lui cette facilité à vivre côte à côte sans être vraiment ensemble. Je n'avais jamais vécu aussi longtemps avec un homme et c'était sans doute la clé de notre entente (était-ce aussi la « formule de longévité » de Véronique ?). Je différais les demandes plus pressantes, celles qui auraient inscrit notre couple dans une existence officielle. L'enfant possible s'était un peu tapi, il revendiquait moins son droit à vivre et sa présence était moins pesante – sans doute un effet du scandale du salon de massage. Même les projets de vacances étaient en suspens ; nous partagions encore des factures et des discussions, nous faisions même l'amour, et cette routine m'était un cadre idéal pour disparaître. Rémi ne me convoquait pas : il respectait – disait-il – ma tendance à rêver, mais peut-être au fond le laissait-elle tranquille lui aussi. Il y a des gens comme ça, qui n'aiment pas savoir. Et qui préfèrent rester au seuil. Notre seuil était une *safe room* que nous habitions côte à côte en toute amitié. Longtemps j'avais pensé que c'était là un équilibre idéal. Je me réjouissais d'avoir rencontré un homme si parfaitement accordé à mes refus.

Alors pourquoi étais-je réticente à porter plainte ? Parce qu'il fallait bien y revenir, à cette question. De sales types avaient transgressé ces frontières, avaient foulé aux pieds l'idée même de respect et d'espace à soi. Ils avaient fait ce que je redoutais le plus chez les autres et je ne leur en voulais pas. Bien sûr, je ne les connaissais pas, leur regard restait très abstrait. Mon intégrité cependant avait été violée, et j'avais pleinement conscience de la différence entre l'acte et la métaphore. Pourquoi autoriserais-je de pauvres gens à faire ce que je refusais à Rémi ? Je n'explorais pas plus avant ces contradictions mais je les éprouvais de plus en plus – et si je les mettais de côté, c'était avec une mauvaise foi croissante que je ne pouvais plus ignorer. Devais-je le quitter ? Je répondais du tac au tac non, bien sûr. Est-ce qu'on brise un équilibre si complexe ? Est-ce qu'on quitte un homme qui vous aime sans autre raison que la *safe room* est devenue trop *safe* et que vous ne détestez pas la violence qui vous a été faite ?

Les seuls moments où j'étais un peu honnête étaient mes tête-à-tête avec Lapin mon chat qui avait bien grandi. C'était moi qu'il aimait, en toute injustice car Rémi le plus souvent lui donnait à manger le matin et changeait sa litière. Mais c'était ainsi, mon chat écoutait les histoires que je lui racontais, jadis inspirées par lui, désormais irriguées par mes doutes. J'attendais qu'une main divine m'emporte, et pourquoi pas à Djibouti, où les plus belles heures de ma petite enfance s'étaient fixées, fossilisées, et revenaient parfois par flashes, le sable, la chaleur, l'eau – une forme de quiétude inquiète, ma mère qui étend le linge, mon père qui m'entraîne sur le parcours de santé. Et moi fascinée par ses muscles, sa beauté, sa tristesse, mais qui ne la vois pas encore, qui la pressens peut-être, tristesse toujours tenue à distance lorsqu'il est avec moi. Les heures passent et la chaleur ne baisse pas. Jamais. Tout est suspendu, mon univers est infiniment grand dans l'infiniment petit : j'observe chaque insecte, ce sont les seuls qui se meuvent sous le soleil intraitable – eux et les militaires. J'aime les insectes et les militaires, ils sont ma vie jusqu'à notre retour en France. L'exil à Sarcelles.

Si mes pas évitaient désormais l'agence immobilière que tenait Véronique, ils me ramenaient souvent dans la rue de son immeuble. Nous n'habitions pas loin l'une de l'autre, rien d'insolite à ce que j'emprunte ce chemin – même s'il constituait un *détour*, et je saisissais pleinement le sens du mot détour, qui était mon ordinaire. Cette fois il avait un but, et chaque fois que je me retrouvais devant l'immeuble, je savais ce qui m'y attirait, mon cœur battait un peu plus vite, mon sang s'échauffait. Au bout d'un certain temps, j'empruntai cet itinéraire juste pour voir si l'effet était mécanique ou s'il s'allait s'essouffler, attentive à la pulsation de mes veines dès que je passais devant le porche. Il finit par s'altérer, bien que la répétition l'inscrive dans une forme de nécessité – comme le chien de Pavlov qui finit par faire les mêmes mouvements en entendant les mêmes sons : j'essayais de dresser le rythme de ma circulation sanguine, de dresser mon cœur, lui ordonnais de battre différemment en arrivant dans cette rue, le suppliais de me confirmer sa pleine santé, lui si discret et que j'avais abandonné avec l'image de l'enfant dans un coin de la cuisine, là où l'on ne fait jamais le ménage.

Espérais-je que quelqu'un sorte ? Je m'en serais voulu de provoquer ainsi le hasard, toute la responsabilité m'en incomberait et je devrais prendre sur moi les conséquences d'une rencontre. Je ne pensais pas en avoir la carrure. Mais c'était devenu un toc. Je passais tous les jeudis – le jour privilégié de mon massage – devant le porche de Véronique, dont jamais personne ne sortait.

J'avais fini par intégrer ce cérémonial dans mes semaines, jusqu'à en oublier l'origine. Je ne savais plus si j'attendais encore quelque chose ou si j'essayais de m'habituer à ne plus attendre en transformant l'attente en routine. Je me prenais à mes propres pièges. Pourtant les réunions continuaient de façon plus éparse. La période était peu propice pour certaines d'entre nous, prises par leur travail – procès pour Léa, shooting pour Irène, examens pour Fiona et Marlène. Elena ne donnait plus signe de vie. Je l'avais prédit.

J'étais toujours fascinée par le fait que les gens soient débordés : travaillaient-ils tellement plus que moi ? Ou travaillaient-ils autrement ? Avec perfectionnisme, persévérance, acharnement ? Pourquoi le temps devait-il être si rempli, comme les murs de mon jeu Tetris où les interstices étaient interdits ? Pour le lave-vaisselle, je comprenais l'utilité, mais pour la vie ?

Agathe venait encore me rendre visite certaines fins d'après-midi. Je lui demandais de me lire ce qu'elle écrivait, et nous nous amusions à imaginer des dialogues saugrenus entre les personnages du drame qu'on lui avait commandé. Nous les jouions en essayant différents accents, du Sud-Est à l'Auvergne. Le film était supposé se passer en Seine-Saint-Denis, les protagonistes étaient des Maghrébins. Elle se battait avec la réalisatrice pour éviter tous les clichés qui faisaient vibrer cette dernière « très engagée contre l'islamophobie » (elle était protestante, habitait le XIe arrondissement et « adorait les Arabes »). Elle me racontait ses passes d'armes, doutant de pouvoir continuer à travailler pour elle, mais elle avait besoin d'argent. L'histoire du scandale du salon de massage la réjouissait : elle aurait adoré, me disait-elle, la proposer à un producteur. « Ta réalisatrice m'a l'air parfaite pour aborder ce sujet, on y ajoutera quelques burkinis et une apologie du voile féministe... » Si Fiona m'avait entendue, elle m'aurait immédiatement dénoncée à la police des mœurs.

La fin d'une belle aventure

Véronique ne nous invitait plus chez elle. La soirée avait dû lui laisser un arrière-goût – mélanger l'intimité et le combat n'allait pas de soi, Fiona nous l'avait bien fait sentir. Personne d'autre n'avait proposé d'ouvrir ses portes, et nous nous réunissions dans le bureau de Léa, ou plutôt dans la salle de réunion de son cabinet d'avocats – où nous endossions notre vrai rôle, celui de plaignantes.

La stratégie s'élaborait, j'observais ici ou là des bâillements, des incompréhensions, Léa dirigeait les opérations grâce à un langage technique qui faisait taire les autres, excepté Fiona qui connaissait cette langue pour l'avoir récupérée à d'autres fins. Le clivage était toujours palpable entre le but juridique et la finalité médiatique. Sophie s'était radicalisée – elle qui avait été malmenée par Fiona s'était rapprochée d'elle et mise en quelque sorte sous sa tutelle. J'avais du mal à comprendre cette alliance. Peut-être se sentait-elle plus forte à l'ombre du grand chêne. Elle s'exaltait en rougissant, elle qui semblait avoir peu élevé la voix dans sa vie. Quant à moi, je restais en retrait. Fiona ne m'aimait pas. Elle ne me regardait jamais et c'était ostensible. Véronique continuait d'animer le groupe WhatsApp et d'organiser les réunions, elle et Fiona se partageaient le leadership tout en gardant leurs distances réciproques. Les autres suivaient le mouvement. Elles étaient d'accord avec Fiona quand celle-ci se mettait en colère ou citait Monique Wittig que personne n'avait jamais lue, puis avec Véronique quand elle ramenait le débat à son aspect « réaliste », en tenant tête à « l'idéaliste » que semblait être du même coup la professeure des universités. Léa se maintenait dans son rôle : gardienne de la loi. Il allait falloir signer des papiers pour terminer de constituer l'association, valider la plainte après l'avoir relue, trouver des témoins qui attestent de notre souffrance post-traumatique, et payer greffier, huissier (et un peu Léa qui ne comptait pas ses heures). L'association devait chercher un financement, la somme était élevée, et personne n'avait ni les moyens ni l'envie de dépenser son argent alors même que nous étions victimes. « C'est la double peine », avait commenté Marlène. Payer dans sa chair, dans son honneur et dans son porte-monnaie. Si les réunions me paraissaient interminables et inutiles, les choses en réalité avançaient, à tel point que lorsque je m'en rendis compte, je voulus faire marche arrière.

À aucun moment je n'avais totalement adhéré à cette démarche. Je m'étais laissé faire, curieuse de l'évolution de la place de chacune, des alliances et des luttes de pouvoir, des fils qui constituaient ces réseaux complexes où se distribuaient de façon invisible et parfois imprévisible négatif et positif de façon que le courant passe. Mais quand il s'agit de signer et de faire un chèque, j'entrai dans une réalité si pleine qu'elle me terrorisa. Comment échapper au groupe ? Sophie et Fiona échangeaient en catimini des projets de tribunes. (Je m'en voulais tellement de lui avoir parlé avec tant de franchise le premier soir.) Puis Sophie nous en faisait part, comme missionnée par son aînée pour tester les réactions. Sa petite voix fragile, son teint blanc rougissant à la moindre émotion, ce léger tremblement endormaient nos préventions. Irène allait dans son sens, attendrie par le charme de la jeune femme, Marlène également puis, soudain, faisait volte-face sans raison apparente. Léa était systématiquement contre, Véronique ponctuait ses propositions de :

« C'est intéressant, pourquoi pas, il faut y réfléchir », quant à moi, j'essayais de ne pas prendre position parce que je ne pouvais m'empêcher de rire intérieurement à chaque tentative – si puérile, si attendue. Ces textes ressemblaient à du copié-collé de tracts étudiants et, si j'en appréciais l'énergie, je trouvais affligeant qu'une professeure de lettres pût en être l'auteur.

Un soir que nous sortions du cabinet de Léa, je proposai à Sophie de rentrer avec elle. Elle accepta d'un hochement de tête comme s'il s'agissait d'une concession. Elle paraissait si loin d'elle-même que chacune de ses expressions ressemblait au mime dans une pièce comique où la caricature fait loi. Je me demandais ce qui pouvait se cacher derrière le masque ou si elle s'efforçait de n'en rien savoir elle-même.

— Comment ça va avec Sami ? demandai-je, même si j'éprouvai à l'instant l'incongruité de cette question – nous n'étions pas amies, et la toute petite ouverture qui aurait permis que nous le devenions s'était refermée lors de la soirée chez Véronique.

— Nous ne sommes plus ensemble.

— Vraiment ? Mais que s'est-il passé ?

C'est alors que déferlèrent une série de slogans politiques à peine adaptés à son cas.

— Il me manipulait / Je ne suis pas son chien / Fini tout ça / Domination / Relation toxique / Patriarcat hétéronormé / Contrôle / J'étais sous son emprise, même les massages qu'il m'a offerts, c'était une façon de me posséder, de posséder mon corps. Plus jamais je ne laisserai qui que ce soit en profiter.

Je m'étonnai :

— Tu comptes faire vœu d'abstinence ?

Mais Sophie explosa :

— Voilà, c'est ça qu'on n'aime pas chez toi, tu es toujours ironique, tu ne crois en rien, tu te moques de nous et de notre combat.

Sa violence m'ébranla.

— Nous ? C'est qui ?

— Les filles de l'asso.

Je les imaginai discutant de mon attitude pour savoir si oui ou non je méritais la peine de mort.

— Toi, je t'ai prise au sérieux, ai-je alors protesté. Au départ en tout cas. Tu m'avais l'air tellement… triste.

— Et ça te manque, hein ?

Les slogans revinrent par rafales :

— Les gens aiment me voir fragile, ils pensent qu'ils vont pouvoir en profiter / Domination / Patriarcat hétéronormé / Vulnérabilité violée / Viol / Viol…

Il ne lui restait donc plus que ces mots, je ne savais pas quoi répondre, jusqu'à ce qu'elle lâche :

— On se demande avec Fiona ce que tu fais encore dans le groupe. Pourquoi tu ne le quittes pas si tu ne le soutiens pas ?

J'étais sidérée.

— Tu trouves que je suis une victime *insatisfaisante* ?

Elle me regarda, interloquée, puis secoua la tête.

— Écoute, je n'ai plus envie de discuter avec toi, tu n'as aucun respect pour rien, tu mines le groupe, tu es réactionnaire.

J'étais embarquée dans un procès stalinien. Et j'étais prête à entreprendre mon autocritique : ce n'est pas sur moi qu'il fallait compter pour faire la révolution, il me manquait la croyance.

Était-ce de l'orgueil ?

Bien sûr, dans mon métier je faisais en sorte que les enfants soient également traités et libérés de préjugés. C'était ma mission, j'y étais attachée, j'y consacrais du temps, de l'énergie. J'avais pris sous mon aile deux garçons « à problèmes », l'un dont la mère se prostituait à Strasbourg-Saint-Denis, l'autre que le père frappait. Je les gardais avec moi au-delà des heures de cours pour les faire dessiner, leur apprendre des lettres, leur raconter des histoires. Ils avaient même eu droit à l'une des aventures de Lapin le chat et l'avaient plutôt appréciée. Je n'essayais pas de les sauver – je savais que c'était impossible. Je n'essayais pas non plus de leur donner une tendresse dont on aurait pu les supposer privés si l'on en jugeait à leur comportement dans la classe. Mais j'étais là, parfois aussi perdue qu'eux, à chercher un chemin en dehors de ce qui avait été tracé pour nous, en dehors de la place à laquelle les autres nous assignaient. Je leur créais des jeux de rôles. Nous nous retrouvions dans cet espace imaginaire où nous avions le droit, quelques instants, de déposer notre identité. Il nous était arrivé de rire. Je ne racontais jamais ces heures secrètes à Rémi. Seules Agathe et Marianne avaient une fois reçu mes confidences, et mon appréhension à ne plus être en contact avec eux l'année prochaine. Mais il n'y avait là aucune revendication qui pût être traduite en tracts. Ni théorisée. Des liens existaient qui ne pouvaient s'inscrire dans aucune sphère sociale et qu'aucune phrase n'aurait pu récupérer – toute généralisation en aurait été impossible à moins de les dissoudre. Ce sont toutes ces petites choses que je protégeais lors de mes séances de massage. Et qui s'accumulaient et se densifiaient depuis que le salon avait fermé alors même que je voulais les maintenir dans leur état gazeux, là où elles étaient possibles.

Je ne me prenais pas en exemple, même si j'avais besoin de me justifier à mes propres yeux. Fiona avait remporté une bataille. J'estimais la politique nécessaire, les théoriciens indispensables et l'action salutaire ; et d'une certaine manière je l'admirais. Mais qu'elle ait pu prendre possession de l'esprit de Sophie me semblait être un crime. Pourquoi avait-elle rebouché la faille à coups de chaux brûlante et solidifié toute sensibilité ? Était-elle obligée d'en passer par là ? Fallait-il se méfier de soi-même au point de s'en remettre à d'autres ? Pour ma part, j'avais trouvé une solution intermédiaire : je m'en remettais au hasard. Il demeurait injustifiable. Les choses sont parfois sans raison. Mourir, par exemple.

Je demandai à Sophie si elle pensait que je devais quitter le groupe. Elle me répondit « Oui » après une seconde d'hésitation, une seconde où se combattaient son ancienne sensibilité et sa nouvelle force. Une force empruntée est tout de même une force, et elle avait pris le dessus.

— Je vais en parler à Véronique, lui dis-je, elle sera sans doute de bon conseil.

Nous nous sommes quittées abasourdies par la manière dont la discussion avait tourné. Sophie s'étonnait sans doute de sa propre violence tout en l'alimentant des phrases qu'elle nous récitait avant de les envoyer à des journaux et à des sites en ligne. J'étais bousculée par son rejet. Je ne pouvais pas lui donner entièrement tort, mais n'avais-je pas droit à une place malgré tout ?

« Appeler Véronique » était loin d'être une solution, mais au moins me rapprochait-elle de l'immeuble haussmannien devant lequel je passais chaque jeudi.

Elle me proposa de boire un verre chez elle le vendredi soir. Nous serions tranquilles, Paul recevait des patients jusqu'à 22 heures, les enfants étaient invités chez des amis. Ça lui ferait plaisir de discuter tranquillement avec moi, après tout nous n'avions jamais pris le temps de faire plus ample connaissance. Si elle buvait régulièrement des cafés avec Irène et Léa, elle ne connaissait pas si bien les autres membres de l'association. Je m'étonnais que des relations parallèles aient pu se créer sans que cela apparaisse ou soit mentionné. Étaient-elles secrètes ou était-ce moi qui n'avais rien vu ? Avais-je été également mise à l'écart ? Je m'en voulus d'avoir été si négligente, si peu attentive, si obnubilée par Fiona et son ton péremptoire, sa manière de ne pas me regarder, par Sophie que je voyais se transformer de réunion en réunion et par l'appartement haussmannien de Véronique. J'aurais fait une bien piètre détective. Mais j'allais rétablir l'équilibre, je devais agir, la passivité avait fait long feu. Le soleil de Djibouti brûlait et se moquait de moi, mon père s'était battu, lui. Mais pour revenir en morceaux déchiquetés dans un cercueil ceint d'un drapeau français. Un grand rire sardonique me transperçait les membres.

Je mis un certain temps à choisir mes vêtements, changeant trois fois de chemise et de bottines. J'avais remarqué chez les autres à quel point ces détails indifféraient les hommes qu'elles cherchaient à séduire tandis qu'ils représentaient un enjeu considérable pour elles. Quand Marianne me demandait ce qui lui allait le mieux, je tirais au sort en silence, ne voyant pas la différence et, en supposant que l'homme y fût sensible, comment être sûre qu'il partagerait les mêmes goûts qu'elle et moi réunies ? Que les préparatifs prennent du temps et suscitent de l'émoi relevait de la superstition, je m'en étais convaincue l'année de mes 16 ans, en vacances à Marseille dans la maison familiale de mon premier amour, Jo. Nous étions six adolescents, des camarades du lycée et Fanny, une amie d'enfance de Jo. J'avais attendu ces deux semaines avec tant d'impatience, pour la première fois je partais loin de ma mère. J'avais travaillé en juin et juillet pour payer mes billets et les courses, refusant d'être à la charge de Jo dont les parents tenaient une chaîne de brasseries en ville et dans les environs. Il ne manquait de rien, mais hors de question de dépendre de lui : je cultivais alors une image de femme libre et indépendante aussi importante qu'un chemisier ou qu'une paire de bottines. Lui-même vivait chez son oncle et sa tante à Sarcelles, et ma mère et moi l'avions adopté comme un membre salutaire de notre famille – si tant est qu'on puisse assimiler une mère et une fille à une famille. Il dormait chez moi plusieurs fois par semaine, ma mère le considérait « comme son fils », nous étions un couple de naufragés – ainsi nous voyions-nous, lui seul à Sarcelles, moi seule dans la vie. Il était si beau, et son torse lisse était sculpté par ses efforts quotidiens. Il m'adorait.

Marseille m'avait foudroyée. Les parfums des épices au marché de Noailles et ceux de la garrigue : mon enfance disparue. La Méditerranée engloutie et les souvenirs du Maroc : effacés. Jo y était désormais associé.

Quand son amie d'enfance aux yeux verts et aux taches de rousseur a débarqué dans la maison familiale et que tous les garçons l'ont déshabillée du regard, je me suis sentie en danger. Je ne voulais pas l'admettre, mais chaque soir, Jo restait un peu plus tard au bord de la piscine avec elle, les uns et les autres allaient se coucher après une partie de tarot ou un bain de minuit, je résistais au sommeil et finalement cédais. Jo arrivait une heure plus tard dans la chambre que nous partagions. Je faisais semblant de dormir, il écrivait sur son téléphone et, quand il oubliait d'enlever le son, des *bips* annonçaient l'arrivée d'un message. Au début, je voulus croire que j'étais folle, paranoïaque – ce qui n'était pas impossible. Mais au fur et à mesure, je ressentais la gêne des autres et ma panique grandir : je le suivais partout, demandais où il était dès qu'il disparaissait, cherchais des indices, un parfum sur sa peau, un cheveu sur ses vêtements, sans jamais m'avouer ce que j'étais en train de faire. Je voyais bien que mon insistance l'agaçait, à aucun moment nous ne trouvions de moment pour parler. Je n'arrivais plus à entrer en contact avec lui, ses yeux glissaient sur moi, et les seules réactions que j'arrivais à obtenir étaient d'irritation. Fanny proposait de l'aider à préparer les repas ; ils coupaient ensemble les tomates et les poivrons. Lorsque j'arrivais dans la cuisine, ils se taisaient. J'en repartais et entendais un léger bourdonnement, parfois même des rires étouffés.

Et chaque soir, je mettais mes plus belles tenues, une petite robe moulante d'une qualité médiocre mais personne n'y prenait garde, ou peut-être que si, mais je ne pouvais pas m'en rendre compte, persuadée qu'elle était « habillée », un chemisier ouvert sur la poitrine que je n'avais pas, des minishorts pour mettre en valeur mes fesses et mes longues jambes de garçonne, toute cette chair inutile qui s'affaissait intérieurement à mesure que je la déguisais. Et tandis que j'apparaissais le soir dans une tenue sexy ou élégante – au rabais –, Fanny passait du vieux jean au short troué, gardant le même tee-shirt, toujours le même, s'autorisant seulement des bracelets qui tintinnabulaient et annonçaient sa présence. J'en ai gardé longtemps la musique, comme l'annonce d'un orage associé au vague souvenir d'une fête marocaine et le rappel que l'amour prenait fin, avec ou sans chemise achetée trop cher pour une marque qui ne garantissait pas le bonheur et dont tout le monde savait qu'elle identifiait immédiatement la toute petite classe moyenne.

La meilleure sortie était la mort. Mais j'avais 16 ans. Les autres me prenaient sous leur aile. C'était pire. J'avais acheté un billet non remboursable que je ne pouvais pas changer. Je n'avais plus assez d'argent pour m'en payer un autre. Un jour qu'il faisait une chaleur accablante, Fanny me prêta l'un de ses tee-shirts trop large pour moi. Je sentais sur mon torse la forme de ses seins. Des seins que Jo avait dû caresser furtivement, des seins mûrs et sûrs d'eux qui déformaient le tissu. Jo m'observa et me sourit, l'espoir frappait à mes tempes, « Il te va bien ! » m'assura-t-il. Je réussis à retenir mes larmes. Tout le monde savait que c'était trop tard – un trop tard qui s'est étendu, distendu, qui a vibré, emporté chacun dans l'évidence et le déni. Un trop tard qui colora mes seules vacances d'été dans une maison avec piscine et amis. Une vie belle et simple qui aurait pu être la mienne. Dont j'avais été chassée par un amour de vacances. J'ai su que leur relation n'avait pas survécu à l'été. Quand je le retrouvai en septembre et qu'il fit semblant que rien n'avait changé, j'en fus plus mortifiée encore. La relation était morte, nous étions là, tous les deux, face à face, dans la même cour de récréation, de l'extérieur la scène s'était jouée mille fois mais elle avait été désactivée. Il n'y avait rien à dire, rien à formuler qui ne soit un aveu. L'entendre dire qu'il ne s'était rien passé ou que ce n'était pas grave, que je prenais les choses trop au sérieux était au-dessus de mes forces. Parce qu'au fond, il avait peut-être raison. Alors pourquoi étais-je si malheureuse ?

Ce soir, prendre du temps à choisir mes vêtements était d'autant plus absurde qu'il y avait peu de chances que je croise Paul. Et si je le croisais, il allait de soi que des bottines en daim ou en cuir ne changeraient rien à l'affaire. « Est-ce que ça change quelque chose ? » avait-il dit.

J'étais passée à la cave pour acheter du saint-émilion – me souvenant qu'ils ne buvaient que du « traditionnel » – et je sonnai chez elle, encore incertaine de ce que j'allais lui dire. Il n'était pas question de m'humilier davantage. J'avais l'impression que je pourrais trouver une écoute bienveillante. J'étais assez vexée en réalité par ce que m'avait dit Sophie, vexée que cela me vexe et que cette association ait fini par prendre une telle place dans ma vie. Allais-je me justifier auprès de Véronique ? L'assurer de mon engagement ? Je ne voulais pas être chassée du groupe, mais je ne pouvais pas non plus payer trop cher mon ticket pour y revenir. Je ne savais pas ce qui m'y attachait. Peut-être rien. Peut-être était-ce une manière de continuer l'aventure du salon de massage. J'avais tellement critiqué intérieurement chacune d'entre elles et la façon dont les réunions se tenaient que je ne pouvais justifier à mes propres yeux mon envie d'en faire encore partie. J'avais honte de ma duplicité.

Véronique était seule et me reçut très simplement comme si nous étions des amies. Nous nous installâmes sur les mêmes canapés que la première fois, elle sortit deux verres et nous servit le vin que j'avais apporté, même si j'avais précisé ce que m'avait recommandé le caviste – le laisser respirer une heure avant, chose que personne n'avait jamais le temps ni la patience de faire. Je la complimentai sur son appartement, ajoutant qu'il était sans doute normal pour un agent immobilier de vivre dans un bel endroit. Elle me remercia, précisant qu'elle connaissait des agents immobiliers au goût de chiottes, et que par ailleurs elle n'avait pas été agent immobilier toute sa vie. À la naissance des enfants, elle avait arrêté son travail de psychologue au lycée – elle et Paul s'étaient rencontrés sur les bancs de la fac. Après elle n'avait plus souhaité reprendre. En réalité, ils avaient besoin d'argent, Paul travaillait en institution, et – comme je pouvais le voir – ils appréciaient un certain confort. Vendre des maisons était la solution la plus facile et la plus rapide, d'autant plus qu'il s'agissait de l'agence de son frère avec lequel elle avait fini par s'associer. Et à vrai dire, ça lui plaisait. Je comprenais tout à fait ce qu'elle voulait dire. Entrer chez les gens, les espionner, imaginer leur vie en fonction du désordre, de la vaisselle sale dans l'évier, de la décoration, des brosses à dents dans le verre, des appareils électroménagers, découvrir des palaces comme des bouges, rencontrer des chats, des chiens, peut-être même des serpents, passer du temps chez les gens sans être obligé d'y dîner ni même de discuter de choses intéressantes.

J'avais l'explication de la genèse du couple. Ils se connaissaient depuis une vingtaine d'années, plus encore. C'était un beau couple, avec de beaux enfants, un bel appartement. J'aurais voulu qu'elle m'adopte sur-le-champ, qu'elle me fasse entrer dans cet univers intelligent et ouaté où tout semblait à sa place. C'est sans doute cet élan qui me poussa à lui dire :

— Je cherche un appartement.

Ce qui était faux, je n'avais jamais entrepris une telle démarche ni même envisagé pareil projet. Je n'avais pas un sou en poche en dehors de mon salaire, et aucunement l'intention de me fixer quelque part.

— Vraiment ? Tu cherches quoi exactement ?

— Oh, un studio, ou un petit deux pièces. J'ai envie de changer de lieu sans forcément changer de quartier.

— C'est en lien avec le salon de massage ? Tout va bien avec ton ami ?

— Oui. Ce n'est pas ça. J'ai juste envie de changer d'air.

— Et peut-être de t'agrandir ?

Elle me fit un clin d'œil.

— Un deux pièces pour deux, ça va, mais tu as quel âge, dis-moi ?

J'avais envie de répondre « Deux ans » puisqu'elle me parlait comme si c'était le cas. Finalement, je ne voulais pas qu'elle m'adopte.

— Je n'ai pas un gros budget.

— Ne t'inquiète pas avec ça, tu es tombée sur la bonne personne ; mon passé de psy est une aubaine pour les « petits budgets », je prends plus de temps à dénicher les affaires pour les gens qui ne roulent pas sur l'or qu'à faire des coups, au grand dam de mon frère ! Tu viendras me voir à l'agence, j'ai peut-être des choses qui pourraient t'intéresser.

— Merci ! Ce sera aussi une manière de continuer à me tenir au courant… de l'évolution de l'association… J'ai l'impression que je suis en trop…

— Quoi ? Mais qu'est-ce que tu racontes ! Bien sûr que non !

— Ce n'est pas l'avis de Fiona ni de Sophie.

— Ah bon ? Elles te l'ont dit ?

Je parlais machinalement, sans réfléchir. Les mots sortaient tout seuls comme si je me les étais formulés un milliard de fois. Je ne calculais rien, son écoute me prédisposait aux confidences, moi qui en étais ordinairement si avare. J'avais l'impression que ce salon attendait de moi une parole vraie, que je pouvais y devenir quelqu'un d'autre. Ma voix y résonnait différemment qu'ailleurs, peut-être étaient-ce les livres de psychanalystes qui l'absorbaient pour la libérer après l'avoir nettoyée de ses impuretés ?

— Je conçois que leur système de vidéo soit une forme de viol, mais je ne le ressens pas. Je n'éprouve aucune haine envers ces gens.

— Dissociation affective.

— Comment porter plainte contre des gens qui ne vous ont pas fait de mal ?

— Es-tu sûre de ça ?

Toujours cette même question. Les gens doutent de ce que vous ressentez. Et j'avais tendance à les croire. Avais-je chaud, froid, mal ? Les parents disent : « Couvre-toi », les psychologues disent : « Surmonte ton trauma. » Et le corps ne sait plus qui croire. Pour l'entendre, j'avais besoin des massages prodigués par des étrangères dont je ne partageais pas la langue. Il me disait alors qu'il était bien, apaisé, que les douleurs illégitimes du dos, du ventre, s'estompaient quand on s'occupait de lui, il se dissolvait et n'avait aucun doute. Aucun doute sous les mains calleuses de la Thaïlandaise qui faisait trois heures de RER pour se rendre au salon, dont le fils était peut-être élevé par une cousine à qui elle envoyait l'argent. Aucun doute sous la pression à l'huile de la paume qui sentait le riz et les oignons frits, dans la musique « évasion » qui revenait dans une boucle sans fin, aucun doute que j'étais à ma place, dans ce lieu ignoré de mes proches, mais connu de pervers à la petite semaine.

— Comment savoir qu'on a mal ?

— J'en parlerai à Paul… ou le mieux, ce serait que tu lui en parles directement, il ne te fera pas payer, pour une séance…

Je restai stupéfaite. Voir Paul ? Parler à Paul ? Lui raconter que je faisais partie d'un groupe pour des raisons qui me restaient mystérieuses, moi qui avais échappé jusque-là à toute appartenance ? Et qui n'éprouvais aucune complicité avec aucune des femmes qui faisaient désormais partie de ma vie ? Elle avait dit 22 heures. Allais-je le croiser ? Il fallait pour cela tenir encore une heure et demie, peut-être deux. Véronique était certes beaucoup plus sympathique que je ne l'avais supposé lors de notre première rencontre, mais je n'allais pas non plus lui raconter ma vie – qui de toute façon pouvait se résumer en dix minutes. Alors je me lançai :

— Je vais arrêter… L'association…

Aussitôt, elle fit valoir les bonnes raisons de rester, des raisons aussi rhétoriques que : « On a besoin de toi, on a besoin de toutes les femmes qui ont été abusées », elle jouait sa partition d'hôte bien élevée. Nous n'y croyions ni l'une ni l'autre, et j'abrégeai le rituel en lui demandant si elle savait que Sophie avait arrêté les sciences de l'éducation pour s'inscrire au cours de Fiona. Elle sembla gênée. J'enfonçai le clou : « Elle n'est plus avec Sami. » Cette fois elle répondit plus durement :

— Ça fait partie des dommages collatéraux…

Je m'étonnai de la sécheresse de cette phrase… Mais elle renchérit, et sa voix se brisa :

— Ces types nous prenaient pour de la viande. C'est la chose la plus difficile à avaler.

— « Titre ! » murmurai-je, et aussitôt je me mordis les joues.

Véronique me regarda, légèrement effrayée.

— Désolée…

J'étais rouge de honte. C'était un jeu auquel nous jouions adolescents, en ponctuant par un « Titre » les phrases qui auraient tout aussi bien pu être le titre d'un film pornographique.

J'avais tellement envie de lui demander s'ils faisaient encore l'amour, et comment ils s'étaient aimés, quelle avait été leur histoire au début, au milieu, qu'avait changé la naissance des enfants, dans quels appartements ils avaient vécu, est-ce qu'elle avait un amant. Avait-elle lu tous les livres du couloir, buvait-elle tous les soirs ? Ce besoin soudain de faire partie de leur vie.

Mais rien ne m'autorisait à entrer dans cette relation-là, pas elle en tout cas. S'il lui avait pris de me poser ces questions en retour, j'aurais enfilé mon manteau et je serais partie. Ou j'aurais menti. J'aurais inventé un personnage qui serait devenu son amie. Peut-être alors que ce personnage et moi-même nous serions-nous rencontrés dans son salon et aurions-nous pu faire affaire. Mais là je me sentais nue, juste avec moi-même, cette nébuleuse sur laquelle je ne pouvais mettre la main, qui abritait peut-être le traumatisme du salon de massage, peut-être pas. Je lui demandai alors conseil : devais-je ou non partir ? Elle prit un air inspiré :

— C'est à toi qu'il faut le demander. Et puis je vais te dire un truc un peu bizarre, qui va peut-être t'effrayer, mais que j'ai ressenti à plusieurs reprises.

Elle avait baissé d'un ton, ce qui ne me rassurait pas.

— Je crois que tu plais, ou que tu plaisais à Fiona.

Je n'en revenais pas, un tel manque de jugement de la part d'une ancienne psychologue ! Elle avait bien fait de se lancer dans l'immobilier.

— Oui, elle te regarde encore avec une forme d'avidité un peu déplacée.

— Mais elle est tellement agressive avec moi ! Et puis justement, elle ne me regarde pas !

— J'y vois un lien.

Un lien, une analyse, une trame. Si j'avais fait naître le désir quelque part, aurais-je pu ne pas m'en rendre compte ? Le désir est comme un courant électrique, il électrocute, y compris celui qui ne le ressent pas. Étais-je devenue si étrangère aux autres et à moi-même pour ne rien voir, rien sentir, ni la honte de regards avides et libidineux posés sur moi ni l'irradiation d'un désir ? C'est vrai que Fiona me haïssait de façon singulière. Elle ne dégageait rien qui ressemblât à l'envie de caresser, de pénétrer, de lécher – pierreuse et sèche, tout entière dans son verbe, dans son interpellation, dans son jargon. Idéologie dressée, furieuse, sans corps. Elle avait pourtant sans doute déjà connu la sauvagerie de la pulsion et l'abandon vertigineux qu'un autre corps exige. Et moi, les avais-je connus ?

— Tu veux trouver du sens à ce qui n'en a pas.

Véronique sourit, comme Marianne lorsque je manifestais mon scepticisme à l'endroit de « L'Inconscient » – ou plutôt de la prétention des uns et des autres à en détenir la clé. Et je lâchai, pour une raison que j'ignore :

— J'ai peur de pécher par orgueil.

— Par orgueil !

La clé se fit entendre et la porte d'entrée s'ouvrit sur Paul.

— Chéri ! On ne t'attendait pas si tôt !
— Mon dernier patient n'est pas venu. Bonsoir.

Une apparition

Je lui répondis du bout des lèvres, désorientée par ce bouleversement de situation ; j'avais commencé à m'acclimater à ce tête-à-tête et voilà que celui que je désirais rencontrer par hasard surgissait de façon impromptue. D'un coup ça ne fonctionnait plus. C'était trop tôt. Je n'étais pas prête.

Il suspendit son manteau, son écharpe et se servit un verre de vin avant de s'asseoir avec nous. Je n'osais pas le regarder, j'avais hérissé mes épines, mon pelage était électrique, le moindre mouvement et j'attaquais.

— Souheila me parlait de sa difficulté à assumer de porter plainte. Est-ce que tu pourrais lui consacrer une demi-heure pour l'aider à y voir plus clair ?

J'avais honte soudain, tout en moi se révoltait : non, je n'étais pas cette jeune fille perdue et confuse qui demandait de l'aide, non, je n'étais pas une victime de « violence sexiste » qui a besoin de soutien, je haïssais cette société qui m'imposait un rôle et cet appartement bourgeois qui puait le confort et l'argent, et ce type qui me regardait avec condescendance ou paternalisme, et toutes ces mascarades qu'on joue et rejoue à force de ne pas arriver à vivre. Pour empirer les choses, Paul soupira « OK ».

— Je n'y tiens pas, répliquai-je sèchement.

Il me regarda attentivement, un moment de silence nous opposa les uns les autres. Puis Véronique lâcha sur le ton de l'humour : « Orgueilleuse ? Oui peut-être… » J'avais envie de la tuer, de lui arracher les cheveux, de mordre les veines bleues de ses poignets jusqu'au sang, de la frapper à en déformer son visage, j'avais devant moi l'image d'une adolescente assassinée par son petit ami qui avait d'abord pris soin de la tabasser – elle circulait sur les réseaux. Un déchaînement de violence me débordait. J'allais me lever quand je croisai le regard de Paul, curieux, rieur, qui m'observait me débattre dans un piège que je refermais sur moi à chaque mouvement.

— Rendez-vous demain à mon cabinet, 19 heures. Véronique vous enverra l'adresse.

L'entrevue était finie. Paul ne se levait pas, il était chez lui, c'était à moi de quitter les lieux. Je me levai avec rigidité et saluai froidement le couple à la si longue histoire et dont « la formule » resterait secrète. Véronique m'accompagna et me rappela de venir la voir à l'agence. « Tout va bien se passer », me garantit-elle tandis que je fermais la porte.

Sur le chemin du retour, je laissai couler des larmes de rage et d'impuissance. Je ne savais plus ce que je faisais ni pourquoi. La gratuité de mon existence me sautait aux yeux. J'aurais pu sauter du pont de Tolbiac, mais même ça n'aurait pas eu de sens.

Je dormis mal. Me levai plusieurs fois pour observer la nuit, mon chat dans les bras. Il était mon compagnon le plus fiable. Ses aventures fabuleuses me manquaient. Je n'inventais plus, n'écrivais plus, n'imaginais plus. J'avais été chassée du monde de mes rêves, renvoyée comme une adolescente rebelle de son collège à une réalité si terne qu'elle était pire qu'une maison de correction. Je devais repartir en quête de mon Désir et lui construire une place, un lieu où il pût respirer, enfin. Il s'étiolait. Je me voyais, debout en culotte, mon chat contre mes seins, les yeux perdus dans le ciel étoilé, si légère, si vaine – rien ne m'attachait, ni maison, ni famille ni pays, ni métier, j'aurais pu être autre part, dans une ville différente, avec quelqu'un d'autre, j'aurais pu avoir dix ans de plus, un autre métier, tout était possible non seulement devant moi, mais également derrière, mon passé n'avait pas plus de direction que mon avenir. Dans l'appartement de Rémi, je n'avais accroché qu'une photo : mon père et ma mère jeunes, beaux, heureux, qui tenaient la main d'une petite fille de 3 ans. C'était tout ce que je possédais. De moi. De certain. De mon père.

Au matin, je regardai mes bottines en daim et le chemisier posé sur la chaise avec mépris. Je leur en voulais d'avoir cédé à cette coquetterie, l'idée de les découper avec les ciseaux de cuisine me traversa rapidement l'esprit mais je me ravisai. Rémi préparait du café en chantonnant. « Ça s'est bien passé hier soir ? » Je haussai les épaules. « Bof. » Puis je lui annonçai mon rendez-vous avec le mari le soir même pour une demi-heure d'analyse. Mon ton était acerbe et ironique, Rémi me demanda pourquoi j'y allais si ça me mettait dans une telle humeur. « Quelle humeur ? » Je regrettai aussitôt ma colère.

— Oui, c'est vrai, je me demande bien pourquoi j'y vais alors que je n'en ai aucune envie !

— Ça pourrait t'aider, non ?

— Mais pourquoi tout le monde veut m'aider à la fin ?

— Ne le prends pas comme ça ! Peut-être que tout le monde veut ton bien !

— Ça, ça m'étonnerait ! Personne ne veut le bien de personne, je ne vois pas pourquoi on se donnerait cette peine, sauf si on n'a vraiment rien d'autre à faire !

— Bon, je vois qu'il est inutile de discuter avec toi ce matin. En espérant que tu sois de meilleure humeur ce soir, salut !

— Salut !

Nos discussions du matin se résumaient de plus en plus souvent à ce type d'échange. Nous nous rattrapions le soir, en cherchant à retrouver un contact que nous avions perdu. Ou que j'avais perdu. Rémi n'avait sans doute pas la même analyse de la situation dont il se satisfaisait – j'en profitais mais lui en voulais en même temps. Puis je m'en voulais de lui en vouloir alors que j'en profitais. J'étais épuisée.

Sur le chemin vers l'école, je l'appelai pour m'excuser. Il conclut notre conversation par un habituel « Je t'aime », auquel je répondis, la gorge étranglée, par un « Moi aussi » moins difficile à articuler qu'un autre « Je t'aime ». Je passai toute la journée à essayer de ne pas penser au soir.

Rendez-vous avec Paul

J'avais deux heures pour me rendre à son cabinet à l'autre bout de Paris. J'hésitai entre m'asseoir dans un café en bas du cabinet et jouer au Tetris pour ne pas réfléchir, ou marcher dans ce quartier que je ne connaissais pas au risque de laisser affleurer des pensées indésirables. À peine sortie du métro, j'aperçus un salon de massage thaï « sans réservation ». Je réfléchis un instant, fascinée par ce que j'allais faire. Je demandai s'il y avait de la place, immédiatement. La masseuse me fit signe d'entrer dans une cabine. J'accomplissais chacun de mes gestes en les décomposant, excitée par ma peau, mes jambes, mon ventre, et ce que j'allais leur offrir, eux qui s'étaient endormis. Je me voyais dans cette cabine, me déshabillant lentement, puis je tentai de m'observer d'un coin du plafond, là où des caméras auraient pu être posées pour obtenir le meilleur angle. La masseuse suivait le même rituel que dans l'autre institut. Serviette chaude sur la nuque, le visage, huile chaude sur le corps et pressions profondes, la scène avait le clair-obscur d'un tableau hollandais, les mouvements étaient lents, on pouvait visualiser le plaisir – un plaisir aussi intense, mais différent de l'orgasme – qui l'approchait, le contournait, jouait avec, s'en éloignait, sans que jamais la frustration intervienne. Cette fois pourtant, une certaine excitation s'en mêlait : j'étais en même temps le corps massé et le regard, la femme malaxée et l'homme qui l'observe. J'avais presque envie que ce salon fût de ces lieux de prostitution masquée, où le massage n'a d'autre finalité qu'érotique. Si la masseuse m'avait pénétrée, je l'y aurais encouragée, chacun de mes nerfs était en alerte, mes sensations décuplées, j'aurais livré ce corps vu et senti à des mains expertes et imaginatives, je lui aurais abandonné ma chair et ma vie intérieure, je l'aurais avalée en me désintégrant.

Elle appuyait sur des points douloureux qui constellaient mon corps comme si on y avait gravé la Voie lactée.

Puis elle toucha mes cheveux et je soupirai d'aise.

Mais le massage prit fin. Je dus me relever tandis que ces pensées s'évanouissaient comme les gouttes d'eau glissent à la sortie du bain. Au-dehors, il n'en restait rien, sinon une atmosphère et un parfum. Je sentais l'huile chaude aromatisée. De quoi installer une ambiance en totale contradiction avec ce que j'étais censée venir chercher auprès du psychanalyste Paul Friedman, marié à l'une des victimes du scandale du salon de massage.

Après que la sonnette continuait de résonner, j'entendis des pas se rapprocher, s'arrêter, reprendre leur marche. Puis la porte s'ouvrit sur Paul. Pourquoi s'était-il arrêté sur sa lancée ? Pour diffuser du parfum d'ambiance ? Ranger un magazine de déco ? Ou un album de photos intimes malencontreusement oublié sur une table basse devant laquelle j'aurais nécessairement à passer ? Regarder sa montre pour calculer combien de temps il lui restait à me consacrer ? Ou remettre sa chemise dans son pantalon ? J'étais arrivée à l'heure, à quelques minutes près (ce qui n'était donc déjà plus l'heure). Il m'invita à entrer – il fallait traverser une première pièce où étaient disposés des fauteuils, on arrivait alors à son bureau rempli de rayonnages, livres et revues. Un canapé attendait qu'on s'y allonge, la forme de la tête du précédent patient creusait encore l'oreiller. Plusieurs sièges indiquaient des positions et des relations différentes : l'une se trouvait derrière la banquette, l'autre derrière le bureau et la troisième devant. C'est sur celle-là qu'il me fit asseoir. Il s'installa en face de moi et prit un carnet sur lequel il nota quelque chose. Je me demandais bien ce que j'allais pouvoir lui dire. Il attendait. Je ne savais pas si je devais commencer, s'il y avait des règles à respecter. Mais il brisa le silence.

— En quoi puis-je vous aider ?

Cette question, précisément, ne m'aidait pas du tout.

— Si je le savais, vous croyez que je serais là ?

Il sourit. Son œil pétillait, il avait l'air de s'amuser. Je ne savais pas si je devais me vexer, m'en désoler ou en profiter.

— Je ne suis pas votre confesseur. Vous n'êtes pas obligée d'avoir quoi que ce soit à avouer, jusque-là vous n'avez commis aucune faute, dit-il d'une voix douce, comme pour apaiser un enfant.

Mais je n'en étais pas si sûre. Ma présence, par exemple, n'avait rien d'innocent. Mes joues étaient rouges, je n'arrivais pas à aligner deux mots, j'avais pourtant tellement envie de paraître intelligente. Je sentais la catastrophe s'approcher, et la tension dont elle était chargée électrisait l'espace.

— Si vous êtes psy, c'est que vous avez choisi d'écouter des gens qui n'ont pas forcément des choses fascinantes à dire tous les jours, non ?

L'agresser me soulagea. Mais il continuait à sourire en m'observant. Je gigotais sur ma chaise, de plus en plus mal.

— C'est exactement pour ça que je préfère les salons de massage. On n'est pas obligé de s'expliquer à tout bout de champ.

Paul me regardait d'un air que je n'aurais su déchiffrer. Son regard m'enveloppait et j'ignorais s'il était rassurant ou inquiétant. Je dus reprendre – il ne me relançait pas.

— Le scandale, les vidéos, tout ça, je m'en fiche. Je n'ai pas ressenti de violence, si vous voulez savoir. Je ne ressens pas la violence.

— Alors qu'avez-vous ressenti ?

— Du plaisir.

Paul fit mine de ne pas réagir, mais je sentais bien que je l'avais ébranlé. Je décidai alors de le provoquer, cherchant son regard.

— Savoir qu'on m'a regardée, que mon corps a pu exciter des hommes sans que je le sache... ça... j'ai aimé cette sensation. C'est ça que j'ai ressenti quand j'ai regardé le film à côté du policier. Et lui aussi sans doute. Nous étions dans la même situation que les voyeurs. D'être à ces deux positions à la fois, c'était comme... comme un vertige...

Le silence se fit, absorbant mes mots. Nous étions protégés dans cette pièce surchauffée. Ou était-ce moi qui avais chaud ? Mais Paul y mit fin. Il s'éclaircit la voix qui sortit enrouée.

— Et pourquoi avez-vous envisagé de porter plainte si vous ne vous sentez pas victime ?

Il brisait le cercle que mes phrases avaient créé. Il nous ramenait là où nous en étions, un psy, une « victime », que des choses très banales. Il jouait à nouveau au « professionnel ». Quand la sonnette retentit je sentis que je perdais ma seule chance. Paul soupira et se leva lentement. Il alla pour ouvrir la porte du bureau, se retourna un instant comme pour me dire quelque chose, puis se ravisa et sortit. C'était passé. Je m'affaissai sur mon siège, vidée de toute énergie, puis me mis debout avec brusquerie, presque en colère. Je resserrai mon manteau et lui emboîtai le pas, mains dans les poches, jusqu'à la sortie. Il a fait entrer son patient qui est passé devant moi en détournant la tête. Nous nous sommes regardés une dernière fois en silence et j'ai claqué la porte. Je tremblais en descendant les marches, bouleversée par ces choses que je lui avais dites – et qui jamais n'auraient pu être formulées s'il ne les avait écoutées. Il me plaisait, bien sûr, il m'avait plu dès la première fois, mais c'était différent – j'avais abandonné un morceau de moi-même dans ce bureau, un tout petit morceau que j'avais déposé entre ses mains et qui irradiait comme une pierre noire.

Au retour, je décidai de prendre un taxi pour longer la Seine le plus longtemps possible. Je voyais ainsi défiler immeubles et monuments au son du piano de Chilly Gonzalez, enfoncée dans mon siège, les écouteurs dans les oreilles, le visage collé à la vitre. J'essayais de ne penser à rien mais de laisser se déployer une émotion inconnue pour qu'elle atteigne chacune de mes extrémités, nerfs, ongles, cheveux, tissus, vaisseaux, os, que je ne sois plus qu'elle, en fusion, et qu'elle vive désormais à ma place – elle en aurait, elle, des évidences.

Les appartements

Comment continuer. C'est la question que je me posais depuis ce jour. Tout me paraissait insurmontable, du réveil jusqu'aux courses. Il y avait bien encore cette douceur moite au creux de quelques membres, mais elle avait reflué des zones obscures que je l'avais pourtant invitée à coloniser. Mon corps était fourbu, ma tension basse. Lorsque je me levais, je devais aussitôt me rasseoir pour que le sang redescende, comme s'il ne savait plus circuler. Comment continuer, ou comment commencer. Après tout il ne s'était rien passé.

Mon imagination avait pris tellement de place que je ne pouvais pas faire confiance à ce que j'avais vécu. Il y avait deux manières de garder un lien, même distant, par corps interposés : visiter des appartements que je n'achèterais pas avec Véronique ; participer aux réunions de l'association.

Je commençai par la première option, la plus agréable. En sortant de l'école, je me rendis à l'agence où Véronique m'accueillit avec effusion. Elle m'offrit un café, me demanda mes goûts en matière d'appartement, l'exposition, l'étage, mes petites habitudes (je ne comprenais pas du tout ce dont elle me parlait et finis par évoquer mon chat), si je me levais tôt, tard, si je sortais, si j'aimais recevoir – un véritable interrogatoire qui me mit dans l'embarras car j'étais incapable de répondre à des questions d'apparence simple, comme si je n'avais pas de vie quotidienne, moi qui pensais n'avoir que ça. Au fond, je ne cherchais pas un appartement qui me ressemble, mais un appartement qui m'offre une vie nouvelle – par conséquent, qui me surprenne, me fascine, me déconcerte ; un appartement qui me contraigne à changer de gestes, d'habitudes, d'horaires, un appartement qui me mette en valeur, même si aucun spectateur ne serait assis sur les gradins pour m'applaudir et voir évoluer ces formes différentes de vie, ces noces entre mon corps et des murs aux contours incroyables, une étonnante cuisine et une salle de bains insolente. Ou bien un appartement déjà habité. Et dont les occupants ressembleraient à Jim Morrison et à Marianne Faithfull, vêtus de peaux de chèvre et de tissus indiens, affublés d'une guitare qu'ils gratteraient en chantant en chœur tandis que je visiterais leur espace et m'imprégnerais de cette vie idéale, faite de musique et de road trips ; un appartement imitant l'intérieur d'un van, toujours changeant, cosy, intime ; ou encore une femme âgée recluse dans une bibliothèque qu'elle me léguerait parce qu'elle n'aurait pas d'enfant : je ne changerais rien, pour respirer le temps.

Véronique me montra plusieurs photos de deux pièces parisiens : très classiques, sans intérêt. Je précisai alors : « Je cherche un appartement qui ait du charme. » Et dans le mot *charme* il y avait arbres, feuilles, poutres, joie, tommettes et, plus loin, terre battue, carreaux de ciment, chaux, puits de soleil.

Elle prit un air entendu :

— Je te rappelle dès que j'ai trouvé la perle.

— Oh, mais ne sois pas trop sélective, je peux tout visiter ! déclarai-je, anxieuse soudain à l'idée qu'elle ne m'ouvre la porte que de petits bijoux baroques déjà trop assortis à mon goût alors que je désirais voyager dans les intérieurs y compris les plus sombres.

J'avais un peu l'impression de la tromper deux fois : chercher un appartement en compagnie de Véronique, c'était créer autour de moi la possibilité de Paul. Une contiguïté dont j'espérais la contagion. J'imaginais alors trouver l'écrin pour son corps et le mien sans qu'un bureau les sépare. Ce n'était pas si facile car le désir de retrouver ce que j'avais éprouvé dans son cabinet ne s'installait dans aucune forme concrète, sinon celle de la répétition : mais je n'allais pas visiter des cabinets de psy, à moins d'entamer une analyse comparative des divans. J'avais bien conscience que le divan n'avait pas vocation à se transformer en lit. Comment faisaient les analystes pour choisir un lit qui ne leur rappelât pas leur instrument de travail ?

Je divaguais pour éloigner l'ombre de la mauvaise conscience et me remémorai le canapé dans le salon de Paul et Véronique – un grand canapé rouge qui n'avait rien d'un divan de psychanalyste, mais pas grand-chose non plus du lit conjugal. Ils avaient parfaitement trouvé le décor idéal – l'un et l'autre avaient le sens des objets : c'était peut-être ça, la « formule de longévité ». Quand je pensais à l'appartement de Rémi, je ne voyais aucun meuble qui raconte autre chose que sa fonction. Des meubles Ikea, comme dans des millions de foyers, mais qu'on avait montés ensemble, nous donnant l'illusion de construire nous-mêmes notre habitat. J'avais besoin de visiter d'autres appartements pour approfondir ma théorie des meubles et, si j'avais osé, j'aurais donné à Véronique des critères bien plus larges : loft, maison, surface illimitée. Je m'en étais tenue au deux pièces plausible – preuve que je la trompais.

En même temps que j'inaugurais mon exploration immobilière, je me persuadai qu'il fallait passer outre à l'interdit édicté par Sophie et me rendre aux réunions. Faire un effort et amende honorable, signer tous les papiers qu'on me soumettrait et adhérer pleinement aux propositions de Fiona relayées par Sophie, qui avaient fini par l'emporter sur la position plus juridique de Léa. Personne ne résiste à l'air du temps. Le collectif prenait des allures de groupuscule activiste plus que d'association de victimes. Entre les deux, la frontière était ténue, ce qui ne manquait pas de cohérence au fond. Je n'étais pas naïve au point de sous-estimer l'importance du rapport de force et le poids qu'avait désormais une parole collective de victimes. Mais le seul risque que nous avions pris était d'entrer dans un salon de massage.

L'esprit de sérieux régnait en maître. La Morale avait tout nivelé. Mais il séduisait une jeune femme comme Sophie qui passait d'une domination à l'autre sans s'en apercevoir. Elles avaient bien raison de vouloir que je parte. Au moins ne manquaient-elles pas de flair.

Lorsque j'arrivai dans la grande salle à la table ovale du cabinet de Léa, les femmes me jetèrent un regard hostile, comme si elles venaient de parler de moi. Je pris place, l'air de rien.

— C'est aujourd'hui qu'on finalise la plainte et les différents témoignages, annonça Léa à mon intention. Tu es prête à y participer ?

Je les observai à mon tour. Seule Véronique dessinait des formes géométriques dans son carnet pour fuir le climat de conflit qui saturait la pièce.

Je voulais les rassurer sur mes intentions mais, au lieu de cela, lui demandai si elle en doutait.

— J'avais cru comprendre que tu ne reviendrais pas, me répondit-elle.

Je me tenais prête à affronter mon procès.

— C'est en tout cas le souhait de certaines ici, répliquai-je, en désignant Sophie et Fiona assises côte à côte.

Sophie rougit, furieuse.

— Je ne suis pas la seule à trouver que tu as un mauvais esprit ! s'insurgea-t-elle.

— Peut-être, mais je suis victime au même titre que toi.

— On n'en a pas l'impression !

— Je ne savais pas que c'était une question d'impression.

— Là n'est pas le problème, reprit Fiona. C'est vrai, on n'a pas tellement l'impression que tu es avec nous, on a même plutôt l'impression que tu nous mets des bâtons dans les roues, au moins par ta force d'inertie. Mais il s'agit d'un combat qui nous dépasse, qui *te* dépasse : si tu lui nuis, alors tu *nous* nuis.

Je ne voulais pas m'avouer vaincue, même si je savais que c'était peine perdue, j'avais à cet instant très envie de *lui* nuire. C'était stupide et je m'en rendais compte alors que les phrases s'échappaient de moi.

— Que les voyeurs ne soient plus des « mâles-blancs-colons » mais des Chinois pauvres, ça ne te pose pas de problème ?

— Qu'est-ce que ça change ?

Cette question résonna comme un lointain écho et me fit sourire. Ce qui mit Fiona hors d'elle. Et plus je la voyais en colère, plus j'avais envie de la provoquer. J'allais dans le sens inverse de mon projet, mais une obscure force s'était emparée de moi, la même qui m'avait fait parler devant Paul.

— Ça change que la réalité ne se plie pas à tes idées toutes faites.

— Tu as le droit d'être réactionnaire, Soulia.

— Souheila.

— Mais tu n'as pas le droit de mettre en danger notre lutte.

— Tu as de la chance de vivre à une époque où ta malhonnêteté passe pour du courage et de la vertu !

Sur cette diatribe, je me levai et sortis, tremblant de tous mes membres, traversée par une fureur exaltante. J'avais l'impression qu'on m'avait ôté tous les filtres qui permettent de vivre en commun. Que tout ce silence accumulé des années durant s'était sédimenté, avait grossi, pour se solidifier en autant de cailloux jetés à la tête de la pauvre Fiona qui criait derrière moi : « Pars, espèce de réac ! Folle, elle est folle, cette fille ! Et perverse en plus ! Casse-toi, salope ! »

Je souriais en imaginant la réaction des autres, les plus modérées, sans doute ennuyées par tout ce remue-ménage. Si Léa s'était pliée à la direction que Fiona voulait faire prendre au mouvement, elle ne devait pas apprécier ce type d'esclandre, qui plus est dans son cabinet d'avocats où je croisai secrétaires et associés en longeant le couloir vers la sortie.

Quand j'ouvris le portail sur la rue, un vent froid me gifla et me fit presque trébucher. Une immense fatigue me tomba dessus. Je ne comprenais pas ce qu'il m'arrivait. Moi qui n'aimais que les interstices, je me retrouvais frontalement à escalader les murailles, ou à défaut à les caillasser, les taguer, y inscrire ma marque. Tout ça pour quoi ? Dans quel but ? Un sentiment de contingence me saisit jusqu'à me faire perdre le sens de l'orientation : pourquoi avancer à gauche plutôt qu'à droite, rentrer chez moi ou me jeter dans la Seine ? Quelle différence ? Et comment savoir où était quoi ? Un appartement quelque part, une école, un salon de massage fermé, des rues qui s'enchevêtrent, le vent qui bruisse dans les feuilles de marronniers, et moi, seule, chassée d'une réunion de femmes et ne pouvant plus y remettre les pieds alors que c'était le seul moyen – ténu, infime – de revoir un homme deux fois plus âgé, marié à l'une de ces femmes, et qui me faisait changer d'état comme l'eau se met à bouillir à ou se pétrifier.

Mon remède habituel était la marche. J'essayai de me vider de toute pensée, de tout souvenir, en écoutant très fort les Clash et en accélérant le pas. Je me retrouvai aux Halles et descendis dans le RER D que j'empruntai machinalement jusqu'à Garges-Sarcelles. Je sortis sur la grande esplanade entourée de barres d'immeuble, longeai l'avenue Joliot-Curie, l'avenue Paul-Valéry et tournai à gauche, puis encore à gauche, pour arriver à l'avenue du 8-mai-1945, juste après la mairie. Je tapai le code, m'engouffrai dans l'immeuble et appelai l'ascenseur, au huitième étage je sortis et sonnai avant d'introduire la clé dans la serrure et de m'affaisser dans le clic-clac devant la télévision éteinte.

Mère et fille

C'est dans cette position que ma mère me trouva, une heure plus tard, en rentrant de la mairie où elle était employée.

— Ah, ben, ça fait plaisir de te voir ! m'interpella-t-elle, le ton lourd de reproches.

Depuis combien de temps ne l'avais-je pas appelée ?

Elle avait encore grossi depuis la dernière fois. Ses cheveux étaient orange, mais la teinture datait de quelques semaines, le blanc des racines se manifestait. Sa peau était parcheminée par la fumée de cigarette qui imprégnait chaque meuble, chaque tissu, chaque vêtement dans l'appartement. Seules des odeurs d'oignon et d'huile frite lui faisaient concurrence. Au fond, rien n'avait vraiment changé, si ce n'est l'impression de solitude. Quand j'étais venue dîner avant de ne plus l'appeler, il y avait encore son type dégueulasse qui traînait dans les parages, profitait de son maigre salaire et essayait de me mettre la main aux fesses. Mais il était beau et circulait à moto, ç'avait suffi à ma mère pour s'imaginer une vie romanesque, une vie amoureuse. Le soir ils écoutaient du rock des années 70, un peu bourrés, un peu défoncés à ce qu'il lui rapportait du garage, et ils se racontaient leur histoire : toujours la même, le jour de leur rencontre, le cadeau qu'il lui avait fait – un aller-retour à Enghien-les-Bains sur sa BM à 180 kilomètres-heure, les nuits blanches qui faisaient dire à ses collègues : « Hmm, on est amoureuse ? » J'avais droit à tout ça. Surtout le soir, quand une bouteille avait déjà été sifflée. Je la connaissais par cœur, leur histoire pathétique. Et qui détournait ma mère de tout autre intérêt. Pour moi, par exemple. Mais elle était confiante, sa fille était fonctionnaire et c'était grâce à elle ! Fini la galère, les angoisses, « la vie de merde », et puis j'avais un compagnon parfait, droit dans ses bottes, travailleur et sérieux. Elle pouvait vivre sa vie, maintenant ! Je n'avais plus rien à lui reprocher ! Est-ce que je lui reprochais quelque chose ? Chaque fois qu'elle se défendait, je cherchais dans mes souvenirs le jour où je lui aurais demandé des comptes. Mais rien n'affleurait. Je ne me rappelais pas lui avoir fait le moindre reproche audible (intérieurement je ne me privais pas). « C'est tes yeux ! Ils me jugent ! Et ton silence ! Je le vois bien. » Je ne pouvais rien objecter. Elle interprétait ce qu'elle voulait, je n'avais plus la force, à 28 ans, de la rassurer. Mon enfance y était passée – du moins était-ce mon impression, pas la sienne, apparemment.

Le dernier dîner avait été atroce. Rémi m'avait accompagnée gentiment – je le lui avais demandé. À ma manière, sans en avoir l'air. Ils étaient déjà saouls quand on était arrivés. J'avais honte, mais la solidarité archaïque avec ma mère m'avait obligée à ne rien montrer et à tout faire pour éviter la catastrophe – voire minimiser son état d'ébriété. C'était sans compter avec l'autre brute qui éructait contre les sales gouines et le féminisme, la fin du règne masculin et le gouvernement pourri qui vendait des armes à Israël pour tuer des bébés palestiniens. Je le haïssais parce qu'il était le compagnon de ma mère, mais au fond j'avais de la peine pour lui. Je connaissais sa famille et la misère dans laquelle il avait vécu, il avait arrêté l'école et commencé des petits trafics tout en rentrant chez sa mère pour lui préparer à manger alors qu'elle était handicapée. Il s'en occupait matin et soir, tout ce qu'il arrivait à arnaquer, c'était pour elle – par ailleurs une vieille ordure insupportable qui revendiquait son handicap et sa malchance comme un trophée qui aurait dû lui valoir tous les égards. À sa mort, il avait fait une dépression, et puis il avait commencé sa vie. C'est après trois autres femmes qu'il avait rencontré ma mère. Au début, j'étais heureuse qu'elle ne soit pas seule. Très rapidement, j'ai compris que se rejouerait l'éternel scénario : les salauds se succédaient, ses passions et ses pleurs également, puis les kilos et les teintures.

Mais c'était ma mère.

Pas celle de l'unique photo accrochée sur le mur de notre appartement du XIIe. Pas cette femme sauvage et sublime, le visage penché sur l'épaule de mon père qui tenait par la main une enfant de 3 ans. Pas pendant ces années d'errance et de fougue à suivre mon père dans ses différents postes, sur les bases militaires les plus éloignées de la métropole que tous les deux fuyaient pour des raisons obscures. Où le soleil tuait, et les après-midi s'étendaient à l'infini à l'intérieur d'une chambre aux persiennes closes, à essayer de respirer pour hypnotiser la chaleur. Et lui qui s'entraînait quel que soit le temps, ses muscles saillants, son visage fermé, sa fatigue le soir, ses sorties en boîte de nuit avec ma mère dont ils rentraient ivres et dont je ne me souviens pas – sinon que j'étais seule dans le petit lit du salon à attendre que des voix familières me permettent de dormir.

Et puis les récriminations de ma mère, le silence grandissant de mon père. Comme s'il n'y avait de place que pour une seule voix – et pourtant, c'était celle de mon père que j'attendais avec fébrilité, comme on attend un rayon de soleil dans la grisaille et que tout votre corps a froid. Il allait continuer à avoir froid. Les portes ont claqué une dernière fois. Retour à Sarcelles. Puis le coup de téléphone. La bouteille de whisky terminée en une soirée. Maman est malade, il ne faut pas la déranger. On enjambe son corps, on le traîne vers le canapé-lit, on lui ôte ses chaussures. Quand elle se réveille avec un mal de crâne dont elle le rend responsable, elle dit en passant « Tu vas assister à un bel enterrement ! »

Le cercueil est arrivé avec d'autres dans un avion militaire sur de la musique jouée par un orchestre. Elle n'a plus jamais prononcé son prénom. Mais moi, je me souviendrai que mon père s'appelle Hassan.

Cet appartement, il y est venu une fois. Pour me voir. Avant de repartir. Il n'en reste rien. Rien n'atteste de sa présence sur cette terre. Nulle part.

Et ma mère s'efforce d'en effacer toutes les traces, jusqu'à m'effacer moi-même.

Mais elle a réussi à faire partir son type. Qu'il essaye d'entrer sa langue dans ma bouche n'était pas un argument suffisant pour elle, mais elle en avait tenu compte. Je ne l'avais pas dit à Rémi. Mais je ne disais rien à Rémi. Pour le préserver. Pour me préserver. Pour maintenir l'illusion que j'étais quelqu'un de normal née dans une famille normale. Celle de Rémi avait connu la crise et les difficultés financières, je n'avais pas besoin de lui expliquer. Mais elle était saine. Ses deux parents continuaient de travailler ensemble comme ambulanciers, ils sauvaient des gens, et c'est cela qu'ils avaient offert comme exemple à leurs enfants : vivre pour les autres. Même si eux préféraient leur voiture à leurs gamins. Je n'avais jamais fait part de mes commentaires à Rémi qui s'en serait offusqué, n'aurait pas compris. Il n'empêche, l'ambiance était bonne là-bas. La mère nous préparait des tartes aux quetsches et le père des parties de tarot. Ils étaient gentils, à l'écoute, attentionnés, jamais rien ne dépassait excepté leurs histoires atroces de grands brûlés ou de moribonds récupérés sur les lieux d'accidents : ils n'étaient pas avares de détails tout en ponctuant leurs descriptions de « le pauvre ». Rémi était fier d'eux, même s'il les avait dépassés. Il était fier de pouvoir être fier de parents qu'il avait dépassés. Sur le plan social, bien sûr, s'empressait-il d'ajouter.

Moi, j'avais honte, infiniment honte. Mais une honte qui ne m'empêchait pas d'inviter des gens chez moi. C'était comme ça. Ma marque d'infamie. Mes beaux-pères libidineux et ma mère de plus en plus grosse. C'était comme ça et cette mère, je l'aimais.

Pourtant, je ne lui rendais jamais visite. J'avais l'impression chaque fois de me baigner dans un fleuve où les égouts le disputent à la source fraîche. Je me rattachais alors à ma seule lumière. Djibouti. Mon père. L'autre vie. Celle que nous aurions dû vivre mais qui n'existait pas, qui n'avait jamais existé, même comme possibilité.

Pourtant, affalée sur le canapé, je me sentais enfin chez moi, dans la fange.

C'était comme repasser par la case départ au Monopoly. Et je n'étais jamais à l'abri d'une bonne surprise. Ce soir, par exemple, ma mère était aigre, mais sobre.

— Qu'est-ce qui t'arrive ? (Était sous-entendu : pour que tu prennes la peine de sortir de Paris et te traîner jusqu'à Sarcelles voir ta mère, une femme sans intérêt pour toi qui as une vie si excitante à Paris avec ton homme qui t'aime et qui s'occupe de toi, tes amis intellectuels et tes horaires tranquilles ? Ta mère, cette personne qui t'a pourtant mise au monde et s'est saignée pour te faire bouffer tous les jours que Dieu fait, parce qu'on ne pouvait pas compter sur les autres.)

— Rien.

— Je te préviens, y a rien dans le frigo.

Je ne venais pas pour la gastronomie. Toute mon enfance avait été abonnée aux pâtes au beurre. Non que je m'en plaignît – j'adorais ça ; mais que le frigo fût vide n'était pas en soi une nouvelle, encore moins une déception. Ça rassurait ma mère de jouer la scène dans toute sa cohérence : si je venais la voir, c'était forcément pour quelque chose (mais quoi, elle comme moi n'aurions su répondre), et s'il n'y avait rien, c'était pour dîner à l'œil. Ne faisaient-ils pas ça, tous les enfants de ses copines ? Passer à l'improviste pour *partager* un repas, ou *a minima* laver leur linge ? Moi, j'étais indépendante, au grand dam de ma mère qui pourtant s'en félicitait quand elle vivait une folle histoire d'amour à base de moto, d'homme tatoué et de packs de six. Elle s'en désolait lorsqu'elle se retrouvait seule – en général par ma faute, puisque les hommes partaient dès qu'ils m'avaient rencontrée et que j'avais « pété mon câble », comme elle le disait et parfois en prévention : « Attention, elle va péter son câble. » Même avertis, les hommes partaient. Mon câble pété était apparemment invincible.

— Tu veux un verre ?

J'acceptai, histoire de partager quelque chose avec elle. Ça lui faisait plaisir. Partager l'alcool contient toujours une petite dose de déculpabilisation. J'en savais quelque chose. Pour l'occasion, elle a ouvert une bouteille de bordeaux. Je m'en voulais d'être arrivée les mains vides, je n'avais pas prévu de rester.

— Comment ça va ? lui demandai-je.

— Comment tu veux que ça aille ? J'ai recroisé Jipé la semaine dernière en sortant d'Auchan, il a fait comme s'il ne me voyait pas. J'ai voulu aller vers lui pour lui dire ce que j'en pensais, mais y a une fille qui m'a dépassée et s'est presque jetée sur lui ; il lui a passé un casque et hop, partis, envolés ! Il a pas perdu son temps, le salaud.

— La pauvre fille !

— Ta manie de plaindre les autres au lieu de moi.

— C'est qu'objectivement, elle est plus loin dans la merde que toi.

Je reprenais mon langage vulgaire, celui que j'avais de toutes mes forces enterré dans les recoins les plus sales de mon âme dès que j'ai été en âge de partir – 16 ans, ce n'était pas l'âge, mais la nécessité. Juste après les vacances à Marseille où Jo m'avait préférée son amie d'enfance, et où j'avais éprouvé d'une façon si intense – qu'elle devait déjà être fichée en moi – cette impression d'être invisible.

— Tu sais pas ce que c'est que d'être seule à mon âge.

— C'est sûr. Mais je vois ce que ça fait que d'être avec un gros connard.

— Ce que ça fait à toi, peut-être ! Mais à moi ?

— Mais si ton mec me met la main au cul, ça devrait légitimement te faire quelque chose.

— C'est ce que tu dis.

— Ô pitié maman, on ne va pas recommencer ! C'est pour ça, tu vois, que je ne viens plus.

— Donne-toi des excuses !

Je soupirai. Je savais qu'au fond nous aurions pu nous raconter des choses, retrouver cette intimité qui avait été la nôtre pendant toute mon enfance – d'abord avec mon père, même si elle était jalouse de notre relation (je me l'étais toujours raconté mais n'en avais aucun souvenir) ; puis sans lui, même si elle travaillait la nuit et que je ne la voyais qu'endormie. Elle me protégeait alors, je le sentais, c'était moi qui étais au centre. Mais dès que l'adolescence a pointé – et j'étais précoce – ma mère a disparu pour céder la place à une bimbo nymphomane. Ce personnage, en faisant irruption, avait accéléré mon ascension vers l'âge adulte. Quand elle a commencé à ramener des types et à rentrer hilare, ivre, gênante, quand elle n'arrivait plus à se réveiller le matin ou que le maquillage coulait sur sa peau striée par l'oreiller, quand je retrouvais un homme nu dans la cuisine, elle a cessé de jouer à la maman. Je pouvais bien accepter sa détresse lorsque nous étions deux, mais je ne la partagerais pas avec un troisième : y participer, oui, la regarder de l'extérieur comme le spectateur d'une pièce pathétique, c'était trop pour moi. Sans doute parce que j'en prenais alors la mesure. Le deux pièces devenait dans ces circonstances étouffant. J'avais bien essayé d'accrocher des paréos autour du lit-canapé quand je m'y couchais pour signifier ostensiblement qu'il s'agissait d'un espace privé. Les paréos ne coupaient pas du bruit. Et régulièrement, ma mère les faisait tomber en s'y accrochant.

Les meilleurs souvenirs sont restés la parenthèse merveilleuse où Jo vivait chez nous. Elle avait alors retrouvé ses gestes de mère. Quand il m'a trahie, j'ai perdu et ma mère et mon amoureux. La vie entrait dans le dur une seconde fois.

En l'observant servir les verres, je songeais à tout cela, comme si le rejet dont je venais d'être la victime avait rouvert la fissure que des années de mastic n'avaient pas suffi à combler.

— Tu veux que je te prépare un truc ?

C'est moi qui demandais. J'avais pris l'habitude de faire les repas dès mes 8 ans. Avant, c'était une voisine qui nous aidait, ou je restais chez la gardienne jusqu'à ce que ma mère me récupère au matin. La gardienne m'avait appris à cuisiner. C'était rudimentaire, mais suffisant pour impressionner mes camarades lorsque j'étais assez sûre d'eux et de leur discrétion pour les inviter chez moi. Autrement dit, lorsque je savais qu'ils appartenaient à la même classe sociale ou au même agencement familial – condition qui économisait beaucoup de questions et de malentendus.

— J'ai pas trop faim, mais vas-y, toi, si tu veux.

C'était une manière de dire oui sans avoir à remercier. Je scrutai les fonds de tiroir pour trouver des spaghettis. Ma mère n'avait pas menti, le frigo était vide, et le peu qui traînait devait être vieux de plusieurs jours. De quoi se nourrissait-elle ? Si j'avais été une fille normale, je m'en serais inquiétée, mais si je m'inquiétais, elle aurait dû se comporter en mère normale, et ç'aurait faussé tout le jeu. Nous ne pouvions pas repartir à zéro ! Chacune connaissait son rôle sur le bout des doigts. J'avais espéré, à 15 ans et en vivant avec Jo, que nous pourrions en changer, que tout pouvait se réinventer si on le souhaitait, même les relations mère-fille. Le bonheur de cette époque me brouillait les yeux.

Tandis que je m'agitais au-dessus du fourneau, ma mère me demanda :

— Alors, toujours pas d'enfant avec Rémi ?

J'eus envie de vider l'eau qui commençait à bouillir dans l'évier, de jeter les pâtes et de partir en claquant la porte. Mais je me calmai.

— Apparemment non.

— Vous cherchez à en faire ou quoi ?

— Pourquoi, tu veux te trouver une occupation ?

— Tu es vraiment stupide. Faire des enfants, c'est un truc assez naturel dans un couple. Sauf si le couple bat de l'aile.

— Au contraire, il paraît que c'est quand il bat de l'aile qu'on commence à faire des enfants.

— C'est des théories à la con, ça ! On fait des enfants par amour !

Ma mère était affirmative, et c'était d'elle qu'elle parlait, comme toujours quand on est péremptoire.

Elle avait fait son enfant par amour, nul doute à cela. Elle aimait passionnément mon père quand elle était tombée enceinte. Mais elle avait 20 ans, c'est facile d'aimer à cet âge. En rupture avec sa famille, belle, amoureuse, sauvage. L'apogée de sa vie. Je sentais qu'elle attendait de moi que je lui parle de Rémi. Pourquoi étais-je venue ? Pour lui raconter le scandale du salon de massage ? Les réunions féministes ? Rémi-Paul ? Elle aurait adoré, sans nul doute, aurait eu son mot à dire sur chacune de ces histoires, m'aurait réprimandée d'avoir pu dépenser autant d'argent pour un petit plaisir personnel mais se serait insurgée contre cette bande de salopards. Elle aurait trouvé bien de mener une action, égoïste de ma part d'y rechigner, elle aurait réagi comme il faut, comme on l'attend des personnes regardant les informations chaque jour, s'indignant au bon moment, versant une larme, souriant d'émotion. Ces millions de personnes qui vibrent au diapason et se sentent unies par une communauté invisible dont le ciment est la moralité. Ou comme on l'attend d'une mère.

— Tu peux mettre les infos ? demandai-je, moi qui n'avais pas la télévision et n'écoutais la radio que le matin sur RFI parce qu'il arrivait qu'on y entende Ali, le compagnon d'Agathe.

Les nouvelles du monde m'intéressaient plus que celles de mon pays. Ça me donnait l'illusion de voyager. Ou j'attendais qu'on me parle de là-bas. Du pays de l'enfance et du soleil qui tue.

Inutile de la prier, la télécommande était comme une prothèse de sa main droite. La télévision s'alluma sur BFM et j'eus droit à un concentré de nouvelles déprimantes où le terrorisme rivalisait avec le climat. Je n'avais pas envie de ça – qui peut en avoir envie ? J'allais demander qu'elle éteigne quand la présentatrice annonça la date du procès de la bande organisée impliquée dans le « scandale du salon de massage ». Je m'immobilisai. Mais quand j'entendis ma mère commenter : « Oh, les sales gueules ! », je courus m'asseoir à côté d'elle : on apercevait de loin des hommes chinois et d'autres blancs essayant de cacher leur visage derrière leur veste, emmenés par des policiers. Rien de très notable. Rien qui rendît plus *réel* ce que j'avais vécu. Retour sur le plateau ; là, en face de la présentatrice, Fiona et Sophie étaient assises bien droites, tendues, prêtes à l'attaque. J'entendis alors débiter le discours qu'elles avaient élaboré au fur et à mesure des réunions, mais surtout en dehors – où les mots *patriarcat*, *hétéronormé*, *cisgenre*, *domination* et même *transidentité* (mais pourquoi ?) étaient assemblés dans un ordre apparemment construit mais qu'on aurait volontiers identifiés à l'accumulation plutôt qu'au déploiement. Je n'arrivais pas à entendre ce qu'elles disaient, fascinée par leur visage sérieux, leur voix qui semblait réciter un mantra : des guerrières de salon.

Ma mère remuait dans son siège et soudain éclata :

— Mais c'est quoi, ces lesbiennes intellos de merde ! Qu'est-ce qu'elles nous chantent ! Elles nous prennent pour des cons ou quoi ? Faut avoir fait des études pour savoir que se faire mater par un mec qui se touche, c'est dégueulasse ?

Sa réaction m'indigna. C'était une sensation désagréable. Je ne pouvais pas être d'accord avec ma mère. Elle était excessive, alcoolique, conservatrice, soumise et sans doute d'extrême droite – mais je me gardai de lui poser la question. Nous évitions tout sujet politique ; je m'étais positionnée à l'exact opposé de toutes ses convictions – si l'on peut appeler convictions de vagues opinions ramassées à la cafétéria de la mairie ou au bar des Vignobles où elle s'arrêtait parfois avant de rentrer chez elle, quasiment certaine de croiser une connaissance partante pour une petite tournée. Pourtant, ma présence à ses côtés indiquait que je n'étais pas si éloignée malgré tous mes efforts. Que le destin me ramènerait coûte que coûte sur ce canapé clic-clac, à fumer des Marlboro rouges en buvant des bières et à commenter les nouvelles en se plaignant de la marche du monde. Je me voyais assise, épaule contre épaule, deux petites vieilles avant l'âge, aux cheveux teints, seules, à qui avait peut-être été promis un monde merveilleux lorsque l'une avait 20 ans et l'autre venait de naître mais à qui tout avait été enlevé, pas d'un coup – ça, c'était le mythe qu'elle se racontait – mais peu à peu, jusqu'à l'arrêt final. Une lettre, un cercueil renvoyé au pays, des honneurs nationaux. Ma mère qui devient une veuve éplorée alors qu'elle était partie, ou plutôt qu'elle était rentrée en France, marre de l'Afrique, des déménagements toujours plus au sud, dans des bleds toujours plus paumés et du silence de mon père. Elle se sentait seule, elle voulait une vie à sa taille, une vie de son âge, pas une vie dans une case de brousse à élever une gamine qui marchait pieds nus et montait aux arbres.

Et elle était devenue ce à quoi elle avait voulu échapper. En fuyant la vie sauvage qu'elle avait pourtant aimée – au début, j'en étais sûre –, elle s'était retrouvée dans la pire version d'elle-même. Si réelle et si éloignée de tout rêve – le rêve l'avait trahie, on ne l'y reprendrait plus. Désormais, elle n'accepterait que les fantasmes sans ambition, les fantasmes qui n'excèdent pas les dimensions des téléfilms de TF1, de toute façon il fallait trouver du travail, un appartement et acheter des chaussures à sa fille.

Et elle se retrouvait à critiquer des femmes menant un juste combat, au ton certes un peu trop docte, un peu trop condescendant, un peu trop haineux, mais dont l'objectif avait plus de panache que celui de retrouver un mari alcoolique à la main leste. C'était cela que je haïssais le plus chez elle. Sa décision d'abandonner le possible pour se satisfaire du pire.

— Elles ont raison.

— Comment ça, elles ont raison ?

— Elles se battent pour que la domination cesse. Pour que des types comme tes amants ne roulent plus des pelles à leur belle-fille.

Ma mère, au début furieuse, se mit à rire.

— Sérieusement ? Tu crois que Jipé, en entendant ces femmes, va arrêter de sauter sur tout ce qui bouge dès qu'il a un coup dans le nez ?

— Non, peut-être pas. Mais si tout le monde autour de lui trouve ça dégueulasse, ça le calmera peut-être.

— Ne crois pas qu'il soit fier de lui.

— Il t'en a parlé ?

— Parfois, il pleure.

— Je vois. Sa conscience se réveille à 2 degrés. C'est assez classique.

— C'est comme ça. Il a été élevé comme ça. Il s'en est pris plein la gueule lui aussi.

— Épargne-moi ton couplet de victime. C'est exactement pour ça ou plutôt contre ça qu'elles se battent, ces femmes.

— Moi, je crois pas. Je crois qu'elles veulent le pouvoir, c'est tout.

— Et si c'était le cas, quel mal y a-t-il à ça ? Est-ce que ça ne serait pas un juste retour des choses ?

— Tu m'emmerdes. Tu fais de la politique maintenant ?

— Non, mais j'allais à ce salon de massage.

Ma mère tourna sa tête vers moi, la bouche ouverte, sidérée.

— Oh mon Dieu ! Ma chérie ! C'est… Je ne sais pas quoi dire !

— Ne dis rien, alors.

— C'est ça que tu voulais me dire ? C'est pour ça que tu es venue ?

J'avais le vertige. L'eau bouillait, bientôt il n'y en aurait plus dans la casserole. Les mots sortirent tout seuls de ma bouche :

— Oui.

J'avais 5 ans. Et quand elle me prit dans ses bras, des larmes ont coulé sur mes joues, dans mon cou. Elle me serrait contre elle, je sentais sa poitrine forte contre la mienne, son parfum bon marché et l'odeur de cigarette, sa crème de jour et du détergent, je respirai sa peau, son cou. Cinq ans. Puis je me reculai.

— Il faut que j'y aille.

J'allai couper le feu sous la casserole vide, pris mon manteau, l'embrassai et sortis. Elle n'eut pas le temps de me retenir.

Je descendis l'escalier en courant au lieu d'attendre l'ascenseur. Dans la rue, j'entendis : « Reviens ! Reste ! On n'a même pas dîné ! » Mais je continuai mon chemin sans me retourner.

De l'autre côté

Une fois de plus je rentrais tard. Les reproches ne passaient plus les lèvres de Rémi, ils s'accumulaient dans ses regards. Cette fois j'avais une bonne excuse, mais pour une raison obscure, je n'avais pas envie de la lui servir. Contre qui étais-je en guerre ? Rémi ne m'avait fait que du bien, ou plutôt, il ne m'avait jamais fait de mal. J'étais tombée amoureuse d'un homme beau et convoité, qui avait des airs de Jo, mon malheur marseillais. Je m'y étais attachée, me dis-je dans un élan de flagellation, comme on s'attache à un appartement de location qui convient tout à fait en période de transition : pratique, joli, confortable. Or je n'étais en transition de rien, l'appartement de location pouvait dès lors devenir pérenne. Une vie s'accommode du pratique, joli et confortable, surtout quand elle a côtoyé laideur, inconfort et impraticable. Ikea m'allait très bien. Mais je n'arrivais plus à contenir la remontée des eaux et Rémi était là, sur mon chemin, mobilier efficace et sans tache, kit modulable qui convient à n'importe quelle pièce carrée aux murs blancs.

Et qu'aurais-je pu lui dire que j'ignorais moi-même ? Je restais avec lui pour retarder le temps des « explications ». Un couple qui va mal exige toujours au seuil de l'explosion des « explications ». Mais je n'avais rien à expliquer. Ma distance était insondable, je ne savais pas moi-même où me situer pour la mesurer. Mes espaces n'avaient plus de contour et je flottais autant que je volais dans des interstices qui ne séparaient rien. J'étais à moi-même un fantôme, accompagné de quelques autres. Était-ce cela, aller mal ? Mais quand on va mal, on pleure, on souffre, on crie, on se bat, on dit quelque chose à quelqu'un ! La souffrance doit avoir une forme, trop diffuse elle se perd, elle s'estompe. Je refusais d'aller mal, je refusais qu'on puisse dire que j'allais mal, je trouvais ça tellement... urbain, tellement superficiel, tellement *psychologique*. Je savais lorsqu'un enfant allait mal parce que sa mère n'était pas rentrée de toute la semaine et qu'il vivait seul à 8 ans, parfois aidé par une voisine pour se faire à manger. Ou parce qu'il venait de se prendre un poing fermé dans l'œil droit, et que ce poing était celui de son père. Ou parce que, chaque soir, son père lui rappelait à quel point sa mère était une ordure de petite salope qui donnait son cul à tous les passants. Je pouvais le voir, le vérifier. Il y avait des symptômes pour ce mal-là. Parfois infimes, parfois sans aucun rapport avec le dommage. Des symptômes qui n'étaient ni des images ni des mots, à peine des comportements, mais des symboles étranges qui écrivaient un récit invisible. Un récit que je déchiffrais. C'est même la raison pour laquelle j'avais fait ce métier et continuais de le faire. Je me plaignais des enfants normaux, je me plaignais de l'enfance, en général – mais celle-là, brisée, je l'avais toujours comprise, comme si j'en parlais la langue maternelle. Et il y a un plaisir à parler sa langue quand on vit en pays étranger.

Ni Rémi ni moi n'aimions parler. Nous pouvions commenter des informations, faire des projets, communiquer, argumenter en faveur d'une idée politique, mais dialoguer, non. La politique n'allait pas nous secourir. Alors nous nous taisions en attendant que l'orage éclate. Le ciel était tellement lourd que je ne voyais pas d'autre issue. Nous en différions le terme en faisant l'amour plus souvent. Le goût qu'il laissait était âcre, comme si l'orgasme nettoyait tout ce qui pouvait rester d'aspérités et d'espoir, laissant un vide nauséeux, le même que celui d'un estomac malade qui n'a pourtant rien avalé. La tristesse s'étirait mollement comme Lapin le chat au matin. Elle nous engluait. Rentrer tard était devenu une habitude que personne ne questionnait. Nous nous étions installés dans des gestes mécaniques que la moindre répétition rendait acceptables. Le quotidien était une grotte gelée où tout ce qui s'écoulait se pétrifiait, le temps plus que le reste. Les stalactites dressaient leurs barreaux de plus en plus denses qui bientôt satureraient l'espace et attaqueraient la chair. Nous attendions sans doute que l'oxygène disparaisse tout à fait pour laisser agir l'asphyxie. Les larmes elles-mêmes s'étaient solidifiées. Rien ne coulait, sinon le sang de mes règles qui me l'assurait chaque mois : il n'y aurait pas d'enfant.

Je décidai de retourner voir Paul : je « devais voir quelqu'un ». Ne me l'étais-je pas entendu dire trop souvent ces derniers temps ? Mais cette décision souffrait trop de l'ambivalence de la phrase. Je ne m'y résolvais pas. Comme chaque fois, au lieu de prendre mon téléphone pour demander un rendez-vous, agir de façon claire et frontale, je laissai mes pas me guider : en sortant de l'école, je fis un détour jusqu'au métro où je descendis. Le train roulait, je fermais les yeux pour éprouver les secousses et les faire circuler dans chacun de mes membres, bras, épaules, cou, torse et jambes. Je répétais intérieurement les avertissements de la voix mécanique dans toutes les langues – « *Please mind the gap between the train and the platform* » –, et le nom des stations de métro, intonation ouverte, puis fermée, montante, puis descendante. Saint-Augustin ! Saint-Augustin. Une petite musique. Je descendis au bout de la ligne. En sortant de la station, je retrouvai la devanture du salon de massage thaï. Une deuxième fois je demandai s'il y avait de la place, une deuxième fois la chance me sourit. Pourtant, je ne pus me détendre. Mon esprit tournait en rond autour de mon corps, créant un filtre entre lui et les mains de la masseuse. À tel point que son manège finit par m'agacer. Je me calmai en me disant qu'il s'agissait d'une thérapie : mon dos était tendu, il fallait le détendre, que je sois là ou non. Je le déléguais à la professionnelle. Je m'en voulais tellement de ne plus trouver cet instant magique où je disparaissais ; où les lignes de fuite se multipliaient en même temps que mes idées devenues des images. Quand elle arriva au visage, j'éprouvai quand même le bien-être mécanique : oreilles, front, pommettes. J'avais l'impression qu'elle me redessinait. Je sentais mon visage apparaître sous ses doigts, prendre forme, puis prendre vie. Il serait là, enfin, devant moi et sur moi, un visage que les gens pouvaient s'approprier alors qu'il m'échappait sans cesse. Mais sous la pression de sa paume, je l'éprouvai pleinement. Avec un visage, je serais sans doute plus forte. Avec un visage, je deviendrais quelqu'un et peu importe que ce soit moi. J'en avais besoin pour ressortir vivante.

Puis je déambulai dans les rues, sans entrer dans celle qui abritait le cabinet de Paul. Comme lorsqu'on caresse un sein de façon concentrique en évitant d'arriver au centre, là où le téton attend, de plus en plus impatient qu'on le morde. Je jouais avec mon Désir, ou plutôt il jouait avec moi. Mais soudain, je m'immobilisai : devant moi, dans un café PMU, Paul. Mais pas seulement Paul. Paul assis en face d'une jeune femme qui pleurait et dont il tenait la main. Je ne comprenais pas ce que je voyais, mais ce que je voyais était clair. C'était clair, mais était-ce réel ? Quelqu'un me bouscula, je m'en rendis à peine compte, les yeux fixés sur lui, sur eux, sur cette main, sur ces pleurs. Mon immobilité finit par attirer l'attention. J'étais au milieu de la rue, les yeux rivés sur un couple assis dans un café vraisemblablement en train de se séparer. Une femme jeune, un homme d'un certain âge, qui avait un cabinet de psychanalyse dans une rue adjacente. Certains clients tournèrent la tête vers moi qui dévisageais quelqu'un d'autre, puis ils tournèrent la tête vers ce que je regardais, jusqu'à ce que ce ballet éveille l'attention de Paul qui tourna à son tour la tête vers moi. Nous nous sommes longuement observés. Et comme la première fois, il était impossible de comprendre la teneur de cet échange sinon qu'il était trop long pour être anodin. Me demandait-il quelque chose ? De me taire, par exemple ? C'est la jeune femme qui a fini par prendre son visage dans sa main et le tourner brutalement vers elle. Je n'entendais pas ce qu'ils se disaient, mais il s'agissait de reproches. Elle s'est levée, lui aussi. Il était indécent pour moi de continuer à observer la scène comme si j'étais au théâtre. Je m'éveillai du songe et fis demi-tour au pas de course. Il fallait que je quitte les lieux au plus vite. C'était une urgence. Je sentais derrière moi des ombres qui cherchaient à me prendre, Érinyes furieuses s'attachant à mes jambes, à mes cheveux ; le métro arriva en même temps que moi. Quand les portes se fermèrent, je m'effondrai en sueur sur un siège. J'avais échappé à la mort, mais j'avais vu. Le témoin est-il coupable ? Mais la culpabilité est un lien, et les secrets enchaînent. J'avais toujours pactisé avec Méduse. Voir, être vue – ces choses-là n'allaient pas de soi, mais quand elles avaient lieu, vraiment, alors la vie pouvait commencer.

À la maison, mon trouble était palpable. Quelques verres de vin mirent fin à mes tremblements. Nous avons commandé une pizza. Et quand nous avons fait l'amour, je n'étais pas triste. La fureur avait pris toute la place. Mon émotion, mes frissons au moindre toucher, tout cela redonna espoir à Rémi qui le matin me sourit avec une tendresse que j'avais oubliée.

J'ai attendu. Une journée, deux journées, trois journées. Je passais devant l'agence immobilière pour apercevoir Véronique sans me faire voir. Avait-elle changé, ses yeux étaient-ils rouges, gonflés ? Avait-elle pris du poids ? S'était-il passé quelque chose de notable dans l'appartement haussmannien ou tout ce que j'avais vu était-il resté prisonnier de sa bulle – et désormais de mon regard ?

C'était apparemment le cas. Véronique était fidèle à elle-même, énergique, précise – tous ses gestes en attestaient. Je devais rester moins immobile devant sa vitrine que devant celle du café si je ne voulais pas me faire surprendre. Il est vrai qu'elle m'avait envoyé un gentil texto après mon « expulsion », m'assurant qu'elle était à ma disposition pour visiter des appartements. Irène, Léa et Marlène s'étaient montrées également amicales. Elles exprimaient leurs regrets, tout en m'enjoignant de ne pas le prendre « personnellement », la cause étant plus grande que nous toutes.

Il fallait bien faire quelques sacrifices, ou ce qu'on avait de plus en plus l'habitude de nommer « dommages collatéraux ». J'acceptais d'en être, même si je me demandais auprès de qui parler de dommage : qui avait bien pu être lésé ? Et au regard de quoi pouvait-on évaluer le dommage ? Étais-je le dommage ou était-ce moi qui le subissais ? Je ne connaissais personne dans l'assurance, et cette question resta sans réponse. J'étais mortifiée, certes, mais peu étonnée de mon sort. Fiona avait repéré l'ennemie, c'était une fine tacticienne. Je l'aurais méprisée de me garder dans son équipe.

J'avais répondu à Véronique pour lui montrer que je n'étais ni vexée ni blessée – ce qui était faux – et lui avais demandé de me tenir au courant de la suite. Elle me l'avait promis ; si elle était sortie à l'instant où j'observais ses traits en quête d'un affaissement, elle m'aurait sans doute invitée à boire un café et nous aurions discuté comme de vieilles amies. Mais rien n'arrivait, ni rencontre inopinée ni message. Seul Rémi m'envoyait des textos affectueux, auxquels je répondais par des émoticônes, remerciant les inventeurs de cette iconographie salvatrice pour qui ne vit jamais tout à fait au rythme de ses sentiments – la légère distance ironique et la régression triomphante de ces horribles petits dessins permettaient de s'en tenir à un certain niveau de dialogue qui correspondait très exactement à celui où je m'étais installée, en attendant…

Je restais à ma place, bien sagement, à la croisée des chemins. Sans engagement. Sans enfant. Sans désir.

Il était peut-être temps que j'agisse.

Mais par quoi commencer ?

Le cinquième soir, tandis que j'étais déjà au lit, je vis mon écran s'agiter. Je le saisis aussitôt pour le soustraire aux yeux de Rémi. J'avais rentré le numéro de Paul dès que Véronique me l'avait donné, en indiquant un simple P, signifiant aussi bien *Paul* que *psychanalyste* si la demande m'en était faite. Et c'est le P qui s'afficha mais sans que suive un message. J'hésitai entre reposer le téléphone après avoir mis le mode avion pour la nuit afin de le réactiver une fois que Rémi dormirait – ou attendre fébrilement que le texto apparaisse, incapable de résister à l'impatience.

Les trois petits points allaient et venaient, signalant qu'il était en train d'écrire, puis de se rétracter, puis d'écrire à nouveau. Rémi me demanda ce qu'il y avait. « Rien, j'attends un message d'Agathe, mais ça ne vient pas » et je laissai mon téléphone sur silencieux, éteignis la lumière et cherchai vainement le sommeil. Quand j'entendis le souffle régulier de Rémi, je repris le téléphone : aucun nouveau message. J'avais l'impression qu'on me faisait passer un test pour évaluer jusqu'à quel degré une attente pouvait supporter d'être insatisfaite, un peu comme Milgram avait testé la capacité à dire non. Si l'on avait mesuré mon pouls, on aurait pu en conclure ma faible tolérance. Je n'avais d'autre choix que de fermer les yeux et d'espérer que le matin m'apporte quelques menus espoirs. J'en étais réduite à la prière, ce qui pour un esprit superstitieux comme le mien n'était somme toute pas original.

Au matin – et je m'éveillai tôt pour être à l'école une demi-heure avant les élèves – j'étais en colère qu'il ait pu par de simples points spectraux, présents absents, pervers et diaboliques, me gâcher ma nuit, ma journée, mes nerfs.

« Dites-le », ai-je alors écrit, rageuse, entre la station Michel-Bizot et la station Montgallet.

Je dus attendre la pause déjeuner pour lire la réponse.

« Ce que vous avez vu »

C'était tout.

Mais quelques minutes plus tard, mon téléphone signalait un message.

« Ne vous regarde pas. »

Je relisais plusieurs fois le message quand un troisième tomba.

« Même si vous aimez être regardée. »

Ma fureur grandissait. Était-il vraiment en train de me dire que je devais rester en dehors de tout ça – *tout ça* signifiant sa vie – tout en me rappelant que je lui avais avoué aimer être regardée, la confidence la plus intime que j'aie pu arracher de mes entrailles, ou la plus provocante ?

À quoi jouait-il ? Au psychanalyste lacanien ? Et j'eus envie de jouer avec lui moi aussi – écrivant fébrilement : « J'emmerde Lacan » puis effaçant, faisant danser les petits points et espérant qu'il soit devant son écran pour chercher le sens de leur chorégraphie. Mais il était fort possible qu'il fût en train d'écouter une âme en peine en alignant des calembours pourris qui parlaient peut-être à leur inconscient dont on disait qu'il était en effet un réservoir de détritus verbeux. Mieux valait assurer mon message, et pas ses intervalles. Un message littéral.

Mais il n'y avait rien à répondre. À force de chercher, je me laissais envahir par son propre message et ses trucs de psy lacaniens dont je venais de me dire que c'était de la merde. Ça me regarde. Ça me regarde. J'aime être regardée, je suis regardée. Voir Paul tenir la main d'une jeune femme en pleurs me regarde. Ce n'est pas moi la voyeuse, ce n'est pas moi le témoin dont on coupe la tête ou la langue pour le faire taire. Ce sont eux qui me regardent. Qui me figent. Eux la Méduse. Moi qui suis sidérée. Regardée. Et j'imaginais en même temps ces Chinois regardant en *live* ou en différé les corps nus de femmes massés par d'autres femmes et, s'ils payent plus cher, des corps nus de femmes dont c'est le métier se faire pénétrer par des hommes obsédés, des hommes qui payent, et s'ils payent plus chers et qu'ils sont bisexuels, des corps nus de femmes qui se font masser, puis pénétrer parce qu'elles payent, puis des corps nus de femmes qui se font pénétrer et payer. Toute la gamme de l'exploitation féminine.

Moi, j'étais le premier niveau, celui où l'on ne mise rien. Le même que celui de Fiona. Son corps ingrat. Son dos massif. Ses jambes épaisses et poilues. Nulle chance d'accéder au niveau supérieur. Comme elle, j'avais été réduite à un corps. Personne ne me voyait. Car je n'étais nulle part. Mais lui m'écrivait que ça ne me regardait pas.

J'étais de plus en plus prisonnière de l'image de Paul. L'espace de mon Désir s'était entièrement concentré sur lui, rétréci mais densifié sur un homme, un homme qui occupait cette surface, s'y confondait. Paul devenait le désir. Je voulais qu'il ouvre les yeux.

Revenir dans son champ de vision. Il l'appelait. « Vous qui aimez être regardée. » Il excitait chez moi ce besoin d'être vue en étant invisible, et chez lui peut-être autre chose – ce destin d'avoir été vu, de le faire oublier tout en restant visible. Il savait s'y prendre avec les atrophiées. Et avec les confidences. Qui sont des secrets lorsqu'il n'y a que deux personnes et qu'elles ne sont plus ni analyste ni analysée. Qu'étions-nous ? Des suspects. Ou des complices. Je me lançai :

— De quoi avez-vous peur ? De moi ? De l'âge de cette fille ?

— Venez dans mon cabinet demain à 19 heures.

— Vous allez me couper la langue ?

— Peut-être… 19 heures ?

— Jeudi.

— Vendredi.

— Vous négociez déjà ? Alors, lundi dans « votre café ».

— Lundi. Passez au cabinet.

Essoufflée comme après une course de fond mélangée à un sprint. Essoufflée. Les doigts virevoltant sur l'écran. Les yeux exorbités. Essoufflée. Il avait remporté la partie haut la main.

J'ai dû m'allonger pour retrouver un rythme. J'avais cessé de respirer pendant ce ping-pong, et la tête me tournait. Mais sans la vitesse de l'échange, je me serais retirée – un pas de côté et, à nouveau, la place de spectatrice. Sauf que je ne l'étais plus, spectatrice. À 19 heures à son cabinet, j'étais requise. Moi. Ma présence. Avec ou sans mes yeux. Lundi était trop loin. Tout ça à cause d'un jeu idiot, car j'étais libre aussi bien le jeudi que le vendredi. Il faudrait traverser un week-end, et chaque minute, chaque seconde, regarder sa montre. Tuer le temps en compagnie d'un autre. Se rendre au cinéma, additionner les épisodes d'une série était un pis-aller. Rien ne pouvait me détourner du but, je ne le souhaitais pas. Je voulais mon esprit tout entier tourné vers lundi 19 heures, et que rien ne le distraie. Mais sans une distraction, la tension allait se rompre, et « 19 heures lundi » s'estomperait. Je proposai à Rémi que nous voyions nos amis. Je préparai un repas pour dix, Agathe, Ali, Marianne et les autres. Nous ne nous étions pas rassemblés depuis un bon moment. L'alcool et les retrouvailles ont rendu la soirée agréable, d'autant plus agréable qu'elle était une suspension, une bulle, une courtoisie offerte par la maison. Nous avions suffisamment bu pour avoir la gueule de bois et y consacrer le dimanche. Parfait. Nous nous sommes couchés tôt.

J'étais une boule de nerfs lundi matin.

À la première pause de la journée m'attendait un texto de Véronique. Je pris peur en voyant son nom s'afficher, mais elle me proposait de visiter un deux pièces avec mezzanine « charmantissime ». Aucune mention de l'association, elle serait désormais absente de nos relations qu'elle souhaitait « amicales » et « non professionnelles ». Elle me l'avait précisé quand j'étais passée à l'agence, anticipant ma disgrâce. Je ne savais que répondre, prise entre deux temporalités concurrentes. Le mieux était le naturel : « Formidable, je suis libre le jeudi à midi ou le mardi après 16 heures ! » différant l'échéance pour ne plus y penser. Elle me renvoya un émoticône pouce tendu et précisa jeudi 12 heures. J'étais ainsi convoquée par tous les membres de la famille.

J'avais cette fois choisi mes vêtements à l'aveugle. Mais cela relevait autant de la superstition que si j'avais passé ma soirée à créer des assortiments, col rouge chaussettes rouges, jean bleu ciel, chemise bleu nuit, pull noir, yeux noirs. J'avais même enfilé mes vieilles tennis trouées mais au dernier moment m'étais ravisée. Il ne fallait pas exagérer. Un excès de quelque côté qu'il soit serait « signifiant » pour un psy. J'avais affaire à un adversaire, il ne fallait pas l'oublier. Avec qui chaque mot pourrait être interprété, chaque intonation de même. Certes, j'avais l'avantage : je savais quelque chose sur lui qu'il ne souhaitait pas, l'inverse n'étant pas tout à fait vrai, même si j'avais trop parlé la première fois.

Nous serions dans son lieu, mais ce n'était pas à son avantage, sa position l'emprisonnait dans certaines limites. À moins qu'il ne les transgresse toutes. Pour une obscure raison je ne le souhaitais pas, un espace sacré était un espace sacré, un espace de travail où des gens sont amenés à se confier n'était pas un lieu de rencontre. Un salon de massage n'était pas une salle de classe qui n'était pas un deux pièces avec balcon qui n'était pas la rue, ni la barre d'immeubles à Sarcelles, ni l'appartement haussmannien, ni le cabinet de Paul. Sans cela, il n'y aurait aucun plaisir à aller visiter des appartements avec la femme de Paul qui était également une victime du scandale et une ancienne camarade de lutte. Mes règles intérieures n'avaient aucune cohérence, je l'admettais : si elles portaient sur la topologie, elles n'avaient que faire des gens.

Je suis repassée chez moi pour prendre une douche, embrasser mon chat afin qu'il me donne des forces, et prier pour ne pas croiser Rémi – il n'y avait aucune chance puisqu'il travaillait jusqu'en début de soirée, mais précisément, l'exception aurait pu tomber ce jour-là pour me punir. Mes gestes étaient furtifs comme ceux d'un voleur ou d'un agent de la DST qui doit récupérer une liste de noms inscrits sur une facture cachée quelque part dans la maison du suspect. Je sortis au plus vite, triste de laisser Lapin qui miaulait derrière la porte, lui promettant de revenir vite – et ce genre de promesse porte en elle de grands départs, sinon pourquoi rassurer un chat qui a l'habitude de vous voir rentrer tous les soirs ?

Chaque pas vers le XVIe me faisait mal, je sentais mes articulations comme une vieille arthritique : chacune d'elles portait des remords piquants décidés à me faire payer le prix de mes trahisons. Mais je n'y pensais pas. Qui et que pouvais-je trahir, moi qui ne croyais en rien ? C'était commode, je n'en disconvenais pas. Mais je n'étais pas lestée. Pas même une morale minimale, des valeurs partagées, une colonne vertébrale, une voix dans ma tête qui me dirait que faire ou, pourquoi pas, un ami imaginaire. Aucune histoire de famille édifiante, une lignée héroïque ou un bréviaire hérité de femmes courageuses.

Rien. Rien ne m'attachait, ne me guidait, ne m'élevait ni m'enracinait. J'allais où les forces poussaient. En l'occurrence, elles poussaient vers la faute.

Et si j'avais téléphoné à Rémi pour lui dire : « C'est d'accord, nous aurons un enfant », le cours des choses en aurait été changé. J'ai été tentée, juste pour voir, juste pour m'arrêter. Bien sûr, c'était une fausse tentation, une hypothèse qui divertissait mon allure. Mais elle était encore là, dans le camp du possible, qui pourrait bien se refermer de façon hermétique. Hermétique ou non, s'il y a une porte, c'est qu'il existe quelque chose derrière. D'autres exercices m'attendaient : chasser tout sentiment, toute peur, tout affect, atteindre l'indifférence pour me montrer invincible alors que je sonnerais à cette porte, comme des dizaines de patients maltraités par papa-maman et cette chienne de vie. Je ne sourirais pas et je prendrais congé, non sans avoir exprimé mon mépris face à ce drame bourgeois dont il était un piètre protagoniste.

Mais je pouvais multiplier les attaques, rien n'apaisait l'afflux de sang qui contractait mes mains, mon visage, mes lèvres et la pointe de mes seins.

Arrivée à quelques mètres de son adresse, je vérifiai l'heure : j'avais cinq minutes d'avance. Je partis dans une autre direction, calculant le nombre de pâtés de maisons que je pourrais contourner pour arriver avec quelques minutes de retard. Je me demandai à quel type de temps et d'espace appartenait ce moment : marcher autour d'un bloc d'immeubles, sans penser à rien, tendue vers un seul but, mais le différant volontairement, voilà un acte qui, si on le découpait au milieu de la séquence, n'aurait aucun sens. J'étais cette personne irréelle, autour de laquelle on avait fait des coupes. J'habitais ma séquence sans savoir ce qui l'avait précédée, où elle se dirigeait, comme si elle était une entité autonome et parfaitement contingente. Mais ces pensées disparurent aussi vite qu'elles s'étaient immiscées pour me rappeler à l'ordre. Le désir était là, qui se fichait pas mal de la contingence.

Je sonnai, scrutant ses pas, comme la première fois, des pas interrompus puis reprenant, la porte qui s'ouvre... Lui derrière, mais habillé comment ? Quelle expression accrochée au visage ? Devait-il même avoir un visage ? Je l'aurais volontiers gommé. Un corps m'aurait suffi, et des gestes précipités, sans paroles, sans altérité, sans réalité, sans moi, sans lui, j'avais peur.

Anticiper la répétition, créer une habitude, transformer la scène en déjà-vu, me calmer, adoucir les battements, refroidir le front, les aisselles et toutes les promiscuités abritées par mes chairs. Mais les pas se sont précipités sans interruption et la porte s'est ouverte. Paul était là, devant moi, ses cheveux en bataille, un air brouillon, indéchiffrable. Rien de rassurant. Il me tourna aussitôt le dos pour se rendre dans son bureau, je le suivis, m'en voulant d'obéir à un ordre « non dit ». Il s'assit derrière son bureau, moi sur ma chaise. Répétition.

Qui me révolta.

— Je n'ai pas rendez-vous chez le psy.

— Ça se discute.

— C'est ce que vous voudriez, mais votre bureau, là, ne changera rien.

— D'accord. Vous n'êtes pas ma patiente, je ne suis pas votre analyste, ça devrait simplifier les choses. Néanmoins vous êtes quand même chez un psy.

J'avais envie d'être vulgaire, agressive, violente, de lui demander si c'était un psy qui trompait sa femme pour une fille de la moitié de son âge ou juste un homme de 50 ans frappé par la fameuse crise de midi. Mais je m'abstins.

— Dans ce cas, changeons d'endroit.

— Vous avez un lieu en tête ?

— Non, mais vous avez vos habitudes.

Il me toisa longuement. Finit par esquisser un sourire.

Nous hésitions tous les deux sur la teneur du rendez-vous. Mais je sentais l'excitation monter de part et d'autre. Mon esprit s'y opposait, mettant en doute ce que mon corps disait, ou plutôt la réciprocité que cela impliquait. J'avais envie de le provoquer, de lui faire mal, d'entrer dans sa chair avec un sabre affuté ou même un couteau de cuisine ; je voulais l'entendre hurler, m'attraper de ses deux grosses mains et serrer mon visage jusqu'à le faire fondre dans sa bouche. Nous étions séparés par un bureau en acajou, assis tous les deux comme des personnes sages et bien élevées, mais le tableau fixe était démenti par les vibrations de l'air, les décharges électriques qui nous dressaient comme des félins immobiles observant leur proie. Qui allait bondir en premier ? Était-il possible que la proie disparaisse et que la tension retombe ? Tout dépendait de ce qu'il allait dire : il pouvait ramener d'un mot le possible qui se tramait en douce vers une réalité très littérale.

— Vous voulez rejouer la scène ? me demanda-t-il alors.

Je n'étais pas sûre d'avoir entendu, compris, j'avais peur du contresens, mon jean collait au skaï du fauteuil, je voulais garder l'avantage de ma position de témoin, mais céder était une tentation plus forte. Je différais le moment où quelque chose aurait pu arriver.

— C'était une de vos patientes ?

— L'interrogatoire commence...

J'improvisai alors :

— On peut changer de place si vous le souhaitez.

Je brûlais de honte, de peur, d'affolement, mon audace me dépassait.

Il sourit à nouveau.

— Pourquoi pas !

Il quitta son fauteuil, contourna le bureau et attendit devant moi que j'en fasse autant. Je me levai à mon tour, frôlai son corps – un instant, nous nous sommes immobilisés, je respirai le parfum musqué que j'avais remarqué le premier soir chez Véronique – mais je repris ma trajectoire et m'assis à sa place, en face de lui. Mes doigts tremblaient. J'observai le bureau de son point de vue, en faisant tourner le siège amovible. Le mouvement fit tomber mes cheveux, attachés à la va-vite avec un crayon que j'avais trouvé au fond de mon sac. Ils me permirent d'occuper mes mains.

— Allez-y ! m'ordonna-t-il, mais c'était sur le ton du jeu.

— Est-ce que vous vous considérez comme un bon psy ? (C'était à mon tour de le provoquer. Être assise là me donnait de l'aplomb.)

— Je le crois.

— Pourtant, rien ne plaide en votre faveur.
— Je ne me pose pas en exemple.
— Pourquoi vouliez-vous me voir ?
— Pour la même raison que vous.

Cette fois, il n'y avait plus d'ambiguïté. Je résistai encore un peu. Pour la forme. Nous restâmes assis tous les deux, à nous défier du regard.

Puis il se leva et s'avança vers la sortie. Je n'avais d'autre choix que de le suivre. Sans un mot, il me mena vers un hôtel de luxe sur le périphérique à quelques mètres de son cabinet. Hôtel international où descendent les hommes d'affaires pressés et où l'anonymat est un privilège. Je restai en retrait tandis qu'il parlementait avec le réceptionniste, puis nous avons attendu l'ascenseur côte à côte. J'essayais de ne penser à rien, l'anxiété se mélangeait à l'impatience faisant de mon corps un champ de bataille. Les portes s'ouvrirent. Nous étions seuls. Quand elles se refermèrent, il s'adossa à la vitre et m'observa. Nous ne nous étions toujours pas touchés – nos regards s'entredévoraient, comme pour mettre à distance les corps et les offrir tout à la fois. Je le suivis encore le long du couloir, jusqu'à une porte qu'il ouvrit avec la carte automatique – on sentait que ces gestes lui étaient familiers, mais je ne posai pas de question, pas encore. Arrivé devant le lit, il se retourna et me fit face. Nous nous sommes jaugés une dernière fois, sans sourire, avec le sérieux du désir impérieux, du désir sauvage, peut-être même une forme d'hostilité – celle qui lève les dernières chaînes. Il prit mon visage dans une main, enfonça ses doigts dans mes joues, puis la descendit vers ma chemise, mon jean, et tout alla très vite. Comme s'il avait fallu attendre le signal pour que nos corps immobilisés de force se déchaînent de façon désordonnée. Un, deux, trois, soleil. Un souffle, une respiration, et une explosion. Cours, arrête-toi, cours, immobile ! Crie ! Tout mon corps l'aspirait, ouvert comme une béance. Des bêtes féroces. Qui se repaissent d'odeurs moites et de peaux humides, de parfums obscurs qui brassent de la mort, de la décomposition et de la vie à sa plus haute intensité. Des doigts qui partout s'engouffrent, des anfractuosités qui s'abîment. Insatiables.

Jusqu'à s'étendre sur le dos, haletants. Vidés. Le plaisir échappé par tous les pores, toutes les bouches. Et qui laisse inquiet.

Inquiet de la suite.

Voilà, c'est tout ?

Le besoin de toucher l'autre du plat de la main. De parcourir le torse. Pour garder un lien, une proximité, une assurance. Mettre en échec la solitude qui gagne. Et peut-être le remords. Le doute s'immisce à nouveau, la raison, les autres. Combattus par l'angoisse la plus nue d'un abandon prochain.

Mais Paul passa son bras sous ma taille et me colla à lui pour embrasser mon front. Il n'était pas parti, ni pour d'autres, ni vers la raison, ni dans le doute. Il était là, sa peau contre la mienne, son haleine sur mon visage, ses bras forts m'enserrant. C'était une présence évidente qui m'appelait à elle. « Ma merveilleuse, chuchota-t-il, mon étrange merveille. »

Je fermai les yeux, pleine de mon sentiment d'existence, pleine de ma légitimité. Il se leva, s'enferma dans la salle de bains, me laissant seule pour la première fois de cette nouvelle vie. Je vis enfin les contours de la chambre, les meubles, la télévision accrochée au mur, mon corps nu allongé – je le caressai, mimant la main de Paul, reniflai mes doigts, son sexe était bien là, diffus, identique à ma peau. Il ressortit, une serviette de bain nouée autour de la taille. Je le regardai en pied, comme une statue qu'on a joué à connaître par le toucher et l'odorat, imitant l'aveugle, la découvrant dans son ensemble : une image. Un corps complet. Et bientôt une personne, vêtue et prête à sortir ; un être social recomposé, dont je gardais la vérité au fond de moi, mais cette odeur aussi, il faudrait que je m'en débarrasse, appelée à mon tour à mon rôle de femme en couple.

Je m'enfermai dans la salle de bains et cherchai le moyen de garder juste un peu de la preuve. M'y abreuver plus tard. M'harnacher au souvenir. Je me rhabillai vite, de peur qu'il ne fût parti sans me dire au revoir. Mais il était là, devant la fenêtre, observant les voitures rouler sur le périphérique dans la nuit parisienne.

Il me fit signe de le rejoindre. Nous sommes restés comme ça, sans parler, son bras autour de ma taille, écoutant nos respirations au rythme des moteurs. Puis il brisa le silence pour me dire qu'il devait rentrer. Je pouvais rester autant que je voulais. Il avait réservé la nuit. Je haussai les épaules. « Moi aussi quelqu'un m'attend. » Il hocha la tête.

— Je suis libre lundi à 19 heures, on peut se retrouver ici si tu veux, ou prendre un verre quelque part.

— Prenons un verre au bar de l'hôtel.

Paul était parti.

Je m'assis sur le lit pour réfléchir. M'approprier tout ce qui s'était passé. Revivre la soirée seconde après seconde, oublier une phrase, un geste, recommencer. Puis peu à peu l'autre réalité se dessina. Le retour vers chez moi en métro, ce que j'allais dire à Rémi, la visite de l'appartement que je n'achèterais pas avec Véronique qui se battait dans un groupe de femmes dont j'avais été exclue pour faire reconnaître un droit au respect, un droit à la reconnaissance, un droit à la disposition de son corps. L'absurdité et l'immoralité de la situation me confondirent. Étais-je bien cette personne abjecte qui trahissait tout le monde et ses idéaux avec ?

Peut-être n'avais-je pas d'idéaux. Ou si peu par rapport à la puissance de mon Désir. Mon Désir s'appelait désormais Paul. Je n'avais pas choisi. Les discours n'auraient aucune chance.

Être visionnée par des hommes lubriques et sans mon consentement dans un salon de massage où je parvenais à retrouver le chemin de moi-même bien mieux que ne l'aurait fait une analyse m'avait amenée dans le cabinet d'un psy qui, non content d'être le mari d'une autre victime, était devenu mon amant. J'en souris en enfilant mon manteau et en vérifiant que je n'avais rien oublié dans la chambre 806 au huitième étage d'un hôtel de luxe où devait sévir une prostitution déguisée.

Retour

En rentrant chez moi, tandis que je décidai de faire quelques stations à pied avant de prendre le métro qui inexorablement m'emmènerait dans le XIIe où des justifications seraient requises, j'essayai de retrouver le goût des lèvres et du sexe de Paul, de le garder en moi et, tandis que je me concentrais sur cette sensation, le souvenir de Jo s'est invité, comme si je pouvais dorénavant le ranger dans un album. L'amour physique n'avait pas été au cœur de notre complicité, c'était sans doute ce qui avait permis à Fanny, l'amie d'enfance, de prendre ma place. Il n'avait rien qui pût s'insinuer dans mes fantasmes. Rien qui m'approchât de ce point où la mort se transforme en vie, où la laideur se transforme en beauté, où la domination se transforme en abandon. Et où toutes les images de salissure, de déchéance, d'abjection enveniment le désir, le rendent dangereux et à mesure le gonflent. Rien de cette chute où l'abîme promet le ciel, mais où sa tentation est plus grande que celle du bonheur. Jo était rassurant, aucun silence n'était dangereux avec lui. Et pourtant, il m'avait trahie.

Au fur et à mesure que j'approchais de chez nous, je me mis à penser à Rémi, et à éprouver une peur panique de le perdre. Le métro était presque vide. Un ivrogne dormait sur l'une des banquettes, du liquide partout autour de lui, vodka ou urine – il sentait mauvais. Je l'observai : quelle avait été sa vie ? À quel enfant ressemblait-il ? Avait-il toujours connu la rue, ou un accident l'y avait-il précipité ? Tout retour en arrière était manifestement impossible. Qu'est-ce qui fait qu'on renonce ? Cette question me taraudait comme une tentation, une fuite jusqu'au bout, une fuite radicale. Qui parvient enfin quelque part, là d'où l'on ne part plus, un lieu sans lieu, un espace infini sans contours, sinon ceux de la violence et de la nécessité. Une fuite qui bute contre le bitume et s'enlise, s'assoupit, se détend, se tranquillise. Une fuite qui n'a plus besoin d'être, qui est arrivée. Je n'enviais pas son sort, bien sûr, ni la bave qui coulait sur ses joues ni la bouteille sale à moitié vide posée sur son torse, mais il était allé au bout de quelque part. Et quelque chose d'autre avait pris le relais. Son corps délabré et un certain désir, malgré tout, sans quoi il serait déjà passé sous les roues du métro.

Je sortis de la rame à regret, mais je rentrai. L'ombre de Rémi m'attirait encore, comme la cache d'un enfant clandestin dont la prison est l'habitat naturel et qui toujours en aura la nostalgie. Un lieu sûr, où mon chat m'attendait, où mes mondes s'emboîtaient comme dans mon jeu de construction, sans jamais se confondre. Rémi veillait sur ma dispersion. Il acceptait de ne pas me comprendre. Nous étions des étrangers, et j'aimais ça. J'avais besoin de ça. Je me le répétai tandis que je montais les marches, déchirée par des mouvements contraires. Rémi m'attendait toujours.

Quand j'entrai dans l'appartement, tout était éteint. Il devait être près de 11 heures du soir, Rémi se levait tôt. Moi aussi. Je n'avais pas prévenu, pas cherché d'excuse. Je ne pouvais plus. Il m'attendait dans le salon, une bouteille de vin devant lui, qu'il n'avait bue qu'à moitié. Ça m'agaça. Ne pouvait-il une bonne fois pour toutes aller jusqu'au bout ? Dépasser son amour-propre, sa croyance forcenée en une identité, une histoire, une image ? Saccager ses principes ? Atteindre ses ultimes résistances ? Et terminer la bouteille ? Jusque dans le désespoir, il se contrôlait.

— Je suis désolée.

— Où tu étais ?

L'alcool lui avait quand même donné du courage.

Je ne pouvais pas répondre. Ni mentir ni dire la vérité.

Il se leva et se saisit de mon visage pour m'embrasser. La violence lui allait mal. Je me laissai faire. Ma dette était trop lourde. Mon corps était inerte sous sa demande. Il venait de vivre des heures si intenses qu'il était vide, hermétique à toute autre peau. Je souhaitais qu'il me fît mal, comme pour me punir. Mais il n'y arrivait pas. Il était trop bon. Il me faisait pitié. Et je détestais ça, avoir pitié d'un homme avec qui je vivais, j'avais vécu, que j'avais beaucoup aimé, qui m'avait demandé un enfant. Il me secouait maintenant, cherchant à arracher de moi un son, un indice. Je finis par réagir :

— Arrête !

Mais c'était un « Arrête » si faible qu'il ressemblait à un aveu. Rémi ne voulait pas entendre, il se jeta sur le canapé, se resservit un verre de vin et exigea que j'en fasse autant. J'obéis.

— Où étais-tu ?

— Si je te le dis, nous serons obligés de nous séparer.

— C'est moi qui déciderai.

— Avec un homme.

— Salope. Toute cette histoire de salon de massage t'est montée à la tête !

— C'est plutôt... de ne plus avoir de salon de massage.

— Je ne comprends rien de ce que tu dis, Souheila ! Parle clairement pour une fois, sois normale ! Comporte-toi en personne normale, bordel !

— Il n'y a pas pire normalité que de tromper son mec.

— C'est trop compliqué pour moi, tu es trop compliquée pour moi. Je me suis trompé.

— Ne dis pas ça. Il n'y a pas d'erreur. Ça ne veut rien dire !

Je ne sais pourquoi cette phrase m'avait heurtée, comme si j'étais une faute de calcul, un raté, un repentir. Je comprenais sa colère, bien sûr, mais il n'avait pas le droit de remettre en cause le passé. Les choses n'avaient pas de sens, pourquoi y chercher une vérité quelconque, au nom de quoi ? Que savait-il d'une vie correcte, qu'un professeur aurait pu évaluer, qui aurait mérité un diplôme ? Qui pouvait décerner un tel diplôme et décider que j'avais été une faute de parcours ?

— Alors pourquoi tu avais besoin de coucher avec un connard ? Elle ne te satisfait pas, notre vie ? Elle est trop étriquée pour toi ? Je ne suis pas assez riche, pas assez ambitieux, pas assez drôle ?

— Allons nous coucher, s'il te plaît. On parlera de ça demain.

— Mais comment veux-tu que je dorme avec toi, que je te touche ?

— Je peux dormir sur le canapé.

Il tourna sur lui-même, partit dans la chambre et claqua la porte de toute sa force avinée. Les discussions avec lui étaient toujours courtes, je lui en savais gré. Je me couchai tout habillée sur le canapé, me recouvrant du plaid qui y était posé. J'attendis que Lapin vînt me rendre visite, il avait dû se terrer quelque part tandis que nous nous disputions. Et de fait, au bout de quelques minutes, mon chat sortit de sa cachette pour se blottir contre moi. Je le caressai en lui chuchotant des mots doux. « Je crois que cette fois, c'est fini. »

Mais au matin, Rémi était allongé par terre, à mes pieds, le visage humide et les yeux bouffis, un bras contre mon ventre.

À la table du petit déjeuner, je buvais mon café en attendant qu'il parle. Je le voyais chercher ses mots, tourner autour, hésiter. L'heure avançait, j'allais devoir partir. Je finis par briser le silence.

— Tout cela n'est pas ta faute.

— Tu es avec lui depuis longtemps ?

— Je ne suis avec personne.

— Tu vas le revoir ?

— Ça, je ne peux pas te le dire. Rémi… je ne veux pas en parler…

— Tu me rends dingue ! Tu me rends dingue !

Il tapa sur la table, brisa un verre, je ramassai les bouts avec une balayette.

— Oui, tu devrais partir, bien sûr que tu devrais partir, mais tu attends que je t'en donne l'ordre ou l'autorisation ?

— Je préfère l'ordre.
— Eh bien, je ne te le donnerai pas.

Nous avons commencé une guerre des tranchées.

Les visites
 # 1

Nous dînions en silence. Regardions un film. Allions nous coucher. Seul l'amour physique avait une nouvelle saveur, c'était brutal et c'était bon.

Je surprenais parfois les regards de Rémi, si pleins et avides à la fois que je m'en détournais. La situation n'était pas inintéressante. Rémi semblait y puiser une certaine forme de jouissance. Il maigrissait, ses cernes se creusaient, son sérieux s'effritait : je le trouvais beau. Christique. Son âme allait bientôt apparaître.

Nous n'invitions plus personne. Je ne rendais plus de comptes lorsque je rentrais tard. Mais je rentrais. Tous les soirs.

Le jour était un autre monde.

J'avais rendez-vous à l'agence avec Véronique. Elle avait les clés de deux appartements du quartier qui auraient pu me plaire. Petits mais bien conçus, des rangements intelligents, de la lumière – j'aimais la lumière non ? – des volumes intéressants.

Son visage me fascinait. J'essayais d'y retrouver la jeune femme qu'elle avait été et que Paul avait aimée. Elle n'était pas vieille mais semblait avoir renoncé au jeu amoureux. Sa vie était satisfaisante, à n'en pas douter – aucune fissure pour qu'un appel d'air l'aspire. Elle était à sa place. Partout. Aux réunions de femmes comme à l'agence immobilière, comme épouse et comme mère. Dynamique, sympathique, un peu autoritaire, grande, hâlée, belle selon les critères. Elle était achevée. Je la suivis, fascinée par son aisance, son naturel, sa facilité à habiter le monde comme s'il était sa maison de famille. Tout pouvait constituer un repère. Elle avait le sens de l'orientation, n'hésitait ni au feu rouge ni au feu vert, invectivait une trottinette d'un ton paternaliste mais intelligent, de sorte que le conducteur ne l'insultait même pas.

Elle sonna chez les propriétaires qui l'accueillirent comme une amie du quartier. Elle n'était pas là pour introduire des étrangers qui bientôt les déposséderaient de leur intimité, mais des « amis » qui prendraient soin de leur lieu de vie et, éventuellement, se l'approprieraient.

— Voilà Souheila ! Une voisine ! Et voici Frédéric et Ilhan.

Ilhan me proposa une bière que j'acceptai et sirotai en même temps qu'ils me découvraient leur antre. Une belle pièce principale, un escalier menant à la mezzanine sur laquelle on pouvait quasiment se tenir debout. Un vasistas qui offrait une lumière indirecte, des murs blancs, des meubles signés, une cuisine high tech. La seule pièce qui fermait était la salle de bains. Ilhan travaillait de chez lui, depuis le confinement c'était devenu trop petit. À deux sans cloison, impossible de télétravailler, m'expliqua-t-il. Mais l'appartement était magnifique comme une œuvre d'art que ce couple avait passé des années à améliorer. Ils vivaient là depuis quinze ans. Depuis quinze ans ils s'aimaient. Je les observai l'un puis l'autre.

— Il faut changer d'endroit, n'est-ce pas ? demandai-je.

Ilhan saisit la balle au bond.

— Exactement, il faut changer. Au bout de quinze ans, je ne vois pas d'autre choix que déménager.

— Et pourquoi pas un chat ? demandai-je.

— Fred est allergique. Mais vous, vous êtes jeune pour changer ?

— Je ne veux pas d'enfant.

Véronique me regarda, interloquée.

— Je veux un lieu où aucun homme n'aurait l'idée de me demander un enfant.

— Je crois que vous avez trouvé le bon !

Ilhan et moi étions sur la même longueur d'onde. Je racontais n'importe quoi et il s'en réjouissait.

— Ici, c'est l'espace de l'amour à deux. À trois à la limite.

Il me fit un clin d'œil.

Frédéric et Véronique se sentaient exclus et nous le firent savoir. Il fallait dégager, Véronique avait d'autres visites, Frédéric du travail. Je chuchotai dans l'oreille d'Ilhan que je n'avais pas l'argent, de toute façon, mais que j'avais été heureuse de le rencontrer. S'il avait été seul, j'aurais pu trouver refuge chez lui.

Véronique me proposa l'autre appartement, « mais au pas de course », elle n'avait pas toute la journée. Sur le chemin elle me demanda : « Pourquoi tu ne veux pas d'enfant ? » « Parce que l'enfance est le pire cadeau à faire à qui que ce soit », lui répondis-je sans réfléchir. Je sentis qu'elle était déroutée.

L'autre appartement était un sinistre deux pièces habité par un sinistre couple. La femme était enceinte, l'homme ne l'aimait pas. Rien chez ces gens n'était inspirant, leur appartement leur ressemblait. Je fis un sourire à Véronique comme pour lui dire : « Tu vois ! Ça ne donne pas envie ! », mais elle refusa d'entrer dans une complicité qui l'aurait mise en porte à faux vis-à-vis de ses clients.

En sortant de l'immeuble, je lui demandai si elle ne trouvait pas que ce couple était la parfaite représentation du patriarcat hétéronormé cisgenre. Elle m'observa, inquiète, et s'excusa de ne pouvoir boire un café avec moi. Je la rassurai, soulagée. Est-ce qu'un appartement m'avait plu ? Le premier oui ! Étais-je intéressée ? J'eus un instant d'hésitation mais tranchai aussitôt : « Oui, beaucoup. » Il n'était pas question de cesser les visites.

J'arrivai en retard au bar de l'hôtel où Paul m'attendait. Il avait commandé un whisky sour, je demandai la même chose. Une certaine timidité nous tenait à distance : il nous faudrait parler en tête à tête. Nos cuisses se touchaient et nous déconcentraient. Entamer une discussion n'allait pas de soi. Nous hésitions quant au sujet à aborder, maladroits comme un poulain nouveau-né qui n'arrive pas à tenir sur ses jambes.

— Tu as passé une bonne journée ? me demanda Paul.

Mais devant l'incongruité de sa question j'éclatai de rire.

— L'intimité n'est pas interdite, lui répondis-je, et disant cela, j'ouvrais les vannes d'une relation qui allait tout emporter.

Sauf moi.

Paul avait eu du mal à trouver le bon ton : son cabinet l'avait protégé, la chambre d'hôtel ne requiert aucun ton, mais un bar oui. Il était difficile pour lui de poser une question sans qu'elle ait immédiatement l'air « professionnelle ». Il avait l'habitude de faire parler les autres et d'analyser des discours détachés de la personne : j'étais là devant lui, et toutes mes paroles étaient un rappel de mon corps, il en entendait les vibrations autant que la signification. Je ne parlais pas le même langage avec lui qu'avec Rémi. L'intensité de son écoute modifiait mes propos. J'étais contrainte d'être précise non pas dans mon récit, mais sur les émotions qui l'accompagnaient. Il ne me demandait pas d'expliquer, seulement de dire. Mais nous étions trop pressés ce soir-là, comme tant d'autres par la suite, pour entrer dans les grands épanchements. Il arrachait chaque fois quelques bribes, et j'essayais de faire de même – qui faisaient office de préliminaires et finissaient par se mélanger avec l'amour dans toutes ses dimensions.

Lors de chaque rencontre, j'observais plus précisément les détails du hall d'hôtel, le bar noir laqué, les coussins fatigués vieux rouge et les bouteilles à moitié vides illuminées par-derrière par un mur de néons. Le serveur avait fini par nous reconnaître et par nous servir un verre de vin de Mercurey dès que nous arrivions. Nous nous installions toujours à la même place et, à peine assis, le cérémonial pouvait commencer. Paul cherchait mes mains en faisant attention qu'on ne nous voie pas. Il me semblait au contraire que nous devenions phosphorescents, je sentais dans mon dos des regards avides, puisant à notre impatience pour recharger la leur. Nous prenions beaucoup de précautions pour cacher ce qui tendait pourtant dangereusement vers une explosion magistrale. Nos doigts se croisaient, se mélangeaient et cherchaient d'autres parcelles de peau, sous le pull, le long du bras, nos chuchotements résonnaient – j'avais l'impression qu'ils débordaient d'une joie désobéissante et outrepassaient la mesure à laquelle on voulait les réduire. Nous cherchions à contenir nos corps, mais même leurs effluves nous échappaient. Je sentais l'odeur du désir, il dégoulinait entre nos cuisses, dans nos gorges, sur nos paumes moites. Même notre voix en était affectée. Quand nous avions réussi à finir notre verre en nous racontant de façon hachée et comme un prétexte les événements de la semaine, nous nous levions, à l'instar de convives conscients qu'ils ont trop bu, concentrés sur leur corps pour n'en rien laisser paraître. La marche jusqu'à l'ascenseur requérait toute notre attention, Paul appuyait sur le bouton d'un geste guindé, artificiel, et si nous avions la chance d'être seuls dans la machine, nous nous jetions l'un sur l'autre, libérés des regards, affamés. Si toutefois des clients de l'hôtel partageaient l'habitacle, nous devions redoubler d'efforts pour tenir encore quelques instants, inquiets d'être obligés de parler à des inconnus. Lorsque nous refermions la porte de la chambre sur nous, il nous arrivait de nous mettre à rire, libérant une pression excessive que nous nous infligions. Car au fond nous aurions pu nous retrouver directement dans la 806.

C'est après avoir fait l'amour que nous discutions vraiment, allongés sur le dos, ou moi sur lui, ma tête sur son torse. Il me caressait les cheveux et me racontait des bribes, répondait à mes questions. Une biographie se dessinait. Parfois, nous refaisions l'amour, de façon apaisée, tendre, lente et profonde. Il nous arrivait alors de nous regarder droit dans les yeux tout du long, sans lâcher prise, n'autorisant pas l'autre à s'égarer en dehors de lui-même.

Notre relation s'est installée dans ce nouvel espace qu'elle a en même temps créé : elle n'était ni du quotidien ni à proprement parler extraordinaire, secrète, mais se déployant aux yeux de touristes croisés au bar d'un grand hôtel, intime, mais sans extériorité à laquelle la mesurer, la confronter, la questionner. Nous ne pouvions parler que de nous – éventuellement de quelques personnes de notre entourage qu'à part Véronique, il nous fallait décrire, faire exister avec des mots, uniquement des mots. Je songeais que s'il m'avouait un meurtre, je ne pourrais le dénoncer sans me dénoncer moi-même : tout avait vocation à rester « entre nous ». Nous organisions le danger qui nous cernerait comme les murs sanctuarisent un lieu sacré.

Une nuit entière nous était proscrite, mais les quelques heures que nous arrachions à la vie ordinaire effaçaient la notion même de temps.

 # 2

Situé rue de Candie, à deux pas de la station de métro Ledru-Rollin (ligne 8), studio de 35 mètres carrés dans un bel immeuble haussmannien très bien entretenu et possédant même une cour fleurie ! Cinquième étage avec ascenseur au calme côté cour, il se compose : d'une entrée, d'un séjour lumineux ouvert sur une cuisine américaine, d'une mezzanine avec rangements, d'une belle salle d'eau et de W.-C. séparés. Une grande cave complète ce bien.

Il était surtout habité par une famille mexicaine de cinq personnes et les 35 mètres carrés ressemblaient plus à 26, « les propriétaires n'ont pas pris en compte la loi Carrez », objecta Véronique. Les enfants étaient petits et bruyants, sur le réchaud cuisait une bouillie que je n'aurais su identifier. Les fenêtres étaient ouvertes pour laisser s'échapper la vapeur, mais la femme les refermait régulièrement pour garder la chaleur. Dans la cour l'herbe était jaune et les fleurs mortes. Véronique leur parlait en espagnol. Je me demandais si elle parlait toutes les langues de tous les habitants du XIIe arrondissement qui devaient quitter leur appartement. J'observais la femme, affairée à trois tâches à la fois, les enfants me regardaient comme une bête curieuse, de la morve coulant de leur nez. Je leur demandai à quelle école ils allaient – le plus grand me répondit dans un français parfait que ne comprenaient pas ses parents. C'était celle de leur secteur – Jean-Jaurès était un peu plus loin. Faire ses devoirs dans cette boîte à chaussures était sans doute impossible, d'autant que la télévision était allumée. Les petits dormaient sur trois matelas posés par terre tandis que les parents occupaient la mezzanine. Aucune cloison ne les séparait et, quand ils faisaient l'amour, les petites oreilles devaient regretter de ne pas être sourdes.

Sur la façade de l'immeuble de la famille mexicaine, des colleuses avaient affiché, noir sur blanc : « Stop à la culture du viol », j'ajoutai incidemment : « S'ils avaient chacun leur chambre, ça serait plus facile », Véronique m'observa, interloquée.

Parler d'amour

Paul m'interrogea sur mon enfance – ce qui était d'une originalité relative de la part d'un psy, je le lui fis remarquer.

— Si je devais éviter tous les sujets liés à ma profession, nous ne nous parlerions plus du tout. Nous ferions juste l'amour.

— Pourquoi pas…

— Les patients ne parlent que de ça, d'amour… D'amour déçu, d'amour raté, de manque d'amour. C'est le sujet central des séances.

— Et nous alors, on peut quand même parler d'amour ?

— Mais nous, c'est différent. On en parle parce qu'on s'aime.

Nous commentions des heures ce que nous étions en train de vivre, comme s'il s'agissait d'un miracle dont nous ne revenions pas et que l'exprimer le rendait plus réel : nous nous racontions ce que nous avions éprouvé la première fois que nous nous étions rencontrés, lors de cette réunion chez lui et Véronique, où Fiona avait commencé à asseoir son pouvoir. Je lui demandai de m'expliquer ce qu'avait voulu dire exactement : « Est-ce que ça change quelque chose ? » Mais il ne se souvenait pas d'avoir prononcé cette phrase – il se rappelait parfaitement tout ce que j'avais dit le temps qu'il avait été là, des commentaires sur le Marvel jusqu'à la question sur son métier lorsque j'étais passée devant lui – il se rappelait mon parfum, la couleur de mon chemisier (ce qui annulait ma théorie sur l'importance des détails dans le vêtement féminin), mes cheveux défaits et mes joues rougies par la chaleur, le vin, et éventuellement l'excitation que son arrivée avait suscitée. Mais s'il ne m'avait pas revue lors de l'entretien aménagé par Véronique, ces souvenirs se seraient effacés ; la deuxième entrevue les avait fixés, m'expliqua-t-il. Les sensations éprouvées s'étaient alors sédimentées pour prendre une forme plus consciente, plus interrogative aussi. Je l'avais d'abord amusé, puis intrigué : ce n'était pas tant ce que je disais que mon comportement. Cette manière de me tenir effrontée devant lui tout en cherchant à disparaître, cette contradiction qu'il me disait percevoir en permanence en moi. Ma provocation et la fraîcheur avec laquelle j'avais affirmé avoir éprouvé du plaisir à ce que des hommes me regardent à mon insu, ma profonde perversité – disait-il en riant, mais j'appliquais sa méthode et je prenais tout au mot, mon immoralité rectifiait-il, et qui lui avait tant plu – parce qu'elle côtoyait (croyait-il) une grande candeur et une forme d'honnêteté. J'aimais qu'il me définisse. Sous ses phrases se dessinait une personne réelle et concrète, bien plus que celle qui quittait la chambre 806, fourbue, heureuse et désespérée à la fois. Une personne aimable, que je me pris à apprécier. Avec Paul, je me trouvais *pas mal*, vraiment *pas mal*. Et son point de vue irradiait au-delà de notre bulle – car même si ce que nous vivions échappait aux regards et à la connaissance des autres, l'image qu'il avait de moi se substituait à moi-même y compris dans la rue, à l'école et même à la maison où je retrouvais Rémi, torturé et fou d'amour. Bien sûr, ma cruauté nuançait un peu ce portrait, et je ne pouvais échapper à la culpabilité que me renvoyait la silhouette émaciée de Rémi. Car il était bien le seul à savoir. Et c'est en quelque sorte uniquement avec lui que je pouvais partager mon aventure extraconjugale. Je ne lui racontais rien, mais il savait. Il ne me demandait rien, mais nous n'avions pas besoin de préciser les choses, il suffisait d'échanger un regard. Ces soirs-là, il était méchant, d'autant plus que je refusai qu'il me touche plusieurs nuits durant. Puis il revenait à la charge et je cédai le quatrième soir : il déployait alors des ressources ignorées jusqu'alors de lui comme de moi. L'expérience aurait été passionnante si elle n'avait pas été aussi désespérée. Il en prenait son parti, et je n'arrivais pas à ébranler ce nouvel équilibre. Le secret faisait partie de l'histoire avec Paul. Je n'étais pas prête à les dissocier.

Ce qui n'était pas son cas. Au fur et à mesure que le temps passait, que notre relation se consolidait, que nous échangions des confidences que je ne me savais pas capable de faire à un autre être humain (puisque à mon chat Lapin, je ne m'en étais pas privée), Paul devenait plus insistant : il avait besoin, disait-il, de me voir. Nous ne pouvions compter de façon aussi chiche nos soirées, il voulait une nuit entière, et pourquoi pas un week-end – un déjeuner, un verre. Je résistais, évoquant les difficultés évidentes : Véronique, Rémi, l'organisation du quotidien. Mais rien n'était insurmontable à ses yeux. Nous avons commencé à prendre des cafés dès qu'un rendez-vous était annulé ou qu'il avait une demi-heure de battement. C'est toujours moi qui venais à lui, l'école étant trop proche de nos habitations. Nous nous sommes affichés, en prenant néanmoins quelques précautions – j'étais la plus prudente pour une raison que j'ignore, car il avait plus à perdre que moi.

C'est lors de ces rendez-vous qu'il réussit à me faire parler. De mon père, et des si rares souvenirs que j'avais de lui, de ma colère, profonde, fondamentale, à son endroit et à son abandon. Je haussais les épaules quand Paul mettait ces mots sur des émotions confuses. Mais je finis par lui accorder que cette absence était la chose la plus palpable de ma vie, que tout le reste en était comme un reflet, une trace, un rappel. Pourtant, je ne pensais jamais à lui.

— Mais tu n'en rêves pas ?

— Non, affirmai-je.

Il n'est pas là, il est absent, je n'y pense pas, il est mort, je n'ai même pas d'image, me disais-je. Et pourtant son absence résonnait dans mes oreilles, comme des acouphènes auxquels je m'étais habituée.

— Essaie de te souvenir.

Mais je n'obéissais pas à son ordre. Je n'essayais pas. Des flashs surgissaient, parfois. Je ne cherchais même pas à les retenir. Je ne voulais pas leur offrir ce plaisir, à Paul ou à mon père. En colère, m'avait-il dit. Orgueilleuse. Peut-être. Véronique l'avait relevé.

 # 3

Trois pièces lumineux et calme dans résidence moderne tout confort. Dernier étage. Vue époustouflante sur Paris. Gardien et cave. Cuisine ouverte sur salon – grande pièce de 40 mètres carrés à la lumière traversante. Orienté sud-est-nord-ouest. Idéal pour un atelier d'artiste. Une chambre. Une salle de bains *et* une salle d'eau ! Occasion à saisir. Déménagement urgent.

De la fenêtre de cet appartement de la rue Saint-Maur, on voyait en effet la tour Montparnasse – « Pas mal, chuchotai-je à Véronique, mais je n'y aurais pas associé le terme *époustouflante.* » Celle-ci discutait avec le jeune couple. Lui graphiste, travaillant à la maison, elle employée dans une boîte de production, enceinte. Ça devenait l'élément récurrent de ces rendez-vous : j'avais l'impression d'enchaîner les visites de succursales de maternité.

Ils avaient donc pris la décision de s'exiler en banlieue. « Une banlieue que reliera bientôt le métro, on peut encore y trouver des affaires, mais il faut se dépêcher. Éventuellement vous pourrez même avoir un petit carré d'herbe ! » ajouta Véronique, passionnée par leur histoire. « Un jardin ? » interrogea la femme. « Oui ! Disons un jardinet, pour le même prix qu'un trois pièces. Je veux dire, vous pouvez trouver un trois pièces, plus un jardinet ! Ou une terrasse si vous voulez rester en hauteur. » Cet avenir qu'ils construisaient en commun avait l'air merveilleux. J'imaginais que nous visitions, Paul et moi, un appartement présenté par Véronique : « Nous sommes un jeune couple adultérin, il est vieux je suis jeune, l'enfant, nous verrons mais ce n'est pas urgent, il nous faudrait une chambre, juste une chambre pour y faire l'amour toute la journée. Vous auriez cela ? » « Vous êtes surtout une belle ordure, vous foulez aux pieds le principe sacré de sororité, venez à la réunion de notre association, nous vous réservons une belle surprise… » « Le bûcher ? » « Non, ce serait trop d'honneur pour qui piétine la mémoire des sorcières… », et je chantonnais intérieurement *La Salsa du démon* : « Ha ha ha je suis la sorcière, je suis moche et je suis mégère… » que mes élèves adoraient tandis que Véronique me demandait si l'appartement m'avait plu.

La mer

Quand je retrouvais Paul, j'éprouvais chaque fois l'émotion du premier bain au début des vacances, quand le corps blanc, urbain, fragile et rétréci, plonge dans l'eau salée de la mer et sent remonter en lui toutes les potentialités qu'il recèle, non seulement lui, mais tous les corps qui l'ont précédé et le constituent. Cette puissance vitale qui se réactive dans une explosion de joie quand l'eau fouette le sang, les muscles et rappelle au corps qu'il est un corps, que c'est bon d'être un corps… Je l'anticipais lorsque ma mère et moi arrivions aux Saintes-Maries-de-la-Mer pour la semaine qu'elle nous offrait – à cet endroit parce qu'elle y avait des copines, et un vague amoureux qui tenait un bar. Mais je me fichais des copines et du vague amoureux, je partais seule vers la plage, m'arrêtais un instant pour jouir de ces retrouvailles, les inscrire en moi comme un rituel de passage, un instant sacré qui devait être marqué sur ma peau comme le prisonnier grave un trait sur le mur pour se souvenir du jour – j'avais mon mur intérieur, strié de barres, de points, de dessins kabbalistiques qui racontaient mes éblouissements. Ils restaient secrets. J'avais perdu l'habitude de partager quoi que ce soit avec quiconque.

Mais Paul avait rompu la solitude. Avant d'entrer au bar de l'hôtel, je m'arrêtais comme en Camargue, enfonçais mes ongles dans la chair de ma paume, jouissais de ce moment, ce seuil, cette limite que je pouvais aussi ne pas franchir mais que j'enjambais avec l'élan de mes 12 ans pour courir dans la mer.

Je me demandais s'il était possible de se lasser de la mer.

Il proposa de m'y emmener.

Il voulait un week-end entier au bord de l'océan, à Biarritz ou à San Sebastián. Ou si je préférais en Bretagne… Il s'occupait de tout, je n'avais qu'à dire oui. Et le oui signifiait négocier avec Rémi au risque de rompre l'équilibre qui tenait notre couple.

Je n'osais pas lui avouer que je ne connaissais aucune de ces destinations. Que j'aurais aimé retourner en Camargue, ça oui. Pas dans la même pension de famille où nous descendions, mais revoir cette plage, le bois flotté que je ramassais dans l'idée de construire des cabanes ou des meubles, puis oubliés là, inutilisés, n'ayant servi que de support à mes projets fous d'architecte. Paul ne connaissait pas la Camargue, il se réjouit que je lui propose une destination comme si je lui offrais un cadeau. Nous convînmes d'une date qui transforma complètement les mois à venir en leur donnant un centre. Le temps tourna différemment et de façon circulaire.

 # 4

À proximité du canal de l'Ourcq, cet ancien local sur deux niveaux de 52,45 mètres carrés (50,45 mètres carrés Carrez) est né de la réhabilitation d'une ancienne boulangerie.

Au rez-de-chaussée, l'entrée distribue une cuisine parée d'un mur en briques, puis derrière une verrière industrielle se trouve une pièce de vie de 25 mètres carrés.

Une chambre de 10 mètres carrés avec salle de douche et W.-C. complète ce niveau.

Un escalier métallique conduit vers le niveau inférieur où prend place un espace nuit, ainsi qu'une salle de douche avec W.-C.

Cet espace a été astucieusement aménagé derrière de grandes baies vitrées et offre un cadre paisible et lumineux.

Métro : Laumière.

Classe énergie : C. Classe Climat : C. Montant moyen estimé des dépenses annuelles d'énergie pour un usage standard établi à partir des prix de l'énergie de l'année 2021 : entre 690 et 980 euros.

Véronique me vantait l'ancienne boulangerie réaménagée en souplex à deux pas du canal ! Mais ça ressemblait plutôt à une cave. Et qui sentait l'humidité ! Comment cette famille pouvait-elle vivre là, entourée de murs envahis par des champignons noirs qui partaient du sol pour remonter au plafond comme s'ils avaient pris racine dans les sous-sols et cherchaient le soleil ? Ils dessinaient des formes étranges au message chiffré. Plantes vénéneuses et carnassières qui avaient commencé la colonisation… Peut-être aurais-je avantage à m'intéresser à la flore : les champignons appartenaient-ils au règne végétal ou animal ? Tout sentait le renfermé, j'imaginais quelques sévices d'enfants enchaînés et brutalisés, nés d'une union incestueuse – jamais sortis à la lumière du jour. « Les déshumidificateurs électriques marchent très bien, tu sais ! On peut en trouver d'occasion ou chez Darty, avec un paiement possible en quatre fois sans frais à partir de 30 euros. » Véronique savait tout. Les langues, les détails, les prix. La seule chose qu'elle ignorait concernait la vie sexuelle de son mari.

La Camargue

Plus les jours passaient, plus l'idée de partir seule avec lui m'obsédait. Je ne pouvais pas refuser cette joie-là, on ne peut jamais refuser la joie. Je prévins Rémi : « Le week-end du 12, je pars. » Et je lui mentis : « Seule. » Il m'observa pour décider si oui ou non il devait me croire. Mais il n'avait pas le choix.

Chaque non était un pas de plus vers la rupture à laquelle il ne semblait pas encore prêt.

Je l'ai retrouvé gare de Lyon où Paul m'attendait devant le quai. Nous nous sommes souri sans rien dire et avons rejoint notre wagon en silence. Il avait pris des billets en première, fauteuils bleu et rouge spacieux et amovibles. Il m'a laissé la place à la fenêtre et s'est assis après avoir jeté un coup d'œil dans la rame. À peine le train est-il parti qu'il s'est penché sur moi, m'a embrassée, je caressai son ventre, ses cuisses, son sexe, tout en nous n'était que désir et, si nous l'avions pu, nous aurions fait l'amour sur place, l'interdit était un puissant adjuvant, à cet instant, ne pas être vus rendait irrésistible l'envie de renoncer à toute bienséance. Nous approchions la limite, flirtions avec, la reculions, l'indécence ne serait venue que d'un regard extérieur, nous étions entièrement dans nos gestes, limités à cet espace étriqué que nous privatisions dans une impatience fébrile. Mais la limite ne fut pas dépassée. Quelques personnes voyageaient dans la même rame et nous avions un week-end devant nous. Paul me chuchotait à l'oreille qu'il m'aimait, qu'il n'en revenait toujours pas de pouvoir aimer comme ça, qu'il avait dû attendre 55 ans pour découvrir une chose aussi folle, aussi bouleversante, et je m'enivrais de ses mots, les sentais circuler dans mon corps brûlant. Le contrôleur s'annonça et vérifia les titres de transport. Nous nous sommes redressés comme des enfants pris en faute. Le fait qu'il nous contrôle, assis côte à côte, donnait une forme d'officialité à notre couple. J'essayai de nous voir à travers ses yeux – un couple à la différence d'âge certaine, parti en escapade dans le Sud : a-t-il perçu que nous étions amants ? S'est-il émerveillé devant tant d'amour dans nos gestes, nos sourires ? Nous a-t-il trouvés pathétiques ? Ou les passagers n'étaient-ils que des noms et des codes-barres n'accédant à l'existence que s'ils resquillaient ?

À Arles, Paul a loué une voiture et nous sommes partis sur les routes, tous les deux enfermés dans cet habitacle qui n'appartenait qu'à nous. Nous nous sentions si libres, la menace de croiser une personne de notre connaissance était écartée, nous allions pouvoir expérimenter la vie à deux au grand jour – les promenades sur la mer et les dîners en tête à tête en terrasse s'il faisait assez chaud. Nous étions en morte-saison et la ville serait sans doute déserte.

J'aimais les lieux à contretemps. Une station balnéaire en hiver. Même le printemps ne parvenait pas tout à fait à la ranimer. Le petit hôtel qu'il avait réservé était l'un des rares à rester ouvert quasiment toute l'année. Les dahlias et les rhododendrons avaient commencé à fleurir, leur couleur violette contrastait avec le blanc de chaux qui recouvrait la façade du Méditerranée. Nous avons pris la clé d'une « chambre avec vue ». Malgré la faim qui nous tenaillait, nous avons jeté nos affaires par terre et nous sommes jetés sur le lit, nous débarrassant de ce désir ramassé en boule à force d'être différé et qui faisait mal.

Nous n'avons pas pris de douche pour sentir l'autre sur sa peau et sommes allés déjeuner dans un troquet près de la plage. Paul a commandé du vin blanc. La cuisine était fermée mais on nous a apporté une assiette de charcuteries espagnoles ainsi que du fromage. Tout me paraissait délicieux. On aurait pu m'apporter des raviolis en conserve – j'aurais aimé ça. Le goût de Paul se mélangeait au vin blanc, nous nous sommes embrassés longuement, jouissant de cette publicité nouvelle : c'était après tout la première fois que nous nous l'autorisions au vu de tous. Certes, il n'y avait pas grand monde à cette heure de sieste. Je mesurai à quel point c'était bon de ne pas se cacher. À quel point l'amour a parfois besoin de se montrer pour être total, comme un trophée, une revendication, l'imposition aux autres d'une évidence qui exige d'être reconnue sur-le-champ. Je savais pourtant la force du secret, et ses liens souterrains avec le sentiment amoureux – leur grande complicité et leur grand désaccord. J'en éprouvais le va-et-vient à chaque instant. J'ignorais si l'officialité pouvait entamer une relation, mais l'inverse était de moins en moins confortable et laissait çà et là le ressentiment s'immiscer. Pourtant, la contrainte aiguisait notre attente et creusait incessamment le manque. Mais ce manque était organisé par la vie des autres et il finissait par accueillir des rancœurs. Je ne les laissais pas encore s'exprimer – mon orgueil.

Quant à Paul, il se plaignait de plus en plus de sa vie. Véronique était maussade, voire dépressive, preuve qu'elle sentait qu'il vivait à côté, ailleurs, sans elle. Dans son cabinet, il comptait les patients jusqu'à celui qui l'amènerait à moi. De plus en plus, il parlait de changer de vie. Là encore, il me prit la main, me regarda droit dans les yeux (ce qui me fait toujours peur), pour m'annoncer qu'il voulait quitter Véronique. Il n'arrivait plus à faire semblant. Il ne voyait plus l'intérêt de leur espèce de pacte tacite, de leurs compromis silencieux. Les enfants étaient grands, l'argent il s'en foutait – bien sûr ce serait un problème, elle ne lâcherait rien, mais il ne se le représentait plus comme un obstacle, ce qui n'était pas le cas encore un an plus tôt.

Plus il parlait, plus je me pétrifiais.

— Ne sois pas trop concret, le suppliai-je.

Il soupira.

— Au fond, ça te convient cette vie secrète, ce couple clandestin !

— Non ! Tu sais bien que non ! Je voudrais pouvoir marcher dans la rue avec toi, acheter des gâteaux à la boulangerie, faire un caddie commun et dîner en terrasse.

— Tu entends ce que tu dis ! Ce n'est pas que ça, la vie commune ! C'est toi qui es trop concrète !

— Est-ce qu'on est en train d'entamer une dispute ?

Paul se calma.

— Non, bien sûr. Mais ce que je te dis est important. Et j'ai l'impression que ça t'ennuie.

— Ou peut-être que ça me fait peur ?

— Bien sûr que ça fait peur ! Ça fait peur parce que c'est vivant, Souheila ! Tu ne peux pas te planquer chaque fois en compartimentant ta vie ! Réunis tous tes « espaces » (je lui en avais déjà parlé) ; ta vie amoureuse, ta vie affective, ta vie amicale, ta vie professionnelle et ta vie quotidienne et imagine ce que ça peut donner !

Ce programme ne me plaisait pas du tout, pourtant je choisis la légèreté.

— Il faudra que je retrouve un salon de massage !

Mais Paul avait très bien compris ce que ça signifiait : échapper au tableau qu'il venait de dresser, ne fût-ce que par une fissure.

— Est-ce que tu es en train de me demander de ne pas quitter Véronique ?

— Non ! sursautai-je.

Et je le pensais vraiment. Je souhaitais ardemment vivre avec Paul, rentrer à la maison et y trouver Paul, me lever aux côtés de Paul, me taire, cuisiner, prendre un bain avec Paul, rire, m'ennuyer, tout cela je voulais le partager avec lui. J'en étais convaincue. Pourtant, je n'avais pas quitté Rémi, je maintenais la relation en respiration artificielle. L'air vicié qu'elle diffusait, j'en avais besoin comme des shots d'amour avec Paul.

— Tu dois clarifier les choses, Sou.

— Clarifier ? (Il me demandait l'impossible.)

— Oui, avec toi-même, tu dois être plus au clair. Que fais-tu avec Rémi, par exemple ? Qu'est-ce que ça t'apporte ? Tu sais bien que ce couple est mort !

J'avais du mal à lui donner tort, mais je ne pouvais pas non plus acquiescer, la situation me paraissait beaucoup plus compliquée que ça – c'est sans doute ce qu'il entendait par « clarifier ». Je n'avais pas de doute sur le fait d'aimer Paul, de le désirer, d'y penser sans cesse. Mais lorsque nous étions ensemble, il prenait une telle place que savoir Rémi quelque part en train de m'attendre me rassurait.

— Est-ce que vous faites encore l'amour ? me demanda-t-il.

Il ne m'avait jamais questionnée sur Rémi, comme s'il n'existait pas. Sa décision de « clarifier » les choses nous contraignait à faire surgir les différents protagonistes qui, soudain, acquéraient une existence qu'il fallait prendre en compte.

— Oui.

Paul me regarda, interloqué. Il continua sur un ton inquisiteur.

— Est-ce que tu penses à moi quand tu couches avec lui ?

— Parfois.

— Mais parfois non ?

— Non.

— Alors, à quoi tu penses ?

Je réfléchis pour essayer d'être honnête, et soudain me revint l'image que je convoquais chaque fois que Rémi s'acharnait à obtenir de moi l'abandon.

— Je pense qu'il y a des caméras dans les angles de la chambre et que des gens nous observent et se masturbent en me regardant.

Paul prit encore du temps avant de me répondre.

— Et quand tu es avec moi ?

— Je n'en ai pas besoin.

— Je crois que tu es en train de me rendre dingue.

Nous avons fait une promenade au bord de la mer, mais Paul m'en voulait, je le sentais à sa façon de me tenir la main, rigide : il était froissé. J'étais tout entière à l'écoute de ses humeurs, inquiète, au lieu de contempler l'eau, l'horizon et de laisser affleurer mes souvenirs. Avec lui, je n'arrivais pas à être complètement moi, j'étais attentive à sa façon de me regarder, craignant qu'il ne cesse soudain et que je ne disparaisse sous ses yeux. Une peur légère mais insidieuse restait suspendue et ne pouvait être vaincue que lorsque nous étions l'un en l'autre.

« Rentrons », proposai-je. Il me suivit. Une fois dans la chambre, il me dit vouloir se reposer un peu. Il se dévêtit et se mit sous les draps. Je le rejoignis et finis par le détourner de son projet. Nous avons fait l'amour de façon grave et importante, il ne voulait pas lâcher mon regard, me possédait intégralement, ses larmes perlèrent au moment où mon corps céda. Il me chuchota à l'oreille : « Je t'aime,

Souheila », et il y avait déjà de la tristesse dans sa voix.

Je le laissai se reposer et repartis vers la mer. Là, je pus enfin m'adonner au souvenir. Je ramassai des bouts de bois flotté, les observai, les plantai dans le sable pour construire une cabane miniature. Je m'affairai, pieds nus, autour de mon œuvre. Les vaguelettes venaient battre à quelques centimètres – elle montait. Les marées n'étaient pas grandes, on pouvait les mesurer à la bande de sable humide qui bordait la mer. Je ramassai des coquillages et des galets de couleurs différentes, du blanc au noir, pour dessiner un jardin autour de la cabane. Un jardin japonais. Puis je m'approchai de la mer et trempai mes pieds. L'eau était glaciale, mais son contact me rendit d'un coup ces débuts d'été qui voyaient mon corps se transformer et en demander plus, avide de toutes les sensations, avide de lui-même mais laissé en jachère parce que personne ne le touchait, jamais. Ni ma mère ni ma grand-mère quand nous allions encore chez elle, mon père était mort et, avec mes amies, je n'étais pas tactile – par habitude. J'ignorais qu'on pût se prendre dans les bras, s'embrasser, se caresser. Seul l'amour physique m'avait fait accéder à ces gestes.

Sous le corps d'un homme, je me sentais vivre, mais je ne pouvais pas vivre toujours sous le corps d'un homme.

En revanche me baigner, je le pouvais – l'eau froide était comme le sexe, un rappel d'existence, un éclat d'évidence. J'ai ôté mes vêtements et j'ai plongé. Quelques passants s'étaient arrêtés sur la plage pour me regarder. Je nageai vite pour lutter contre le froid, galvanisée, je m'éloignai du bord sans m'en apercevoir ; quand enfin je me retournai, je pus contempler la ville : cette petite bourgade qui avait accueilli mes vacances avec ma mère, mes émois naissants et mes rêves. Étaient-ils restés là, tapis quelque part dans les rues, sur les façades blanches, dans les rochers qui dessinaient des digues ? M'avaient-ils attendue, intacts, afin que je les cueille ce week-end précis où je leur présentais Paul, pour voir s'il pouvait les effacer, les absorber ? Je décidai de rentrer – j'avais froid, mes muscles étaient tétanisés et la plage était loin.

Les derniers mètres furent douloureux. Quand je sortis enfin de l'eau, je vis les badauds rassemblés qui m'applaudirent : « On a eu peur ! » dit l'un d'eux. Je ris, j'avais soudain l'impression d'avoir 12 ans et d'avoir accompli un exploit que les adultes saluaient. « Merci ! » répondis-je, vêtue d'une simple culotte mouillée. Un homme traversa le petit groupe pour s'approcher de moi : Paul. Il tenait une grande serviette blanche qu'il avait dû prendre à l'hôtel et m'en entoura les épaules. « Tu es folle ! » chuchota-t-il, mais ses gestes étaient paternels. Je m'enfouis dans ses bras, le creux de son épaule, il me serra longtemps.

Nous sommes rentrés à l'hôtel dont la fenêtre de notre chambre donnait sur la plage. Je pris une douche longue et brûlante. Paul lisait allongé sur le lit. Les sensations de ma jeunesse rejaillissaient par intermittence et court-circuitaient celles que j'éprouvais. J'avais l'impression que quelque chose s'ouvrait en moi, mais j'ignorais quoi.

Paul proposa une promenade sur la plage, mais cette fois une vraie, une où l'on se parle, où l'on se raconte. On efface la précédente et on la remplace par celle-là. J'aimais qu'il veuille tout arranger, qu'il passe outre à sa tristesse, qu'il organise notre bonheur. Des bouffées de tendresse et d'amour me traversaient comme des décharges, j'étais prête à tout lui donner dans ces instants, à exiger de lui qu'il quitte sur-le-champ sa femme, à appeler Rémi et à commencer cette nouvelle vie. Mais je savais que ces instants se déploieraient difficilement dans le temps – qu'ils perdraient cette intensité dès lors qu'ils exigeraient des actes, des décisions, des réglages, des déménagements, des factures et des scènes.

La façon dont nous nous tenions la main n'avait plus rien à voir. Parfois son bras remontait derrière mon dos et il m'embrassait. Je lui posais des questions sur ses patients. Il me racontait des histoires de vie.

— Et toi, qu'est-ce que tu es allé raconter à ton psy ? lui demandai-je.

— Oh, je t'en ai déjà parlé, non ?

Le frère de Paul s'était suicidé à 35 ans. Pourtant, tout au long de leur enfance, il avait été « préféré » à Paul qu'on laissait dans un coin parce qu'il « ne posait pas de problème ». Paul ne semblait pas éprouver d'amertume, il s'occupait de tout, de sa mère, du fils de son frère, de payer les factures…

J'avais besoin que Paul me répète les mêmes histoires, qu'il revienne sur son enfance, son adolescence, sur ses relations avec Véronique et les autres femmes, je lui demandais sans cesse s'il les avait aimées, plus ou moins que moi. Je voulais être la préférée, et je l'étais bien sûr, à cet instant, je ne pouvais que l'être. Mais l'évidence le disputait à l'incertitude : il devait me réassurer, j'étais comme un enfant qui avant de s'endormir exige la lecture du même livre et les mêmes réponses à ses questions identiques.

Celui qui aime aujourd'hui est-il le même qu'hier, n'a-t-il pas oublié de m'aimer ? N'a-t-il pas tout simplement cessé ?

— Qu'est-ce que tu voudrais changer ?

— Je voudrais vivre avec toi, et pour moi, ça change tout.

— Tu auras de nouvelles obligations : ta femme, tes enfants.

— Oui… Je sais… Mais je suis mûr pour ça.

La joie que me procuraient ses paroles se mêlait à une résistance que je chassais du mieux que je pouvais, mais elle revenait à la charge comme le diable vient gâcher la fête, piétiner la beauté, tuer les innocents. Se concurrençaient en moi l'espoir d'un bonheur enfin possible et la tentation de tout gâcher en frappant méticuleusement au burin l'œuvre d'art que nous étions en train de sculpter ensemble.

Peut-être qu'aimer était une tâche au-dessus de mes forces. Tandis que je posais ma tête sur son épaule, des larmes coulèrent sur mes joues fouettées par le vent, les unes étaient de joie, les autres de tourment. Paul s'en aperçut : « Pourquoi tu pleures ? »

Je lui expliquai que j'avais peur, que c'était une trop grande responsabilité pour moi de le voir tout quitter. Que je serais tenue de le rendre heureux pour compenser la perte, et si je n'y arrivais pas ?

— C'est moi qui prends la décision, pas toi. Tu n'y es pour rien, d'ailleurs tu ne m'as rien demandé – et on peut même dire que tu essaies de m'en dissuader.

Paul était l'exact inverse de Rémi qui recouvrait d'un voile les sentiments et les rancœurs. Ne pas voir, ne pas parler. D'une certaine manière, j'avais opté pour cette solution moi aussi, et d'être contrainte à chercher les phrases les plus ajustées à mes émotions était pour moi une torture en même temps qu'un exercice salutaire.

Quand nous sommes rentrés, Paul a conclu notre discussion :

— En général, les maîtresses attendent désespérément que leur amant quitte leur femme. Moi, je suis obligé de te convaincre d'accepter que je quitte mon ancienne vie pour en partager une nouvelle, avec toi. Je ne m'attendais pas forcément à cette situation, mais après tout, j'ai dû le chercher d'une manière ou d'une autre.

— J'ai du mal avec l'avenir, lui répondis-je, et je pensais que c'était là l'explication la plus valable.

— Avec le passé aussi, il me semble.

— Je n'ai pas beaucoup de passé, tu sais, mais le présent, là, surtout maintenant, est-ce qu'il n'est pas fantastique ?

Paul sourit, mais sans conviction. Nous avons dîné dans un restaurant de poissons. Le vin nous a aidés à retrouver notre légèreté. Mais je sentais que j'avais brisé quelque chose.

La nuit, nous avons à nouveau fait l'amour. Et c'était si fort, si passionné que mes réticences s'évanouirent. Avant de nous endormir, je l'assurai que je l'aimais et voulais vivre avec lui. Le lendemain, nous étions un couple : petit déjeuner, douche, journaux en terrasse, nous étions bien ensemble. Mais il fallait rentrer.

Dans le train, j'avais la gorge serrée à l'idée de revoir Rémi. Je ne voulais pas quitter Paul, l'imaginer retrouver Véronique m'était une torture. Se séparer était une déchirure, retrouver notre vie d'avant nous semblait impossible. Je lui demandai alors de m'aider à surmonter mes réticences – elles n'étaient pas liées à lui que j'aimais si totalement. De m'aider à devenir une autre personne. Mais il ne voulait pas d'une autre personne : c'était moi qu'il voulait, moi et mes résistances vaincues.

Dans le métro, j'étais désespérée comme je ne l'avais pas été depuis longtemps. Retrouver la violence sourde de mon couple, les deux cubes qui formaient l'appartement, et même le balcon qui lui donnait son cachet. Seul mon chat me manquait. Mais mon chat était de plus en plus souvent gardé par Rémi qui avait fini par s'y attacher. Il n'était pas dit qu'il me le rendrait.

Il m'attendait dans la pénombre, comme chaque fois, jouant une pièce que nous avions coécrite. Mais cette fois j'oubliai mon rôle. J'avais un blanc, un trou de mémoire, il m'était impossible de me remettre dans la peau du personnage. Je m'assis en face de lui et d'un ton monocorde fis tomber le couperet.

— C'est fini, Rémi. Je ne peux plus. Toi non plus tu ne peux plus. On est allés jusqu'au bout.

Je voyais briller ses yeux comme ceux d'un loup aux abois, j'attendais qu'il me saute dessus et me dévore, me déchiquette, me dépèce. Mais il restait là sans rien dire. Puis soudain un hurlement. C'était lui. Un cri de bête féroce à l'agonie. Il se leva, se jeta sur moi et me frappa jusqu'à me faire tomber par terre. Je ne résistai pas, mon esprit était déjà loin ; je lui savais gré de simplifier le départ en le rendant incontestable. Une fois qu'il se fut défoulé, il s'effondra en larmes sur mon corps. Je le repoussai avec la force qui me restait, partis dans la chambre, jetai des affaires dans la valise que j'avais emportée en Camargue mais qui était à moitié vide, embrassai mon chat que je ne pouvais pas prendre ce soir – je ne savais pas où j'allais dormir – et claquai la porte. Une fois dans la rue, j'éprouvai un tel sentiment de liberté que j'eus envie de rire. Mon visage me faisait mal, ma joue était enflée, j'aurais peut-être un œil au beurre noir mais je m'en fichais, j'étais enfin seule ! Et personne ne savait où je courais dans la nuit ; moi-même je ne me donnai aucune destination, attendant que vienne la fatigue. Je m'arrêtai dans un troquet pour boire un verre de vin rouge. J'étais seule avec ma valise, un coquard sur l'œil, les gens me regardaient avec pitié. Mais j'étais heureuse, fondamentalement heureuse. Je me rapprochais de mon lieu secret, celui tapi au fond de moi où rugit le cœur de la Terre comme s'il était une panthère aux crocs acérés.

Seule

Je trouvai un hôtel sans étoile où logeaient des immigrés et des putes. La chambre était propre, les draps rêches, il n'y avait pas de douche mais un vieux lavabo en émail blanc strié par l'âge. Je me couchai nue sur le lit étroit et observai le plafond. Demain serait un autre jour, mais cette nuit, tout était possible.

À l'école, si les adultes me dévisageaient sans rien me dire, les enfants ne se privèrent pas :

— Qu'est-ce que t'as au visage ?

Je suppose que je fis la réponse de toutes les femmes battues :

— Je suis tombée à vélo.

Amina me demanda en chuchotant si c'était vrai.

— Non, bien sûr que non. Je me suis disputée avec mon compagnon. Mais je ne peux pas lui en vouloir.

— Tu dois porter plainte.

— Hors de question. C'est ma faute.

— C'est ce qu'on dit toujours.

Les enfants nous interrompaient sans cesse.

— Je l'ai poussé à bout.

— Ce n'est pas une raison.

— Je sais, Amina, murmurai-je, car les oreilles de certains cherchaient à capter des bribes de notre conversation, mais je te promets que je l'ai rendu fou.

— Tous les hommes sont fous quand leur femme regarde ailleurs.

— Comment sais-tu que je regarde ailleurs ?

— Ça se voit, tu n'es pas dans ton état normal depuis un bon moment.

— Tu penses que je suis amoureuse ?

— C'est évident !

Je souris de la perspicacité d'Amina qui n'avait dû connaître qu'un homme dans sa vie : son mari, père de ses trois enfants. Mais qu'est-ce que j'en savais au fond ? La sonnette retentit, nous avons aligné les enfants et les avons accompagnés dans la cour. J'avais besoin de continuer la conversation.

J'attendis la fin de l'école pour téléphoner à Véronique : il me fallait trouver un studio à louer d'urgence. Elle me proposa de passer immédiatement, il y avait une sorte de surprise pour moi. Je pris peur : Paul l'avait-il mise au courant ? Était-elle tombée sur un signe compromettant ? De toute façon, je ne comptais pas me montrer dans cet état et lui proposai qu'on se voie plus tard. Elle m'assura qu'elle m'enverrait des liens pour me montrer les biens auxquels elle avait pensé et qui pourraient correspondre à mon souhait. J'en fus secrètement rassurée, la surprise ne devait pas être trop mauvaise. Je n'avais toujours pas informé Paul. Je n'y arrivais pas.

Dans la soirée, je reçus un mail de Rémi s'excusant tout en listant tous les griefs qu'il pouvait légitimement nourrir contre moi.

Je lui répondis en lui demandant quand je pourrais récupérer mes affaires et s'il pouvait garder Lapin le temps que je trouve quelque chose.

« Reviens, je t'aime » fut sa réponse. Je soupirai, épuisée à l'avance de devoir tout reprendre. « Ce n'est pas raisonnable », tapai-je avec deux doigts sur mon téléphone. « Depuis quand es-tu devenue raisonnable ? » Je souris malgré moi. Fallait-il que je formule clairement : « Je ne t'aime plus » ? Pourquoi les gens ne comprenaient-ils pas tout seuls ? Pourquoi fallait-il accompagner l'autre pour le quitter ? Mais il enchaîna : « Jamais je n'aurais pensé pouvoir te faire du mal. Tu m'as rendu fou, Souheila, tu as fait de moi une mauvaise personne. Est-ce que je pourrai te pardonner ? »

Il avait raison. Quand je l'avais rencontré, c'était un jeune homme beau, gentil, généreux, combattif. Il était devenu amer, parfois méchant, uniquement préoccupé de nous.

Les mails affluaient. « Et dire que j'ai pensé faire un enfant avec toi ! » « Comment ai-je pu l'imaginer une seconde ? Est-ce que vraiment je me suis trompé du tout au tout sur toi ? Ou est-ce que tu as changé ? Comment peut-on connaître aussi peu la personne avec laquelle on vit ? »

Il égrainait les questions qui s'annonçaient avec un petit *bip* sur mon appareil. Je n'avais pas le temps de répondre – je n'avais rien à répondre.

« J'espère un jour rencontrer une femme aimante, une femme que je mérite, pour me laver de tout ça, de la boue que tu as jetée sur moi, et accumulée, sans aucun égard. Tu es un monstre. J'aurais dû m'en douter quand j'ai découvert que tu allais te faire masser sans m'en avoir parlé. Un monstre lubrique. »

« Et en plus tu ne te respectes pas toi-même. Regarde, le procès du salon de massage, les filles y vont, et toi, où es-tu ? Tu es lâche. Mais peut-être que ça ne te pose pas tant de problèmes que ça de te faire mater par des pauvres mecs. »

Je mis sur silencieux. Mon portable s'affolait.

Le procès. Était-ce de cela que Véronique voulait me parler ? Était-ce en lien avec sa « surprise » ? Je n'aimais pas les surprises.

Je laissai Rémi déverser toute sa haine et rentrai à l'hôtel de la première nuit. Au bout d'un moment je regardai à nouveau mon portable : un message m'y attendait. « Pourquoi ne m'as-tu rien dit ? » C'était Paul.

Là encore, je ne savais que répondre. Lui aussi se lança dans un monologue. « Je ne comprends pas. Après le week-end qu'on a passé. Que tu ne me fasses pas confiance. Je pourrais t'aider à trouver un endroit » aussitôt suivi de « En attendant ». Je répondis du tac au tac : « Ta femme s'en charge. » Mais j'ajoutai aussitôt, pour adoucir mes mots : « Je t'aime », qui n'avait pas grand-chose à voir. Je supposais qu'il me laisserait tranquille après, mais ce ne fut pas le cas. « Je veux te voir. » « C'est impossible, pas cette semaine. » « Pourquoi ??? » « Parce que j'ai besoin d'être seule. »

Paul ne répondit pas. J'attendais sa réponse en même temps que les mails de Rémi tombaient l'un après l'autre, mais elle ne vint pas. Ce qui excita mon impatience. Paul savait mieux user de la frustration que Rémi. Il devait être en colère. Je commençais à le connaître.

Je n'avais pas dormi la nuit précédente et j'avais sommeil. Je me couchai tôt dans cette petite chambre qui m'accueillait avec tant de simplicité et de gentillesse, je m'adressai à elle pour la remercier, n'oubliant aucun des objets utilitaires posés là, merci poubelle en plastique, merci armoire en formica, merci le cintre, merci la fenêtre. Quand j'entendis des halètements et des cris – un couple faisait l'amour dans la chambre mitoyenne. Puis les bruits cessèrent, des pas, et à nouveau les cris. Le va-et-vient dura jusqu'au milieu de la nuit, il berçait mes pensées. Irais-je ou n'irais-je pas au procès ? Avais-je le courage de revoir toutes les filles ? De les entendre revendiquer leur corps sacré contre la mainmise de l'homme ? *La femme d'à côté poussait de petits jappements, on aurait dit un chiot.* De réciter « patriarcat, hétéronormé, mâle blanc » ? *Soudain l'orgasme, mais elle en faisait trop.* Serais-je alors de leur côté ? Me sentirais-je transportée par leur discours ou au contraire exclue ? *Un homme parlementait.* L'une d'elles témoignerait-elle à la barre pour exprimer son ressenti profond ? *Le ton montait.* Que fera Sophie ? Était-elle toujours la fidèle disciple de la passionaria ? *L'homme criait maintenant, mais la femme aussi. Je n'arrivais pas à comprendre ce qu'ils disaient.* J'avais envie de voir la tête des criminels, peut-être leur demanderait-on de s'expliquer ? Et pourquoi Rémi suivait ça de si près ? *Un verre explosa contre le mur.* Je finis par hurler à mon tour : « Ça suffit ! Dégage, connard, ou j'appelle la police ! » Un grand silence se fit dans la chambre d'à côté. Puis la porte claqua. C'était le dernier client.

La joue collée contre la cloison, je demandai si tout allait bien. La femme répondit : « Oui, merci, mais vous vous mêlez plus de ça, compris ? »

Le procès

J'attendis avec la foule de curieux de pouvoir entrer au Palais. Sac passé au scanner, corps fouillé. Je finis par trouver la salle dans le méandre des escalators, tous ne s'arrêtant pas aux mêmes étages, les uns spécialisés dans le pair, les autres l'impair. Quand j'approchai de la salle d'audience, je vis au loin Marlène, Léa et Fiona qui discutaient. J'avais pris soin de mettre du fond de teint pour effacer les dernières marques des coups de Rémi.

Je m'assis avec le public, les filles étaient du côté du procureur général sur le banc des victimes. En face, les sièges étaient vides. Les accusés n'étaient pas encore entrés. La presse était là, sans appareil photo, crayon à la main. Véronique me vit et me fit un signe discret, puis tourna le regard vers l'autre côté de la salle et envoya un baiser dans les airs. Je suivis son geste et aperçus Paul et leur fille Lou assis côte à côte. Ils discutaient de façon animée, je l'observai, si naturel dans son rôle de père : une autre personne. Puis il se mit à chercher quelqu'un du regard dans la salle. Quand il me vit, son visage se transforma : je retrouvai Paul, le mien. Je reçus alors sur mon portable un texto : « Qu'est-ce que tu as à l'œil ? » Je ne répondis pas.

Nous ne nous étions pas revus depuis le week-end en Camargue – plus de dix jours avaient passé. Nous nous écrivions chaque jour, je lui racontais mon hôtel, mes journées, mes repas dans différents petits restaurants, les plats que je mangeais. Il proposait de passer me voir, je refusais. « Rémi ? » demanda-t-il. Mais Rémi justement entrait dans la salle d'audience pour assister aux débats. Il m'aperçut et vint me rejoindre. Paul suivait sa trajectoire, furieux. « C'est lui ? » Je fus obligée d'acquiescer mais dus ranger mon téléphone quand Rémi s'assit à côté de moi.

— Qu'est-ce que tu fais là ? chuchotai-je.

— Je suis venu te soutenir.

Son ton me glaça. Mais je ne pouvais rien faire, la foule était dense, le procès allait commencer et les filles m'avaient repérée. Elles m'observaient de leur banc, à la droite du magistrat, épaulées par le procureur de la République vêtu de sa toge noire. Sophie n'était pas là.

La séance commença. On nous demanda de fermer nos portables et l'on fit entrer les accusés. Ils étaient nombreux : des Asiatiques d'un certain âge, chichement vêtus, quelques hommes européens à peu près du même âge, puis trois hommes plus jeunes, mieux habillés, qui contrairement aux autres ne baissaient pas la tête. Ils s'assirent à la demande du juge. Véronique, Fiona et les autres les dévisageaient ; j'essayais moi aussi de dénicher sur leur visage une trace du crime. C'était décevant. Pour la première fois je me sentis salie.

Les réquisitoires commencèrent. Et très tôt, les victimes furent appelées à la barre. Chacune à son tour dut répondre aux questions du magistrat : c'était court, car il n'y avait rien à raconter : les séances de massage, de telle à telle date, la découverte de la supercherie, l'intégrité violée. Léa fut la première et très convaincante. Elle savait bien parler, moduler sa voix, s'interrompre quand l'émotion affleurait. Digne et précise, elle s'adressait à la salle ainsi qu'aux accusés, demandant une sanction à la hauteur de la violence symbolique subie. Elle avait conscience que le corps n'avait pas directement subi d'agression – et c'était là toute la perversion de cette machination. Elle et les autres avaient été abusées dans leur confiance, manipulées et exposées sans leur consentement. Elles avaient été utilisées comme des objets, et c'était difficile à accepter. Il fallait que la justice prenne en compte cette forme d'agression.

La salle lui était acquise. J'entendais les commentaires chuchotés, des mains applaudissaient en silence. J'avais besoin d'accrocher mon regard au dos de Paul en même temps que je sentais la jambe de Rémi contre la mienne. Je me sentais oppressée.

Je ne doutais pas que Rémi goûtait pleinement les propos de Léa, avec d'autant plus d'enthousiasme que j'étais assise là, sur le banc des spectateurs, le visage recouvert de fond de teint, après avoir dormi dans un hôtel de passe. Il me caressait discrètement la cuisse et tenait sa victoire. J'étais prisonnière.

Paul tout aussi discrètement cherchait à me faire signe. Le mouvement était furtif, sa femme dans le box des témoins avait une vision panoptique de la salle. Sa fille le surveillait de près.

Je suffoquais dans la salle surchauffée. Le parfum de Rémi m'écœurait. Fiona s'avança alors à la barre. Tout le monde se tut à la demande de la présidente de séance. Visiblement, un petit nombre de ses étudiantes étaient venues la soutenir comme des supportrices au parc des Princes. Elles attendaient son discours, les téléphones brandis pour enregistrer, sans égard pour les recommandations de la magistrate qui mit un peu de temps à rétablir l'ordre.

C'était son heure. Sa scène. Son public captif. Fiona se lança alors dans une tribune politique scandée comme un slam, déclamée comme une diatribe révolutionnaire au cœur de l'Assemblée alors que dehors l'échafaud n'en finit pas de faire tomber les têtes. C'était d'une certaine manière fascinant. Je tapais le rythme avec mes pieds malgré moi. Il était difficile de suivre ses propos, le tempo en était trop parfait et donnait envie de slammer à son tour. Des applaudissements affleuraient ici ou là, réprimandés par la juge. Les hommes sur le banc des accusés la regardaient, interloqués. Visiblement, ils ne comprenaient rien à ce qu'elle disait.

L'avocat de la défense interrompit la logorrhée sous les sifflements des spectateurs du fond. La présidente était sur le point de faire évacuer la salle quand le calme revint sans que l'on comprenne par quel miracle. Fiona exultait. Ses yeux brillaient de joie et de fierté, il était certain que son discours serait publié le lendemain, tout au moins l'incident relaté. Et la machine médiatique de s'emballer pour créer une nouvelle vague féministe à son initiative. Elle tenait enfin la place qu'elle méritait – ses disciples étaient prêtes à la servir. Mais où était Sophie ? Je chassai la main de Rémi, « Arrête ! » murmurai-je, les dents serrées.

Sous les questions de la défense cependant, elle fut moins brillante : elle refusait de parler d'elle et de son ressenti, prétendant lutter pour toutes les autres – elle n'était qu'un maillon, un rouage dans l'implacable logique du patriarcat. Son cas personnel n'avait aucun intérêt, elle était prête à tous les sacrifices. L'avocat lui rappela que c'était précisément son cas personnel qui intéressait la cour et qu'il aurait été intéressant d'entendre sa version plutôt qu'un pamphlet politique qui n'avait rien à faire en ce lieu. Il fut hué par quelques voix qui se turent devant l'exaspération de la juge. « Vous voulez faire le procès du machisme ? Très bien ! Et vous allez gagner. Aucun de mes clients n'a jamais entendu prononcer ce mot. » « Et alors ? » entendit-on dans l'assemblée. « "Et alors ?" me dites-vous ? Et alors, il faut peut-être resituer la vie de ces hommes, leur milieu social, la misère sexuelle dans laquelle ils vivent. » Il fut interrompu par des huées, « Mais oui, absolument, la misère sexuelle dans laquelle ils vivent, et qui n'excuse rien, bien sûr, mais qui permet peut-être d'essayer de comprendre. J'ai bien saisi que tel n'était pas votre but, et c'est tout à fait normal, vous vous êtes sentie agressée. Pour autant, je crois déplacé de mener un combat féministe que personne ne vous contestera, mais qui devrait avoir lieu en dehors de cette salle ».

Les disciples de Fiona étaient furieuses. On entendit la porte claquer, le brouhaha à nouveau s'empara de l'assemblée, Rémi en profita pour passer sa main dans mon dos, je me dégageai brutalement, la présidente dut lever la séance. Elle menaça de poursuivre le procès à huis clos, mais en attendant remit les débats à l'après-midi.

J'allais exploser. Les uns et les autres ont commencé à sortir dans un chaos que les gardes de l'entrée tentaient de juguler. Je profitai du désordre pour m'éloigner de Rémi, mais dans la confusion des corps, c'est vers Paul que la foule me poussa. Juste derrière lui, sa fille Lou me reconnut. « C'est vous, espèce de traître ! » Paul était rouge de confusion. J'étais sidérée qu'elle m'agresse ainsi, mais le discours de Fiona avait échauffé les esprits. « Lou, ça ne va pas ! Excuse-toi tout de suite », exigea Paul d'une voix sourde. « Va te faire foutre », répondit-elle entre ses dents.

Tandis que le mouvement nous poussait vers la sortie, je vis Rémi qui nous avait devancés, ricaner en m'observant aux côtés de Paul. Je fus prise de panique – il y avait trop de monde, trop de personnages appartenant à des vies différentes. Quand nous sommes passés devant lui, il me tira par le bras. Paul vit le geste et fut sur le point de s'interposer, mais sa fille était derrière lui qui le poussait dehors. « C'est qui, ce mec ? » dit-il en se collant à moi. « Lâche-moi. » « Celui que tu regardes avec des yeux de chatte », me susurra-t-il dans l'oreille. « Tu délires. » Mais il continuait à me tenir serrée contre lui. « Non, je ne délire pas, je connais ton expression quand quelqu'un te plaît. » « Tais-toi ! C'est le mari de Véronique. » « Ah ! très bien ! Le fameux psy qui t'a permis de prendre toutes les bonnes décisions ! » Je me dégageai en jouant des coudes et sortis de la salle. Il fallait encore batailler pour atteindre les escalators. Je m'enfuis. Des gens m'appelaient, j'entendais mon prénom dans la foule, je restai concentrée sur les marches mobiles et la rampe à laquelle je m'accrochais. Il fallait que je retrouve l'air, la solitude, l'anonymat. Je haletai quand je poussai enfin la porte de sortie après avoir tourné en rond dans ce labyrinthe de verre. Où est Sophie, me demandai-je. Où est-elle ? Ça revenait comme un mantra, une obsession, qu'avait-on fait de son corps ? Je courais pour retrouver le métro, la ligne 13, porte de Clichy. Où aller ? Dans l'hôtel minable où m'attendaient mes affaires ? Chez ma mère, pour partager une bouteille avec elle afin d'oublier ? Et mon chat ! Quand le reverrais-je ?

Je ne savais pas où descendre, je ne savais pas où aller. Écrasée par d'autres corps en sueur, je réussis à sortir mon portable de ma poche et retrouvai le numéro de Sophie. Je tapotai de mes doigts nerveux : « Où es-tu ? » Je sortis au hasard, sans réponse. N'y tenant plus, je l'appelai. Au bout de la dernière sonnerie, elle finit par décrocher. Ce fut une voix fatiguée, une voix médicamenteuse que j'entendis à l'autre bout.

— Qu'est-ce que tu veux ?

— Pourquoi tu n'étais pas là, avec les autres ?

J'entendis une toux lointaine.

— Qu'est-ce qui se passe, Sophie ? insistai-je.

— Oh, rien. Apparemment j'ai dit ou fait quelque chose qu'il ne fallait pas.

— Quoi ? Qu'est-ce que tu as fait ? (J'avais l'impression de crier.)

Elle se mit à rire comme si elle était saoule.

— Un soir, j'étais chez Fiona, Sami m'a appelée. Elle m'a interdit de répondre… Elle venait de me faire une crise parce que soi-disant je traînais trop avec ses étudiantes.

— Et alors ? Je ne comprends pas…

— Alors rien. J'ai répondu. Et puis j'ai pris un café avec lui, c'est tout.

— Mais je m'en fous de Sami, pourquoi tu n'étais pas là ?

— Elles ont toutes reçu l'ordre.

— L'ordre ?

— De m'effacer.

— Mais qu'est-ce que tu veux dire ?

— Elles m'ont d'abord enlevée du groupe WhatsApp, je ne recevais plus les notifications ni les dates de réunion. J'ai appelé pour comprendre. Personne n'a voulu me répondre. M'expliquer ; oh, je ne dis pas, Léa, Véronique, elles ont essayé de me calmer. Elles ont pensé que c'était une erreur au début. Véronique m'a invitée à prendre des cafés plusieurs fois pour essayer d'arranger les choses. Mais moi je savais que c'était fini. Fiona ne prenait plus mes appels. Quand je me pointais à ses cours et que je l'attendais à la fin, elle partait avec les autres en passant devant moi sans rien me dire ou juste : « Ah salut Sophie », comme si je n'étais rien ! (Sophie pleurait maintenant, sa voix faiblit.) Et plusieurs fois je suis passée devant le Sorbon, là où on se retrouvait le soir… Elle y était assise avec une autre fille, une ancienne étudiante à elle qui s'était incrustée dans nos réunions… Elle n'arrêtait pas de la critiquer dès qu'on se retrouvait seules… Et là… elle buvait des verres avec elle… Je les voyais rigoler… et…

Elle s'est arrêtée de parler, je n'entendais plus rien.

— Sophie ? Sophie ?

Puis elle renifla, elle était encore là.

— Je ne veux plus entendre parler de cette histoire. Je ne veux plus entendre parler de rien ni de personne, et pas plus de toi, Souheila.

Elle raccrocha. J'essayai à nouveau de la joindre. Mes appels tombèrent directement sur le répondeur.

Je marchai pour calmer les palpitations de mon cœur. Cette histoire avait fait au moins une victime. Ma rage, ma tristesse, ma colère, ma révolte, tout cela ne servait à rien, elles consommaient l'énergie qui me restait sans rien produire.

Je m'assis dans un café et commandai une bière. Moi aussi il fallait que je change de vie. Tout était prêt. J'étais libre.

Je repassai chez Rémi dont j'avais encore les clés. Je pris mon chat dans mes bras et enfouis mon visage dans sa fourrure. Mais il se dégagea. Je fis le tour des affaires que je pouvais déménager en les empilant dans l'une des grosses valises rangées sous le lit. J'y mis la photo de mes parents, les différents papiers dont j'avais besoin, quelques pulls et manteaux, les chaussures auxquelles je tenais le plus. Je regardai Lapin, me demandant quoi faire, partagée entre mon désir de le prendre et ma pitié pour la vie que je lui réserverais. « Dès que je trouve un endroit pour nous, je viens te chercher », lui promis-je.

Je claquai la porte derrière moi.

Le seul point de chute que j'envisageais en attendant était ma mère. Je songeai à Ilhan et à son appartement si joli, si chaleureux. J'aurais pu y vivre avec lui. Mais il était marié et je ne l'avais vu qu'une fois, ce projet relevait d'une autre vie possible.

Chez ma mère

Une fois arrivée à Sarcelles, je déposai mon fatras et m'attelai à la tâche. Il fallait partir. Trouver un poste à l'étranger, le plus loin possible. De préférence en Afrique. Paul était entouré de femmes hostiles, sa fille ne le laisserait jamais faire, même s'il avait juré le contraire, il n'était pas prêt.

Je fouillai le site du ministère des Affaires étrangères ainsi que de l'Éducation nationale. Il me restait un mois à tirer avant les grandes vacances. Je devais obtenir une mutation. Au bout d'une heure à éplucher les postes, j'entendis le bruit de clé caractéristique : ma mère.

Je dus lui faire un résumé succinct des derniers événements de ma vie pour expliquer ma présence et celle de mes valises. Pour une fois, elle ne fit pas de commentaire, heureuse semble-t-il que je partage sa solitude.

— Tu te mettras dans le salon, du coup ?

Oui bien sûr, je comptais bien déplier le clic-clac dès que nous aurions fini de dîner.

Aux informations, il fut fait mention de l'esclandre au Palais de Justice, mais le sujet ne dura qu'une minute. Enfoncées dans le canapé, nous avions les yeux rivés sur l'écran, comme avant quand j'étais enfant et que nous terminions la soirée devant un film. Je sentais la chaleur de son corps à côté du mien, et j'avais envie de m'endormir sur ses genoux quand elle énonça d'un ton définitif : « Les hommes mariés ne quittent jamais leur femme. »

Je ne répondis rien, absorbée par les images qui défilaient. Pourquoi aurait-elle raison, elle qui avait quitté le seul homme qu'elle avait aimé, comme j'étais en train de le faire… Mais j'avais atterri chez elle, et étais à deux doigts de poser ma tête sur ses jambes. C'était une façon de lui donner raison.

Quand j'éteignis, mon portable se mit à vibrer : Paul. Je ne répondis pas. Il m'envoya alors une salve de textos : « J'ai besoin de te parler. » « Désolé pour tout à l'heure. » « Lou est encore une ado. » « *Please* Sou, j'ai besoin de te voir. » « Je n'en peux plus de ne pas te voir. » « Réponds-moi. » « Ne me fais pas ça. » Au bout d'un moment pourtant, je pris le téléphone et composai son numéro, me sentant coupable d'entretenir le doute.

— Pourquoi tu ne réponds pas ?

— Paul…

— Quoi ? (Il criait maintenant.)

— Nous n'allons pas pouvoir continuer.

— Mais pourquoi ? Qu'est-ce que tu racontes ? C'est à cause de Lou ?

— Je vais partir, Paul.

— Partir ? Mais où ? Je viens avec toi !

— Non, tu ne peux pas. Tu as une vie. Moi je n'en ai pas.

— Je t'en supplie, Sou, ne fais pas ça. Voyons-nous !

— Non. Ce n'est plus possible.

— Souheila, tu n'as pas le droit. Accorde-moi au moins un café !

Je finis par céder, même si l'idée était mauvaise, j'en étais convaincue. Quitter Paul était un déchirement, mais je ne pouvais pas faire autrement.

Je lui ai donné rendez-vous dans un café de Sarcelles le lendemain matin, pas loin de la mairie. Il n'a pas posé de question et m'attendait, les traits tirés, les yeux affaissés sur les côtés comme ceux d'un épagneul.

Je m'assis en face de lui et commandai un expresso. Il prit ma main, je la retirai.

— Pourquoi ici ?

— C'est chez moi.

Il regarda alors à l'extérieur et observa un long moment les barres d'immeubles de l'autre côté de la rue.

— Tu prends de mauvaises décisions, Souheila.

Et ça recommençait. La répétition. Rémi et même Jo m'avaient déjà tenu ces propos. Tous prétendaient détenir un savoir qui m'était refusé. Tous m'en voulaient d'une chose sur laquelle je n'avais aucun pouvoir. Puis établissaient un portrait clinique définitif : j'étais incapable d'aimer. Et je repartais solitaire, détachée de tout y compris de l'amour que d'autres me portaient, des combats que j'aurais pu mener, de la morale qui rassemblait des gens, les tenait ensemble dans un grand corps pour lequel j'étais un poison, un virus, un danger. Mon étoile du berger était un soleil noir.

— Paul.

Je le regardai droit dans les yeux, et c'était une forme de brutalité.

— Les gens meurent, et parfois ils n'aiment plus. C'est pareil. Je ne veux pas te faire de peine. Dis-toi que je suis morte.

— N'importe quoi !

Je m'emparai de sa paume et la posai sur ma joue, j'y enfouis mon nez, puis mes lèvres. Cette odeur me plaisait. S'y accrochaient des lambeaux d'érotisme. Je le désirais de façon brûlante, et il le sentait.

— Ne me fais pas ça, murmura-t-il.

— Regarde autour de toi et compare avec ce que tu vas perdre.

Mais Paul secouait la tête.

— Fais-moi confiance, s'il te plaît, me suppliait-il.

À ces mots je sus que la brèche qu'il avait entrouverte se refermait.

Je me levai, allai régler les consommations que nous n'avions pas bues et sortis, m'arrêtant devant la vitre : il m'observait. Nous sommes restés un moment comme ça, dans une sorte d'adieu silencieux.

Je suis rentrée chez ma mère en courant. Elle me demanda ce qui s'était passé, j'avais l'air bouleversée.

— Je n'aurai pas l'occasion de vérifier si les hommes quittent leurs femmes.

Ma mère hocha la tête, le regard dans le vague.

L'annonce

Trois semaines plus tard, tandis que je végétais sur le clic-clac à lire des polars au lieu de préparer la sortie projetée au musée de la Découverte avec les enfants, achevant mon programme de régression, ma mère m'annonça : « Ta grand-mère est morte. » À son ton calme et informatif, j'eus un instant de doute, comment pouvait-elle parler ainsi de sa propre mère ? Mais les explications suivirent.

— La mère de ton père, Fatiha. L'enterrement a lieu la semaine prochaine à Larache.

J'essayai d'assimiler la nouvelle : en quoi pouvais-je être concernée ? Je ne la connaissais pas. Mon père m'avait emmenée au Maroc pour la rencontrer : j'avais 2 ans. Et aucun souvenir. Elle était déjà très vieille sur l'unique photo de ce voyage et je la croyais morte.

— Comment tu le sais ?

— C'est le type qui a aidé ton père.

— Aidé à quoi ?

— À entrer dans l'armée.

— On a besoin d'être aidé pour entrer dans l'armée ?

— Ton père était gradé. Il avait pu faire des études à l'école militaire grâce à lui. Et de là où il vient, oui, on a besoin d'être aidé.

— Tu ne m'en as jamais dit autant sur lui en trente ans.

— C'est tout ce que je sais. Il racontait rien. Comme toi.

— Et qu'est-ce que je dois faire ?

— J'en sais rien. Je te fais passer le message, c'est tout. Il a laissé son numéro.

Cette nouvelle me dérangea. Elle s'insinua peu à peu dans mon esprit puis dans mon corps, installant une sensation de gêne – je luttais entre le désir de me souvenir et celui d'oublier. De reléguer cette nouvelle dans la cave ou de l'accueillir comme un signe. Mais un signe de quoi ? Qu'est-ce qui aurait pu racheter mes lâchetés ? Et me sortir de la léthargie dans laquelle je m'étais volontairement enfoncée depuis ce jour où j'avais abandonné la partie ?

Les heures passèrent. Je laissais infuser la nouvelle qui creusait des sillons invisibles dont le but était de se rejoindre pour édifier un monument. Je les sentais la nuit, comme des grouillements d'insectes dans mes veines, qui construisaient un chantier grandiose mais tenu au secret.

J'attendais la réponse de l'administration pour ma mutation et j'errais dans les rues après la fin des classes – cette habitude avait pris des proportions fantastiques.

Je savais qu'au fond se tramait quelque chose : en marchant, je laissais vivre cette chose, l'encourageais à s'épanouir pour qu'elle me guide enfin. Je n'étais pas du tout sûre d'avoir fait le bon choix, mais comment revenir en arrière ?

Le soir, je sus : j'irais à Larache. Je composai le numéro que ma mère avait griffonné sur un bout de papier. Un homme me répondit, s'annonçant comme « Henri Valotin ».

— Je suis la fille d'Hassan.

Après un silence, Henri Valotin m'apprit que ma grand-mère venait d'être enterrée.

— La mise en terre a lieu vingt-quatre heures au plus tard après le décès. Mais le deuil dure des jours.

Si je voulais m'y rendre, il préviendrait la famille. Lui-même était déjà sur place.

Peu importait que je ne connaisse personne là-bas, que je ne parle pas la langue, me recueillir sur la tombe d'une grand-mère dont je n'avais aucun souvenir devint subitement l'urgence la plus impérieuse. J'achetai un billet d'avion pour Tanger, non sans avoir vérifié sur une carte où se trouvait la ville de Larache.

J'allai sur Internet pour me renseigner sur les tenues de deuil, les choses à ne pas faire, la prière du mort. Je glanai des informations, certaines inutiles comme le nom du linceul qui enveloppe le corps, d'autres plus instructives sur la façon dont on enterre les morts en terre d'islam. Et c'était si précis qu'on aurait dit un mode d'emploi, ne manquait que le tutoriel. Je finis par tomber sur ces dernières recommandations :

« Il n'est pas admis de pleurer au moment des rites funéraires. Il est également interdit de se rebeller. »

Interdit de se rebeller. L'acceptation de la mort était imposée par le rite, cette Loi s'imposait au désir.

Ma mère ne comprenait pas que je passe des heures sur la Toile.

— Va prendre l'air !

Elle retrouvait des réflexes de maman.

— Pourquoi tu ne viendrais pas avec moi ? lui demandai-je alors. Mais elle haussa les épaules.

— J'en ai rien à faire.

Je ne la croyais pas. Mais je me gardai d'insister. Qu'est-ce que j'imaginais, qu'on allait recomposer la photo de famille ?

Départ

J'hésitai à réserver une voiture à l'aéroport, n'ayant pas conduit depuis mon arrivée à Paris. Les guides vantaient les taxis collectifs, c'était la meilleure solution. Je bouclai ma valise et pus enfin dormir une nuit entière en faisant des rêves mystérieux dont seul le soleil dur de Djibouti survécut au réveil.

Le lendemain, j'embrassai ma mère sur le front – comme avant –, je vis son étonnement mais ne lui laissai pas le temps de réagir. Je claquai la porte et courus vers le RER, mon sac léger à l'épaule, sans bijou comme le site l'avait précisé, sans parfum. J'observai les campagnes françaises du hublot, bien quadrillées, géométriques, puis les forêts sombres et bientôt les montagnes recouvertes de neige. La mer ou l'océan – bleus comme le ciel sans nuages dans lequel nous volions. J'avais pris avec moi la photo de mes parents et de leur fille de 3 ans. C'était mon sauf-conduit, mon sésame. Je n'avais pas d'autre preuve. Ni d'autre trace de mon père.

Au bout de deux heures quarante l'avion a atterri sous les applaudissements des passagers. La file d'attente à la police des frontières était interminable. On regarda attentivement mon passeport : « Marocaine ? » « Non, Française. » Je portais un nom et un prénom arabes. « Vous allez où ? » « Larache. » « Hôtel ? » « Non, famille. » En réalité, j'avais réservé sur Internet une chambre d'hôte. Quand je sortis de l'aéroport, une bouffée d'air chaud et parfumé me saisit à la gorge. Je fermai les yeux de plaisir, une très vieille sensation me remontait par le ventre pour s'épanouir dans ma poitrine. Ces sons, ces cris, cette langue gutturale, les pots d'échappement et le jasmin vendu en collier. Était-il possible que les parfums demeurent lovés au creux de la mémoire profonde et ressurgissent d'un coup, charriant des images, des émotions, des impressions de déjà-vu ? Je n'avais que 2 ans. Mais l'atmosphère que je ressentais vibrait d'autres lieux, contenait en elle des tarmacs et des casernes, des hommes en uniforme et en sueur, des muscles et des crânes rasés, des tatouages et des larmes, des randonnées dans les montagnes arides à la recherche d'empreintes de gazelle, des bains dans une eau si salée que la peau en gardait des striures blanches, des départs, des attentes. Jusqu'au grand départ. Le vrai. Qui signa la fin de l'enfance. Ma mère et moi sous le bras, un avion vers la France sans billet de retour. Sarcelles. Et mon père que je ne reverrais qu'une fois. Avant qu'il se fasse tuer et revienne dans son cercueil ceint d'un drapeau français.

Certains avaient parlé d'une mission suicide, d'autres d'héroïsme. Il ne m'avait rien laissé, pas même son histoire.

C'était elle que je venais chercher, par bribes, par éclats ; je n'avais pas l'illusion de tracer un récit – les témoins étaient morts. Mais après tout, ne venais-je pas de cela, moi aussi ? Allais-je trouver un message gravé dans la pierre, un oracle qui guiderait mes choix ?

Je mis un certain temps à trouver la station des taxis collectifs. J'attendis avec une petite troupe de voyageurs qui remplissaient à vive allure les voitures à raison de six par Mercedes décatie dont le moteur ne s'arrêtait jamais, dégageant une odeur de diesel et une fumée de particules fines. C'était mon tour. Le taxi dans lequel je montai était déjà plein – une femme avec ses deux enfants, deux adolescents, un vieil homme qui ne voulait pas se séparer de ses trois sacs en plastique noir – de toute façon le coffre ne s'ouvrait plus et tout le monde était contraint de garder son bagage sur les genoux. Du coup on était sept, je le fis remarquer en comptant ostensiblement sur mes doigts, mais le chauffeur me fit signe de monter. J'obtempérai.

Il conduisait n'importe comment. Je me tenais à ma voisine, lui enfonçant mes ongles dans la cuisse, m'excusant en anglais comme si elle allait mieux comprendre. Elle me tapotait les jambes tout en retenant son garçon qui cherchait à s'extraire pour passer sur le siège avant. Ils parlaient fort et les uns par-dessus les autres. Quand un âne traversa, personne ne sembla surpris. Des camionnettes transportaient des cargaisons de bois ou de bottes de foin beaucoup moins bien rangées que dans la campagne française et menaçant de tomber à tout moment. Le taxi était collé derrière, je finis par conclure qu'il devait s'agir d'un jeu de hasard : arriver à bon port ou… pas. J'aurais dû recharger mon téléphone avant de partir, il n'y avait évidemment pas de chargeur dans la voiture ni même de prise où l'on pût brancher quoi que ce soit. En revanche, le cendrier était ouvert et débordait de mégots à peine écrasés. Le chauffeur fumait des Marlboro rouges de contrebande que des vendeurs à la sauvette proposaient à chaque feu rouge. On entendait vaguement des sons s'échappant de l'autoradio – j'y reconnaissais parfois un nom propre ou un mot français.

Devant nous défilaient de grands immeubles en construction, puis des maisons de plus en plus basses ou arrêtées à mi-hauteur dans leur désir d'élévation, bientôt des moutons et des chiens errants, des arbres et au loin la mer, à nouveau masquée par des habitations. Le long de la route, des femmes vendaient des figues de Barbarie, parfois aidées d'une fillette qui les pelait au-dessus d'une bassine en plastique. Une voiture était garée sur le bas-côté qu'en France on aurait appelé voie d'urgence. Un homme avait escaladé la barrière pour installer un tapis et faire sa prière.

Le taxi s'arrêta juste après – sur l'autoroute ; les deux adolescents payèrent et sortirent. Je les suivis du regard un moment, cherchant à repérer le chemin qu'ils empruntaient. Mais ils disparurent à travers champs. Puis ce fut au tour de la femme et de ses deux enfants : ils descendirent aux portes d'Asilah devant des remparts où se tenait un marché. Le chauffeur fit un petit détour pour s'acheter des graines de tournesol grillées et nous en proposa. Il observait en même temps les alentours pour voir si personne n'avait besoin de ses services. Une vieille femme finit par le héler, ils négocièrent quelque chose, elle monta. Nous avons repris l'autoroute.

Un sentiment de familiarité étrange diffusait une joie sourde. Ce pays m'attendait et dépliait un réseau de sensations lointaines, poussière de chaleur et chant du muezzin. Le salon de massage était loin, Jo, Rémi, Paul, tous ces brouillons de vie que j'avais dû abandonner, estimant les avoir manqués, les réunions de femmes, les colères et revendications, les mots d'ordre et le Palais de Justice, tout cela me paraissait si abstrait, si irréel. Mon Désir était vaillant, il n'avait cédé sur rien et me conduisait sur ces routes en quête d'une chose plus évidente.

Quand le taxi me déposa au début de la ville, en dessous du panneau où était annoncé en français et en arabe « Larache », je n'avais plus du tout de batterie, par conséquent plus de GPS. J'en fus réduite à demander mon chemin sans en connaître le nom. J'avais en poche l'identité de ma grand-mère que je prononçais sans doute mal – c'est tout. Je longeai l'océan sur une route défoncée qui pénétra dans une ville blanche et décatie, des maisons peintes à la chaux effritée çà et là, des formes géométriques mais sans ordre, des minarets aux contours bleus et des jetées pour tenir à distance les élans de la mer. Les maisons se faisaient de plus en plus denses, la ville prenait forme… Je m'y enfonçai, dos à la mer.

À la terrasse d'un café, des hommes étaient attablés, fumant des cigarettes brunes qui jaunissaient leurs doigts. Je m'approchai d'eux et leur demandai en français s'ils connaissaient Fatiha Labeh. Un petit conciliabule se tint et l'un d'eux – visiblement leur porte-parole – me répondit d'un mot : *Zomarian.* Je répétai : « *Zomarian* », « *Naam, naam, Zomarian* », j'ignorais ce qu'il voulait me dire mais je compris qu'il fallait continuer ma route. Un peu plus loin, je croisai une femme voilée d'un certain âge et tentai : « Fatiha Labeh ? » « *Zomarian ?* » Elle fit non de la tête comme si je l'avais agressée et continua son chemin. Je répétai mes questions à tous les passants croisés, ceux dont j'estimais qu'ils connaissaient la ville parce qu'ils « en avaient l'air ». Mais personne ne comprenait ma demande. Je n'étais pas tranquille, on me regardait bizarrement, peut-être aurais-je dû porter une autre tenue, mais comment le savoir ? Je finis par entrer dans une banque, fis la queue et réitérai mes questions. La femme au guichet parlait un peu français. *Zomarian* ? Elle ne voyait pas de quoi il s'agissait, sinon peut-être d'un restaurant espagnol du centre-ville. Elle tapa sur son ordinateur et m'en donna l'adresse, tout en me signalant que les adresses ne valaient rien, personne ne connaissait le nom des rues ni les numéros excepté pour les grandes artères. Je m'imaginais dans un jeu de piste : je devais à la fois trouver ce que je cherchais, mais également les indices qui allaient m'y mener et qu'il fallait décoder. Elle m'imprima le plan à partir de Google Maps, m'indiquant à peu près l'endroit et les différents repères qui pourraient m'y mener : un minaret, des arcades, le marché pas loin, un immeuble à la façade ocre. Je notai sur le papier ses indications et en profitai pour changer de l'argent. Par sa sollicitude, la banquière m'avait rassurée. Après tout, elle ne m'avait pas alertée d'une quelconque menace planant sur une femme seule ni d'un problème quant à mon jean et ma chemise.

Je me rendis à l'adresse indiquée. Le restaurant était sombre, une femme y faisait le ménage tandis qu'une autre faisait la plonge. Elles ne savaient rien de Fatiha Labeh, mais appelèrent le patron. C'était un vieil Espagnol furieux d'être réveillé de sa sieste. Il baragouinait un français d'occasion, y mêlant des mots arabes et des mots espagnols. Je ne parlais que l'anglais, et encore. « Fatiha Labeh ? *Man araf'*, je no sais pas »... Puis il fronça les sourcils « Genet ? » J'attendis, incrédule. « Genet ? » Je finis par hocher la tête, je n'avais rien à perdre – Genet devait bien signifier quelque chose et j'avais décidé de suivre toutes les pistes même si elles dessinaient un canevas mystérieux au sens différent de celui que je cherchais. Il m'indiqua alors une direction en essayant de nommer des points précis en français : route, bleu, cimetière. Il me donnait la direction du cimetière. Il avait donc compris ! Je le remerciai avec effusion, comme pour excuser mon incapacité à communiquer dans une langue étrangère ; je voyais en lui l'un de ces sorciers qui dialoguent avec les djinns et autres fantômes, empruntant des chemins invisibles et reliés en un réseau arborescent dont le commun des mortels ne soupçonnait pas l'existence. Et j'étais initiée par cet homme moustachu et revêche pour une raison que j'ignorais.

Ses indications cependant étaient trop rudimentaires pour me conduire au but. Je dus articuler à plusieurs reprises « cimetière » à des passants spectraux. Le mot faisait mouche puisque je finis par gravir la colline et me retrouver au-dessus de l'océan sur une falaise qui hébergeait des tombes, rectangles blancs ou terre battue surmontée d'une stèle peinte à la chaux. Je me promenai dans les allées désertes, me demandant comment j'allais pouvoir trouver une tombe parmi ces centaines de sépultures. Le vent adoucissait la température et emmêlait mes cheveux. J'essayai de déchiffrer les lettres bientôt effacées. Il n'y avait aucune chance que je trouve ma grand-mère. Mais ces blocs blancs à même le sol, géométriques encore, dégageaient une étrangeté, quelque chose qui n'allait pas. Jusqu'à ce que je me rende compte qu'ils étaient tous surmontés d'une croix. J'étais dans un cimetière chrétien – la plupart des noms étaient espagnols. Aucun musulman n'était enterré là. Pourquoi donc m'avait-il envoyée dans ce cimetière marin ?

Je continuai de longer les allées et découvris au loin des tombes militaires. La vision de ces croix alignées face au ciel uniformément bleu me bouleversa. Je restai un instant figée, le cœur battant, la respiration courte, quand je vis la silhouette d'un homme au loin en train de se recueillir devant les tombes. Je l'observai puis m'en approchai doucement pour mieux le détailler. C'était un vieil homme à la stature droite, les poils drus sur le menton, le crâne quasiment chauve. Il avait dû être fort, sportif, son port de tête était fier : un militaire. Je compris instantanément qu'il s'agissait d'Henri Valotin.

Mais je ne dis rien, différant le moment de la rencontre. Quand je passai à quelques mètres de lui, il leva la tête et me regarda avec gentillesse : « La tombe de Genet ? »

C'était la deuxième fois que j'entendais le nom de Genet. Je ne l'avais pas rapproché de l'écrivain que j'avais pourtant lu avec avidité lorsque j'étais adolescente. « L'écrivain ? » demandai-je. Il sembla étonné : « Oui ! Bien sûr ! Je croyais que vous étiez là pour ça ! C'est à peu près la seule attraction du coin ! » Je lui demandai alors où se trouvait cette tombe. Il m'accompagna devant ce rectangle blanc recouvert d'une terre ocre où poussait des mauvaises herbes – le nom et les dates sobrement inscrits sur une plaque de marbre blanc. Une tombe à son image. Nous sommes restés silencieux un certain moment. Sa présence m'emplissait d'une forme de quiétude, je n'osai pas décliner mon identité de peur de briser la magie de l'instant. J'allais le revoir de toute façon.

Il était temps de me rendre dans la chambre d'hôte que j'avais réservée en ligne pour vérifier que les photographies du site ne mentaient pas.

Je parcourus encore les rues et la corniche, m'arrêtai boire un thé à la menthe, puis dénichai la pension de famille de la vieille ville qui m'avait plu sur Internet : délabrée mais propre, elle n'était pas loin de ce que j'avais imaginé. J'y posai mes affaires, épuisée. La nuit tombait. J'avais faim. Mais pas le courage de repartir en quête d'un restaurant à peu près correct. Je décidai de retourner au Zomarian qui en réalité s'écrivait Somarian : j'étais sûre d'y trouver du jambon espagnol et surtout un verre de vin.

Je retrouvai mon chemin assez facilement et entrai dans la même grande pièce sombre mais à la tout autre ambiance que dans la journée. Quelques personnes dînaient, d'autres étaient accoudées au bar et n'en étaient visiblement pas à leur premier verre. On me regarda avec un certain étonnement, je me doutais que dîner seule quand on est une femme au Maroc dans une ville peu touristique n'était pas courant. Mais précisément, j'avais choisi un restaurant espagnol pour ne pas susciter l'hostilité. On m'attribua une table recouverte d'une nappe à carreaux rouges et blancs. Une bougie était allumée, des odeurs de friture et de bière planaient dans la pièce humide. Les femmes de l'après-midi avaient disparu. Un jeune serveur marocain apportait les plats et prenait la commande. La carte proposait un choix de tapas variées entre les taches d'huile. Je choisis des anchois marinés et une friture de poissons avec une demi-bouteille de vin blanc. Après tout nous étions au bord de l'océan, la pêche ne devait pas remonter à plus d'une journée. Quand je fus installée devant mon verre de vin, rassurée quant à mon repas et que ma vue se fût habituée à l'obscurité, je fis un tour de la salle. Mon regard s'arrêta sur un homme attablé tout au fond dont le visage restait dans l'ombre. Ses épaules droites, son port de tête me disaient quelque chose. Je devais sans doute le dévisager quand il se leva pour me faire signe de le rejoindre. Je reconnus alors Henri Valotin, l'homme du cimetière.

Je quittai ma table pour rejoindre la sienne. Il demanda en arabe au serveur d'apporter mes couverts et mes plats. J'attendis qu'il prenne la parole. Mais il ne disait rien ; il me dévisageait. Je finis par rompre le silence : « Je sais qui vous êtes. » Il sourit. « Moi aussi. »

Je bus mon verre de vin et me resservis aussitôt. J'avais besoin d'utiliser mes mains.

— Ton père ne t'a jamais parlé de moi ?

— J'avais 5 ans quand il est mort !

— Et ta mère ?

— Ma mère ne raconte jamais rien, pour elle c'est du passé et le passé n'existe pas.

— C'est pourtant elle qui t'a informée de la mort de Fatiha.

— Oui.

— Tu ne trouveras pas grand-chose ici. Ses enfants sont chez elle pour recevoir les voisins et la famille. Dès que le deuil sera terminé ils vendront la maison et repartiront les uns à Casa, les autres à Rabat.

— Je ne savais pas qu'elle avait d'autres enfants.

— Elle les a eus bien après ton père…

Le vieil homme fit une pause. J'en profitai pour entamer les plats qui venaient d'arriver. Les anchois étaient délicieux, aillés et vinaigrés comme seuls les Espagnols savent les cuisiner.

— Pourquoi je ne vous connais pas ?

— Parce que tu ne te souviens pas.

— Vous connaissez l'histoire de mon père ?

— Bien sûr, Souheila. Tu es là pour ça, non ?

Je sursautai d'entendre cet étranger m'appeler par mon prénom. Il commença alors son récit.

— Ta grand-mère était une femme très belle. Je l'ai rencontrée quand elle avait 18 ans. À cette époque, le Maroc était plus ouvert, les femmes portaient des minijupes, le voile n'était pas aussi répandu. Il y avait une garnison ici. Les militaires côtoyaient les jeunes filles et leur faisaient la cour. Il ne se passait rien, impossible. Même si elles s'habillaient différemment, les familles veillaient sur elles – abîmer sa réputation, c'était signer son arrêt de mort, au moins sociale. Il aurait fallu d'abord demander le mariage pour espérer toucher une femme. Le Maroc était encore un protectorat, mais la France n'allait pas tarder à y mettre fin – nous savions que nous allions bientôt devoir partir. Nous avions tissé des liens avec les habitants ; d'amitié, de confiance. J'étais ami avec les frères de ta grand-mère. Et… avec elle aussi. Je crois pouvoir dire que nous nous aimions, en tout bien tout honneur. J'allais souvent chez eux, et nous arrivions à nous voir en cachette dès que les frères avaient le dos tourné. Mais le fait de nous fréquenter ne plaisait pas à tout le monde. Que ce soit dans les familles, chez les religieux ou au contraire les indépendantistes, les relations avec les Français étaient mal vues. Juste avant de partir…

Il s'arrêta, sa voix s'était légèrement infléchie.

— Juste avant de partir, Fatiha est venue me trouver en larmes. Elle voulait mourir.

— Mourir ?

— L'un de ses oncles lui avait fait payer notre amour. Un amour platonique. Celui d'une jeune fille de 18 ans devant laquelle tous les hommes se retournaient, et d'un militaire de 20 ans.

— Qu'est-ce qu'il lui a fait ?

— Il l'a violée.

— Son propre oncle ?

— Oui. Ce n'est pas rare par ici dans les familles pauvres qui vivent dans la promiscuité. La misère sexuelle rend certains hommes fous.

— Et alors ? Mon père est l'enfant de cet oncle ?

— Oui.

— Elle a dû haïr cet enfant !

— Non, c'est plus compliqué que ça. Bien sûr, ça l'a isolée de la société, elle est allée accoucher à la campagne chez d'autres membres de sa famille et elle y est restée. Elle a élevé ton père là-bas, toute seule. Elle était la bonne à tout faire et s'y pliait parce qu'elle n'avait pas le choix.

— Et vous, vous le saviez ? Vous n'avez rien fait ?

— Que voulais-tu que je fasse ? J'avais été muté en Moselle, j'étais loin, les moyens de communication étaient défectueux, surtout au fond de sa campagne. Elle savait déchiffrer le français mais tout le monde aurait su que c'était moi. Je ne voulais pas lui causer plus de tort que je n'en avais déjà fait. Je me sentais tellement coupable, tu sais…

Je compris pourquoi la carrière militaire de mon père était liée à cet homme.

— Quand il a eu l'âge d'entrer à l'internat, j'ai obtenu une bourse pour ton père qui ne parlait pas le français. Il a dû s'adapter à tout en très peu de temps, loin de sa mère, dans un pays étranger, coupé de tout. Mais il a tenu bon. J'allais le voir certains week-ends et le prenais avec moi pendant les vacances lorsque je le pouvais. C'était rare, mais ça lui faisait un point de repère. Il a fait des progrès extraordinaires, c'était un enfant… particulièrement doué.

— Et sa mère ? Fatiha ? Vous l'avez laissée là-bas se faire exploiter ?

— Je ne pouvais rien faire pour elle.

— L'épouser, par exemple.

L'homme soupira. Ses épaules s'affaissèrent.

— Oui, c'est ce que j'aurais dû faire. Mais je ne l'ai pas fait.

Je le laissai s'abîmer dans ses remords. J'étais tentée de lui demander des comptes. Je me suis abstenue. Mon indignation elle-même avait des allures anachroniques. L'homme en face de moi souffrait.

Peut-être avait-il besoin de moi pour expier ses fautes, mais j'avais aussi besoin de lui pour savoir.

Il raconta alors qu'il s'était marié, Fatiha aussi.

— Elle était encore magnifique, beaucoup d'hommes tournaient autour, des hommes dont le statut social était inférieur à ce qu'elle aurait pu prétendre avant. Dans ces petites villes, personne n'oublie. Mais on fait semblant. Elle est quand même revenue à Larache. Le couple s'est installé là, elle a eu six enfants et personne n'a plus jamais évoqué la période où les militaires vivaient là, parmi les habitants.

Le serveur est venu débarrasser les plats. J'avais fini ma demi-bouteille de vin blanc, Henri Valotin en commanda une grande. Quand il remplit deux nouveaux verres, je le relançai :

— Et mon père ?

— Il est revenu la voir plusieurs fois. Il était militaire, il avait réussi. Mais il appartenait à l'armée française, ce qui le faisait passer auprès de certains pour un traître, même si pour d'autres il apparaissait comme un héros. Chaque fois qu'il rentrait ici, il apportait des cadeaux à toute la famille. Ses frères et sœurs l'adoraient, le deuxième mari de Fatiha le supportait parce qu'elle le protégeait. Mais il venait rarement. Ses études, sa vie l'ont éloigné. La dernière fois qu'il est venu, c'est pour te présenter à sa mère.

Le militaire parlait un français châtié. Il articulait ses phrases et sa grammaire, on avait presque l'impression qu'il récitait. Il venait d'un autre temps, le temps de mes ancêtres.

— Vous me connaissiez ?

— Je t'ai vue quand tu es née. J'étais là à chacun de tes anniversaires. Tu ne te souviens pas ? Je me débrouillais pour voyager. Djibouti, c'était loin de Nouméa où j'ai fini ma carrière.

Je ne me souvenais de rien. Pourtant, cette voix, cette présence avaient quelque chose de familier. Je fermai les yeux pour me laisser bercer par ces mots :

— Ton père t'adorait. Tu étais une sorte de trésor pour lui. Ta mère, je pense qu'elle ne l'a jamais compris. Il était taiseux, ne racontait rien – elle a dû en souffrir. Mais il avait trop de secrets en lui qu'il n'arrivait pas à partager... Je pensais que ta naissance l'avait guéri de la mélancolie.

— Il a voulu mourir ?

— Il a toujours voulu mourir, et en même temps il voulait vivre à tout prix. Je ne sais pas t'expliquer ce genre de choses.

L'alcool me tournait la tête. Pourtant, il fallait aller jusqu'au bout.

— Vous avez quel âge ?

— Je suis né en 1930.

— Vous avez des enfants ? Vous avez aimé mon père ?

— Comme mon fils.

— Est-ce que c'était... votre fils ?

À ces mots, Henri Valotin empoigna son verre et le cogna contre la table.

— Comment osez-vous ?

— Je vais rentrer.

— L'histoire que je vous ai racontée est vraie. Strictement vraie.

— Est-ce que vous ne m'avez pas tutoyée toute la soirée ?

Il m'observa un long moment. J'avais honte de m'être laissée aller à cette supposition, elle m'avait échappé, mais c'était trop tard. Il se tenait droit, martial, outragé. Pourquoi blesser cet homme qui m'offrait un passé ? Je voulus m'excuser, mais il posa sa main sur mon bras.

— Si vraiment j'avais été son père, je ne t'aurais jamais perdue de vue...

Il fallait que je parte. Tout me paraissait irréel. Je fis signe au serveur d'apporter l'addition. Mais Henri Valotin s'y opposa.

— C'est pour moi, s'il te plaît.

J'allais partir quand il me rappela l'adresse de Fatiha Labeh :

— Demande bien la mosquée bleue, c'est dans l'impasse juste derrière. Ils t'attendent.

— Vous ne viendrez pas ?

— Non. J'en ai fini.

Je rentrai à l'hôtel, hallucinée, et cette fois un peu saoule. Je n'arrivais pas à interpréter ses dernières phrases, ses propos s'embrouillaient dans mon cerveau en alerte mais attaqué par des ennemis dont j'ignorais la position. Trop d'informations, des lambeaux d'histoire et d'identité qui, mis à bout à bout, auraient dû, auraient pu me définir. Mais rien de tout cela. Je ne parvenais pas à dormir. Avec quoi en avait-il fini ? Et s'il avait appelé chez ma mère, c'est qu'il ne m'avait jamais oubliée...

La maison près de la mosquée bleue

C'était une maison blanche prise dans l'intrication apparemment anarchique des habitations et des rues. La porte était ouverte, des femmes voilées et des hommes vêtus de blanc en sortaient, d'autres entraient. J'attendis un peu, hésitante. Un homme me remarqua et me demanda en espagnol puis en français ce que je cherchais. « Fatiha Labeh. » Il m'observa attentivement : « Tu t'appelles comment ? » « Souheila. » « Attends-moi là. » Je patientai, confuse de mon jean et de ma chemise élimée. Puis il passa son visage à travers la porte et me fit signe d'entrer. Là, des hommes étaient assis le long des murs en carré sur des banquettes fleuries. De petites tables leur permettaient de poser leur thé ou leur café. Les femmes n'étaient pas là, sans doute dans une autre pièce, ou en haut où semblait se trouver la cuisine – j'entendais les bruits de casseroles et pouvais sentir les parfums d'un déjeuner en préparation. On voyait la terrasse à travers une ouverture à même le ciel. Dans la pièce du bas, il faisait sombre. Seul ce puits de lumière à moitié obstrué éclairait les convives. Un homme se leva et vint me serrer les mains, puis un autre. On ferma la porte d'entrée et on appela « Asma » qui descendit, m'observa puis me prit dans ses bras en murmurant des phrases en arabe. Le premier qui s'était levé présenta tout le monde. Il parlait français à la différence des femmes du haut. « Moi c'est Ahmed, et là c'est Youssef, Saad et Yassin. Asma et Nadia que tu verras peut-être plus tard. On est les enfants de Fatiha... Les frères et les sœurs de ton père. Tu peux t'asseoir ici, on a fermé la porte pour être tranquilles. » J'obtempérai.

— On se demandait si on allait te voir un jour ! Ma mère aurait aimé te connaître.

Je sentis un reproche et me sentis obligée de me justifier.

— Je ne savais pas. Mon père est mort il y a si longtemps. Personne ne m'a... raconté.

— C'est comme ça. On ne refait pas l'histoire.

Nous sommes restés silencieux un long moment. Puis Asma se mit à poser une salve de questions qu'Ahmed traduisit : « Vous êtes mariée ? Vous avez des enfants ? Qu'est-ce que vous faites en France ? Où dormez-vous à Larache ? Est-ce que vous aimez le Maroc ? » Je ne pouvais que la décevoir sur tous les points. Puis le flux s'est tari. Elle est allée chercher du thé à la menthe sur la terrasse qu'elle nous a servi avec des gâteaux : il fallait que je les mange devant elle pour lui dire si je les trouvais bons. Je me forçai un peu et la rassurai. Elle me tapa l'épaule et remonta.

Je finis par demander : « Est-ce que vous vous rappelez mon père ? »

Ahmed voulait manifestement me faire plaisir, répondre à toutes mes questions semblait faire partie du devoir des vivants à l'endroit des morts. Une promesse qu'il aurait faite à sa mère ? Un coup arrangé par Henri Valotin ?

— Oui ! Bien sûr ! J'avais 18 ans quand il est mort !

C'était apparemment le plus âgé et désormais le chef de famille.

— Je me souviens même quand il est venu avec toi. C'était la dernière fois.

Yassin et Ahmed évoquaient leur demi-frère à tour de rôle :

— Il venait au moins une fois par an. Il nous rapportait des cadeaux. On attendait son arrivée toute l'année ; c'était la fête à la maison quand il était là.

— Notre mère était joyeuse une semaine avant et quand il repartait elle tombait en dépression pendant quinze jours. Ça énervait mon père, mais c'était comme ça. Ton père, c'était un peu le fils prodigue !

— Il arrivait, il repartait !

— Il s'enfermait avec ma mère pour parler de choses qu'on n'avait pas le droit d'entendre.

— Il a laissé de l'argent à ma mère pour qu'on fasse des études : il nous disait chaque fois : « Faites des études. » C'était son obsession.

— Mais nous, on voulait devenir militaires, comme lui.

— Sauf que notre mère nous l'a interdit. Après sa mort.

— On est contents que tu sois là, il faudra revenir nous voir. On n'habite plus à Larache. Y a rien à faire ici. Pas de boulot. J'ai un grand appartement à Casa, si tu passes, tu seras la bienvenue.

Ils mélangeaient les formules de politesse et les informations sur leur enfance. Sans doute édulcoraient-ils leurs souvenirs à mon intention pour dresser un portrait « officiel » de mon père, un portrait à offrir à sa fille. Mon père avait certes dû représenter pour eux un demi-dieu : jamais là, statut spécial, cadeaux. L'argent. Il devait envoyer à sa mère des sommes régulières. La mienne avait parfois laissé échapper sa rancœur, bien longtemps après : cet argent pour une famille lointaine alors qu'il en avait une qui avait besoin de lui… Et le nouveau mari, est-ce qu'il ne travaillait pas ?

Le fils maudit et adoré. Mort si jeune qu'on peut garder de lui le visage du héros. Et la mère ? L'avait-elle aimé, cet enfant qui l'avait condamnée puis sauvée ? Pour Henri Valotin, c'était incontestable, mais au fond d'elle, comment pouvait-elle contenir le ressentiment, si voisin de l'amour ?

— C'est ici qu'il a grandi ?

Et je regrettai cette question – Henri Valotin m'avait dit qu'ils s'étaient exilés à la campagne le temps de faire oublier le crime. Mais les frères acquiescèrent. Que savaient-ils, au fond, de l'histoire de mon père ? Si les nouvelles circulaient sous le manteau, personne ne parle dans ces familles. Tout est codé pour exclure l'intimité. Je le sentais, isolée parmi ces hommes qui répétaient les mêmes phrases, évoquaient leur mère dans des formules consacrées, et les femmes, en haut, qui peut-être échangeaient plus, mais je n'avais pas accès à leur langue. Aux hommes le français, aux femmes le dialecte. Mon père avait connu ce lieu pour s'y être rendu à chaque visite, il avait peut-être même contribué à son achat, à sa décoration, à ses réparations. Mais il n'y avait rien de lui – sa mère disparue, le reste était le rachat de sa faute : frères et sœurs entretenus et gâtés, entrevus l'espace d'un court séjour, comme des éléments d'un nouveau décor. Sa vie à lui était ailleurs, mais où ? Avec nous ? Avec moi ? Avec ses hommes ? Son absence grandissait à mesure que je découvrais des éléments de sa vie.

Youssef se leva pour aller fouiller dans des affaires au fond de la pièce. Il en ressortit un portrait de mon père en tenue militaire : « C'était dans la chambre de ma mère, au-dessus de son lit. » Je la regardai avec avidité. Elle avait choisi la photo de la réussite, pas celle de l'intimité : son uniforme, ses décorations, son sourire, tout appartenait au cadre du photographe, rien à celui qui posait, si ce n'était ce regard triste et ce léger sourire – ironique ? Je demandai alors si je pouvais le garder. Ahmed acquiesça, heureux de pouvoir m'offrir quelque chose, ou de s'en débarrasser. Puis il expliqua qu'il devait rouvrir la porte pour les amis de la famille, je pouvais rester avec eux ou monter à l'étage. J'avais envie de partir, de m'aérer, de quitter cette ambiance étouffante, mais je sentais qu'il était délicat de prendre congé aussi vite. Je montai alors à l'étage où les femmes – les deux sœurs de mon père et peut-être leurs filles – m'entourèrent, m'embrassèrent et m'assirent sur une banquette en m'interdisant de bouger, m'apportant à nouveau des gâteaux, du thé, des amandes. J'essayai de les arrêter mais c'était impossible.

J'aurais voulu explorer les lieux, regarder ce qu'on voyait de la terrasse lorsqu'on se mettait sur la pointe des pieds. Je tenais fermement la photo contre moi et cherchai à trouver une trace de sa présence, des indices, un signe qu'il m'aurait envoyé. Mais rien. Les seuls objets étaient en plastique made in China excepté les versets du Coran gravés dans du bois, du linge pendait, les différents feux étaient allumés, ceux de la gazinière et celui d'un Butagaz supplémentaire. Dans des bassines remplies d'eau des pommes de terre pelées attendaient d'être coupées. Asma s'assit à côté de moi et posa sa main sur mon ventre. Elle recommençait : « Bébé ? *Allech la* bébé ? » Je me sentis mal à l'aise, désirai qu'elle ôte cette main qui avait pris possession de mon ventre. Je lui retournai alors la question : « Bébé ? », elle me montra la grande fille qui commençait à découper les patates et m'expliqua des choses que je ne compris pas, d'autres enfants sans doute quelque part. Puis elle s'empara du portrait et le mit à côté de mon visage, passant avec son doigt de moi à lui, de lui à moi. Avec ses mains, elle me signifiait que nous nous ressemblions. J'essayai d'imaginer l'âge qu'elle avait quand mon père était mort. Elle n'avait pas dû le connaître longtemps, ne s'en souvenait certainement pas, si ce n'est ce portrait qui trônait au-dessus du lit de la mère. Mon père fantôme. Même de son vivant.

J'attendis, en écoutant le brouhaha des conversations en arabe, toujours les mêmes formules – sans doute de condoléances –, quelques pleurs, le silence. L'heure du déjeuner approchait, je me voyais contrainte de rester là, ne savais pas comment fuir, en quelle langue.

Je demandai si je pouvais aider mais on m'interdit de bouger de mon siège. Au bout d'un temps à la fois immobile et en extension, on servit le déjeuner en bas, sur de grandes tables rondes qui avaient remplacé les petites. On m'assit entre Youssef et Ahmed et j'imitai leurs gestes, me servant avec les doigts dans une petite assiette du tajine au poulet avec des frites. Je me sentais obligée de manger sous les regards inquisiteurs des cuisinières, mais les gâteaux avalés toute la matinée rendaient l'effort pénible. Personne ne parlait. Parfois une onomatopée, ou une phrase. Jamais une conversation.

Quand tout le monde fut repu, on apporta cafés et thés. J'expliquai alors que je devais rentrer en France – mais je n'avais ni bébé ni mari qui me contraignaient à quoi que ce soit. J'invoquai mon travail, ma mère – « Vous direz le bonjour à la maman, est-ce qu'elle va bien ? » « Oui, elle va bien, merci » – et surtout mon avion. Ahmed me demanda si j'avais besoin d'être accompagnée à l'aéroport, il avait une voiture. Je le remerciai encore, parce que oui, bien sûr, j'étais dépendante, n'ayant pas le courage de retenter le taxi collectif, mais plus tard, je repasserais.

Pour le moment, j'avais besoin de marcher dans les rues et sur la corniche, le nez au vent, et respirer l'air iodé à pleins poumons. Me baigner peut-être. Me retrouver seule. Sans entraves. Mais avec un passé qui commençait à se dessiner – une préhistoire, à défaut d'une histoire. Pas de bébé, pas de mari ; une femme dépourvue. Une femme qui ne sert à rien. Ni d'un côté ni de l'autre de la Méditerranée. Qui ne se bat pas pour qu'on reconnaisse la majesté de son corps, et dont le corps est sec, fermé à toute vie. Solitaire et égoïste. Un corps juste à moi, qui n'appartenait à aucune société, mais que j'aurais aimé partager avec quelqu'un. Un corps qui ne signifiait rien, qui refusait qu'on lui impose une signification, que j'essayais d'habiter tant bien que mal, de connaître, d'écouter, il était seul à connaître les secrets de mon existence, à contenir un peu de mon père et de ce grand silence qui avait recouvert sa vie, à abriter le sang ici partagé par ces hommes et ces femmes que je rencontrais à l'occasion d'un deuil et dont les sources allaient puiser dans les montagnes du Rif – mélangées à celle du Berry. Mon corps ne pouvait être un étendard, il était ce que mon père avait choyé, porté, soigné, ce qu'il avait conçu – il contenait en lui des paysages et des parfums, des Afriques et des courses sur le sable – avant de se recroqueviller dans une chambre carrée en haut d'un immeuble de Sarcelles et de chercher à retrouver son origine. Il était passé de main en main – les plus expertes étant celles de masseuses thaïes –, de corps en corps, et il désirait encore. Mais je ne savais pas quoi.

Il était ma seule preuve, résumait mes ancêtres, ma famille, mes amours et mes fuites. Que pouvait-il contenir d'autre ? On me regardait dans la rue, on me regardait toujours. Je portais avec moi ma seule évidence, mais une évidence que d'autres devaient confirmer. Au contraire d'Henri Valotin, je n'en avais pas fini.

Tandis que j'essayais de retrouver ma pension de famille, je passai devant un hammam d'où émergeaient des têtes enturbannées de serviettes de toilette. Je n'hésitai pas longtemps et me retrouvai dans une salle rudimentaire où des femmes étaient allongées ou assises, nues, au milieu d'une buée d'eau chaude. Elles se servaient de seaux en caoutchouc noir pour s'en asperger et rincer le savon noir lui aussi qu'elles passaient sur leur peau. L'une d'elles, énorme, s'approcha de moi et me montra avec des gestes brusques comment faire. Puis elle me demanda : « Gommage ? Massage ? » Je ne pus m'empêcher de sourire. « Massage ! Oui ! »

Alors, tandis qu'elle palpait mon corps et y passait une pierre ponce, m'arrachant la peau en même temps que les dernières impuretés, j'eus une révélation : Paul. Il faut rattraper Paul. *Je vais lui expliquer, tout lui expliquer, du père fruit d'un viol à mon incapacité à entrer dans la vie.* Je savais d'expérience que les massages m'aidaient à accoucher d'une vérité. Encore fallait-il la tenir jusqu'au bout, au-delà du hammam et des chaleurs moites, au-delà de la main rugueuse qui me lavait énergiquement, au-delà de Larache et de Sarcelles, mais dans une vie réelle. Dans une vie à moi.

Tandis que je sortais les cheveux mouillés et la peau à vif, je tapotai sur mon téléphone avant que l'élan ne retombe : « Peut-on se voir ? » J'attendis fébrilement quelques secondes, quelques minutes même, en arpentant les rues de la médina. Puis j'entendis un *bip*, me jetai sur mon écran. Les trois petits points revinrent danser sous mes yeux, me rappelant de bons et de mauvais souvenirs. J'attendis, le souffle court. « Parlons-en jeudi, 19 heures, au bar de l'hôtel. » « Lundi. » « Tu négocies ? » « Je ne suis pas en France, je rentre pour te voir. »

Je respirai.

Remerciements

Je remercie mon amie Nathalie Kuperman pour sa folie et son talent.

Je remercie Betty, mon éditrice de toujours.

Je remercie enfin Didier, mon mari, assigné à la difficile place de premier lecteur, et qui ne rechigne même pas.

Imprimé en France par CPI
en mai 2023

NORD COMPO
multimédia

Composition et mise en pages
Nord Compo à Villeneuve-d'Ascq

N° d'édition : 560647-0
Dépôt légal : août 2023
N° d'impression : 174896